인문학 동행

걱정 말아요, 우리 함께 해요

이 저작물은 〈2021년 인문교육콘텐츠 개발지원 1단계〉 사업을 통해 국고 보조금을 지원받아 연구·제작되었습니다.

인문학 동행

걱정 말아요, 우리 함께 해요

박 해 랑

국학자료원

개정증보판을 내며

　과학이 발달하면 우리 사회는 더욱 안정될 것이라는 착각 속에 우리
는 지금까지 살아온 것 같다. 과학의 발달로 생활은 더 편리해졌을지
모르지만 우리 삶의 질은 얼마나 안정되었는지 의문이 든다. 오히려 더
불안해지지 않은지 모르겠다. 과학의 발달과는 무관하게 우리 사회는
무수한 사건 · 사고로 이어지고 있는 것 같다. 오늘은 이런 사고가, 내
일은 또 어떤 사건 · 사고가 있을지 모르는 하루를 살아가고 있다.

　오늘도 하늘의 구름은 무심하게 흘러가고, 하루하루를 살아가는 우리는
오늘 하루도 무사히 지나가길 바란다. 어쩌다 우리는 이러한 나날을 살아
가게 되었을까 하고 한숨을 쉬어본다. 혹시 나만 그런가? 하고 웃어본다.

　인생의 반세기를 훌쩍 넘기면서 어느덧 삶에 대해 깊이 성찰하기보
다는 하루하루를 무사히 넘기기를 바라는 삶을 살게 되었다. 10여 년
전만 하더라도 50을 바라보며 앞으로 조금은 여유 있게 살 수 있을 것
이라는 희망을 가지고 오늘의 바쁜 날들을 기대와 희망으로 살아갔던
것 같다. 그런데 50이 되고 어느덧 그 중반에 이르렀으나 전혀 그렇지
가 않다. 무심한 하루와 막막한 미래가 더없이 안타깝기만 하다. 그게
나의 미래인지 젊은 청년들의 미래 때문인지 잘 모르겠다. 아마 모두의
미래가 그런 것 같다. 그런 사회가 된 것이다.

　그래도 희망을 버리고 싶지는 않다. 그건 나를 위해서가 아니라 우
리 젊은 세대를 위해서이다. 그들의 미래는 적어도 지금 우리의 미래보
다는 조금더 밝았으면 한다. 그러려면 우리가 좀더 애써야 하지 않을까
생각해본다.

이 책은 변화하는 현대 사회에서 상처받은 현대인의 정신적인 위기 상황을 극복하고자 연구한 것이다. 특히 현대 사회의 다양한 사건·사고는 더 많은 위기 상황을 만들고 현대인들은 더욱 위험한 상황으로 내몰리고 있다. 이러한 시기에 우리는 내적으로 치유할 무언가가 필요한 시기이고, 이를 인문학으로 극복하고자 연구하였다.

이 책의 내용은 현대인의 상처받은 감정을 인문학적 방법을 통해 치유하는 것이다. 독서와 영화, 문화공간 등을 통해 개인의 상처받은 감정을 치유하는 것이다. 그 내용을 정리하면 다음과 같다.

첫째, 독서치유이다. 독서치유는 책을 읽고 상처받은 마음을 치유하고 회복하는 것이다. 독서를 통한 치유는 책 속의 등장인물을 통해 동일화의 감정을 느끼고, 인물을 통해 감정을 해소하는 카타르시스를 통해 자신의 상처받은 감정을 치유하는 것이다. 독서치유의 장점은 거리감과 유대감이다. 책 속 등장인물의 상황이 나의 상황은 아니므로 어느 정도의 거리감을 느끼며 객관적인 인식을 통해 문제를 해결할 수 있도록 도와준다.

둘째, 영화치유이다. 영화치유는 영화와 영상매체를 활용하여 상담자-내담자-영화 간의 상호작용을 통해 자신의 문제를 깨닫고 대안적인 해결 방법을 습득하는 것이다. 또한 영화를 통해 자신과 타인에 대한 정서적 통찰을 깨우치도록 하는 것이다. 영화치유를 위해서는 등장인물의 내면 심리와 갈등, 문제해결 방법 등에 초점을 둔 치유적 관람과 영화의 선택이 우선적이다.

셋째, 공간치유이다. 스위스의 산악등반가 샤를 비드머(Charles Widmer)는 "우리의 마지막 신체 기관인 모든 감각기관은 공간을 이용하는 것에 맞춰져 있다."고 한다. 그 말은 인간은 공간을 이동하는 존재이고, 공간을 이동하며 살아가야 마땅하다는 뜻이다. 인간은 자기만의 안정적인 영역이 필요하고, 이러한 공간은 인간의 인지와 행동에 큰 영향을 미친다. 이러한 공간의 힘은 인간을 치유하고 살아가게 하는 원동력이 될 수 있다.

　이 책은 <2021년 인문교육콘텐츠 개발 지원 1단계> 사업에 선정되어 국가의 보조금을 받아 책을 집필하여 2023년 10월에 출간하였다. 그리고 2025년 현재 출간된 책의 부족한 부분을 수정·보완하고, '문학 용어 정리'를 증보하여 개정 출간한 것이다. 이 책이 나오기까지 오랜 시간이 걸렸다. 더 좋은 책을 만들고 싶은 마음은 있지만 다음을 기약한다.

2025년 3월에
저자 박해랑

대학에서 학생들의 글쓰기 수업을 강의한 지 15년이 지나고 있다. 실제 학생들에게 글쓰기 강의를 진행한 지는 20여 년이 훌쩍 넘는다. 오랜 기간 학생들의 글쓰기를 지도하면서 학생들이 글쓰기를 어려워하는 다양한 이유를 잘 알고 있다.

초등, 중등, 고등을 지나 대학에서 글쓰기는 교양필수 교과목으로 지정되어 있다. 글쓰기에 대한 중요성을 충분히 강조하고 있으며, 모두 알고 있다는 것이다. 글쓰기가 왜 중요한가? 교과서적 대답은 아마 "글쓰기는 대학생의 의사소통 능력과 사고력 확장, 문제해결 능력, 창의력, 리더십 역량 등을 확장하고, 대학생활의 기초능력을 함양하기 위해서"이다. 또, "사회생활의 기본적인 능력을 함양하고, 대인관계에서 원활한 의사소통의 중요성 때문" 등의 다양한 이유로 말할 수 있다.

글쓰기의 중요성은 아무리 강조해도 해도 지나치지 않지만, 정작 학생들은 글쓰기를 그리 좋아하지 않는다. 그 이유는 다양하지만 대부분의 학생들은 글쓰기가 어렵기 때문이라고 한다. 글쓰기를 쉽게 할 수 있는 방법은 없을까? 그 방법은 좀더 고민해봐야 한다.

현재 우리 사회는 과학기술의 발달과 더불어 다양한 사회문제 현상으로 급격한 변화와 위기의 상황을 맞고 있다. 이 책은 이러한 위기의 상황을 맞이하는 현대인들에게 그들의 상처를 치유할 수 있는 방안을 제시하고자 하는 마음에서 연구한 것이다. 다수의 현대인들은 외적으로 아무렇지 않게 멋진 성인의 모습을 하고 있지만, 내적으로는 크고 작은 부족함을 안고 살아가고 있다. 사람들은 사회에서, 환경에서, 타인에게 혹은 자기 스스로에게 다양한 상황에서 상처를 받기도 한다. 또한 자신도 모르게 타인에게 상처를 주고 있는지 모른다.

변화하는 사회에 대한 불안감은 현대인들에게 정신적인 위기 상황을 초래할 수 있다. 이러한 위기 상황은 돌발 행위로 나타날 수 있으며, 이는 사회적 동요와 위기감을 조성하고, 사회문제 현상으로 충분히 확대될 수 있다. 이에 대한 피해는 고스란히 개인의 몫으로 돌아올 것이다. 이에 대한 대책이 필요한 시점이다.

이 책은 현대인의 정신적인 아노미 상황을 극복하기 위한 방안으로 인문학을 통한 감정치유를 연구한 것이다. 독서, 영화, 문화공간 탐방 등 다양한 인문학적 방법을 통해 감정의 치유를 연구한 것이다. 대학에서 학생들이 정서적으로 안정된 미래사회를 맞이할 수 있도록 준비의 과정을 연구하였다. 학생들과 수업을 통해 인문학의 효용성을 검증하고, 이를 확대하고 상용화하여 미래를 짊어질 대학생들이 긍정적이고 안정된 미래사회를 만들어 가기를 기대한다.

인간의 정신적 질병에 대한 연구는 의학적, 심리적 부문에서 다양하게 연구되어왔지만 이는 심각한 병적 증상을 가진 환자를 중심으로 이루어졌다. 일반 대중을 대상으로 한 다양한 감정치유에 대한 연구는 아직까지 미흡한 상태이다. 현대인들은 다양한 사회 변화 현상과 개인적 사회적 문제 상황으로 일정 부분에서 정신적, 감정적 상처를 받으며 살아가고 있다. 이에 인문학을 통한 감정의 치유는 매우 중요한 대안적 방법으로 제시할 수 있다. 인문학을 통한 다양한 방법들은 현대인의 정신적 상흔을 충분히 치유할 수 있을 것이다.

인문학은 현대 학문에서 심각한 위기 상황을 맞고 있지만, 의학적으로 치료되지 않은 정신적 심리적 부분에 대한 치유로서의 역할은 무한히 남아 있다. 그렇다면 현대 학문에서 인문학은 결코 위기가 아니라 기회임을 이해하고, 현대사회에서 더 중요한 학문으로 기여하고 발전할 수 있음을 기대할 수 있다. 특히 인문학을 통한 감정에 대한 치유 연구는 행복한 삶을 추구하는 현대인의 삶에서 다양한 융복합적 학문으로 현대인의 삶에 스며들게 될 것이다.

이 책이 나오기까지 수고해주신 국학자료원 여러분께 감사드립니다.

2023년 10월에
저자 박해랑

차 례

1장

———

인문학과 감정치유

1. 감정치유

우리 개인은 다양한 사회문제 현상에 무방비 상태로 노출되어 있다. 특히 지속된 'COVID-19' 상황은 백신이 발견되고 상용화되어가는 시점이지만 여전히 그 위험성은 사회 도처에서 지속되고 있다. 사람들은 그 위험성에 점점 무감해지고, 지쳐가고 있으며, 그에 대한 해결책을 특정 개인이나 사회로 돌리며 예상치 못하는 위험한 행동을 야기하기도 한다. 'COVID-19'로 인해 우리 사회는 여러 면에서 바뀌어가고 있다. 특히 개인과 개인 간의 감정, 개인과 사회 간의 감정에 대한 문제는 우울감이나, 돌발 행위로 나타나기도 한다.

'COVID-19'로 사회적 거리두기를 실천하면서 좋은 점도 있지만, 그렇지 못한 부분이 더 부각되는 것이 현실적 상황이다. 개인과 사회의 아노미적 상황은 개인 감정에 큰 문제를 야기하기도 한다. 좁게는 개인의 문제이지만, 넓게는 사회문제 현상으로 확대될 수 있다. 개인의 안녕은 사회의 안전과 직결된다. 현대사회에서 발생하는 개인의 감정 문제를 인문학적 치유 방법으로 연구하는 것은 안정된 미래사회를 구축할 수 있는 좋은 방안이 될 수 있다.

급격한 경제성장과 지속되고 있는 'COVID-19' 팬데믹 상황으로 인해 현대인들은 '코로나 블루'에서 '코로나 레드', '코로나 블랙'으로까지 많은 감정을 소모하고 있다. 이러한 감정은 감정노동에서 오는 스트레스를 넘어서 인간이 가지고 있는 감정에 대해 심각한 상처를 입히게 된다. 감정에 대한 상처가 치유되지 않은 상태에서 반복적인 감정의 손상은 현대인들에게 지속적인 불안감을 야기하고, 삶의 질을 떨어뜨리게 한다. 이러한 인간 감정에 대한 치유는 꾸준히 연구되어야 할 과제이다.

감정에 대한 사전적 정의를 살펴보면, '느낌'이란 "몸의 감각이나 마음으로 깨달아 아는 기운이나 감정"을 의미하고, '감정(感情)'은 "어떤 대상이나 상태에 따라 일어나는 마음의 현상"을 말한다. '정서(情緖)'는 "사람의 마음에 일어나는 여러 가지 감정, 또는 감정을 불러일으키는 기분이나 분위기"를 뜻하고, '정동(精動)'은 "희로애락과 같이 일시적으로 급격히 일어나는 감정, 진행 중인 사고 과정이 멎게 되거나 신체 변화가 뒤따르는 강렬한 감정 상태"를 의미한다. 본 책에서 이러한 감정 영역을 통합하여 감정(emotion)이라는 용어로 명명한다.

감정(emotion)은 크게 심리학적인 정의와 사회학적인 정의로 구분할 수 있다. 심리학자들은 감정을 "육체적 변화를 동반하는 유기체의 상태이며, 강렬한 느낌과 충동에 의해 나타나는 흥분 및 동요의 상태"로 정의한다. 결과적으로 감정의 상태를 중시하는 것이다. 이에 비해 사회학자들은 "어떠한 이유로 사람들은 기쁠 때는 웃고 슬플 때는 우는가" 하는 감정의 원인에 관심을 둔다. 특히 사회관계에 기인한 감정 구조를 강조한다. 또한 감정을 조건지우는 사건, 상황, 배경들을 중요시한다. 사회학자들은 감정이 생리학적인 반응이 아니라 상황에 대한 반응으로 보기 때문에 감정은 사회적 성격을 띠며, 상황의 평가라는 인지적인 요소를 통해 경험될 수 있다는 것을 강조한다.[1]

윌리엄즈(Williams)는 "'구조'라는 말이 명시하는 대로 견고하고 분명하지만 우리 활동 가운데서 가장 섬세하고 파악하기 힘든 부분에서 작동하고 있다. 어떤 의미에서 감정구조는 한 시대의 문화이다. 그것이 전반적인 사회 조직 내의 모든 요소들이 특수하게 살아 있는 결과이다."라고 한다.[2] 윌리엄즈는 사회적 체험으로서 공유되는 감정을 '감정구조'라고 말한다. 이는 감정이 지닌 능동적, 유동적인 성격과 더불어 다양하고 복합적인 사회적 관계에서 표출되는 현상으로 감정구조는 분석의 대상이 될 수 있음을 강조하는 것이다. 그는 감정구조를 공동체의 삶을 구성하는데 있어 중요한 위치를 차지하는 소통의 기반으로 심층적이고 폭넓은 범위에서 사용되고 있다고 본다.

윌리엄즈가 『맑스주의와 문학(Marxism and Literature)』에서 감정구조란 한 세대 혹은 한 시대 특유의 느낌을 만들어내는 사회적 경험과 관계의 특질이라고 한다. 그는 마르크스주의 비평의 기본적인 태도를 유지하면서 삶의 형식을 사회 · 역사의 맥락에서 설명하고자 한 것이다. 그의 이론은 개인이 아닌 집단이나 사회가 공유하는 시대적인 가치와 특정한 생활형식을 잘 설명하고 있다.

한 시대의 문화는 감정의 구조가 작동하는 가운데 이루어지며, 감정의 구조는 사회적인 특성을 넘어, 공동체 구성원들에 의해 향유되는 것이다. 그러한 공동체의 감정이 개인에게 모두 동일하지는 않지만, 감정의 구조는 공동체의 의사소통을 가능하게 한다.

인간 세계의 모든 것은 감정과 연관되어 있으며, 감정은 경험을 바탕으로 이루어진다. 감정은 자기와 세계와의 직접적인 접촉에 의해 이루어지는 것이다. 래저러스(Lazarus)는 분노, 불안, 죄책감, 수치심, 선망, 질투, 안도감, 희망, 슬픔, 행복감, 긍지, 사랑, 감사, 동정심, 미학적 경험에 의해 일어나는 열다섯 개의 감정에 대해 각각의 감정마다 뚜렷한 드라마나 독특한 줄거리가 있다고 한다. 그것은 개인의 경험에 부여하는 개인적인 의미를 전달하고, 각 감정마다 하나의 플롯이 전개된다고 한다.3) 이 플롯은 다른 것들과 구별되며, 하나의 감정이 어떻게 일어나는가를 이해하려면 그 감정을 다른 감정과 구별해주는 플롯을 연구해야 한다. 그 플롯에 대해 알고 있다면, 우리는 그 사람이 경험할 감정을 예측할 수 있을 것이다.

우리가 흔히 경험하는 부정적 감정을 살펴보면, 분노와 선망, 질투는 위험한 감정들이다. 특히 분노(anger)는 적대감(hostility)과 바꾸어 쓰기도 한다. 어떤 사람이 분노했다는 의미를 나타낼 때도 부정확하게 어떤 사람이 적대적이라고 말하는 경우가 많다. 적대감(hostility)은 감정(emation)이 아니라 감정적 태도(sentiment)를 가리킨다. 어떤 사람에게 적대적이라고 하는 것은 우리를 화나게 하는 행동에 자극을 받든 받지 않든 어떤 사람에게 화를 내는 성향을 나타낸다. 우리는 그 사람에게 늘 적대적이나(감정적 태도), 자극을 받을 때만 분노한다(감정).

분노에서 가장 큰 문제는 분노와 분노를 자극한 상황을 어떻게 처리할 것인가이다. 분노를 느낄 때 보통 가지게 되는 충동은 보복하여 에고가 입은 피해에 대처하는 것이다. 그러나 보복을 위한 공격은 다시 역습을 불러올 수 있다. 이것은 보통 원한을 낳고, 문제해결과 협상에 좋지 않은 분위기를 조성하기도 한다. 분노를 표현하는 것이 위험하며, 또 자신에게 힘이 없으므로 인해 종종 그 표현을 위장하게 된다. 분노를 표현하는 위험을 피하는 일반적인 방법은 분노의 전치(轉置)이다. 즉 우리가 두려워하는 힘이 센 사람들을 목표로 하지 않는 대신 위협적이지 않은 약한 사람 쪽으로 분노의 방향을 돌리는 것이다. 이런 식으로 우리는 사회에서 우리가 차지하고 있는 지위에 대한 좌절감을 표출하는 대상으로 자기보다 약한 대상을 선택할 수 있다. 이런 종류의 전치는 편견과 차별의 일반적인 기초를 이룬다. 이런 전치의 가장 슬픈 특징들 가운데 하나가 속죄양 만들기이다. 그런 경우에 하나의 약한 소수집단이 좌절감과 분노를 또 다른 약한 소수 집단에 퍼붓는 것을 보게 된다. 억압의 피해자가 다른 피해자들을 공격하는 것이다.[4]

불안—공포, 죄책감, 수치심은 실존적 감정들이다. 이 감정들은 우리의 존재, 세상에서의 위치, 삶과 죽음, 삶의 길에 대한 의미나 개념들과 관련이 있다. 각 감정들이 구체적으로 위협받고 있는 대상은 각각 다르다. 불안—공포에서는 그 의미가 개인적 안전과 정체성, 삶과 죽음의 문제에 초점을 맞추고 있다. 죄책감은 도덕적 잘못에 대해 의미를 두고 있으며, 수치심은 자신과 다른 사람들의 이상에 따라 행동하지 못한 것과 관련된다. 죄책감과 수치심은 개인적 실패에 대한 인식과 관련되기 때문에 비슷하다고 느낄 수 있다. 죄책감이나 수치심을 경험하려면 자신을 평가할 내적 기준이 있어야 한다. 죄책감에서는 그것을 양심이라고 부르고, 수치심에서는 그것을 자아이상(ego-ideal)이라고 한다. 정신분석자들은 이 두 가지 용어 대신 초자아(superego)라는 말을 사용한다.

죄책감과 수치심은 불안의 하위범주들로 여기기도 한다. 도덕적 규범을 어길 때는 죄책감—불안을 느끼며, 개인적 이상에 따라 행동하지 못할 때는 수치심—불안을 경험한다. 이런 개인적 실패로 인한 해로운 결과를 예상할 때 불안을 느낀다고 할 수 있다.

불안에 대한 약한 불안 발작의 공통된 특징은 첫째, 구체적인 자극이 불안을 일으키는 과정이다. 둘째, 특정한 상황에서 개인적인 의미가 불안에 특별히 취약한 상태를 만들어내는 과정이다. 셋째, 위협에 성공적으로 대처하지 못함으로써 불안이 악화되는 과정이다.

불안을 통제하기 위한 다양한 대처 전략이 있다. 그중 '역공포 스타일'은 위협적인 상황과 부딪힐 때, 실제로 느끼는 불편함을 인정하고 받아들이기보다는 적어도 외면적으로 용기, 대담함, 능란한 솜씨를 가지고 맞서려하는 것이다. 어떤 사람들은 그런 대결을 피한다. 그러면 그들은 삶에서 얻을 수 있는 것도 심각하게 제한을 받게 된다.[5]

상실의 가능성과 관련된 삶의 부정적 조건들은 안도, 희망, 슬픔 등을 포함하는 감정이다. 이 감정들을 논리적인 순서에 따라 배열하면, 첫 번째가 안도감이다. 안도감은 나쁜 상황에 뒤따르는 긍정적인 결과를 반영한다. 두 번째는 희망인데, 희망은 힘든 환경에서 기대하는 긍정적 결과의 가능성을 반영한다. 세 번째가 슬픔이다. 슬픔은 복구 불가능한 상실에 굴복하는 것이다. 슬픔을 이야기할 때는 슬픔이라는 느낌을 우울이나 절망 같은 슬픔과 관련된 상태의 느낌과 구별한다. 우울이나 절망은 삶에 남아 있는 것에 대해 전혀 희망을 가지지 않는다는 느낌을 표현한다.

안도감은 늘 어떤 목표의 좌절에서 시작되어, 분노, 불안, 죄책감, 수치심, 선망, 질투 등의 괴로운 감정들을 발생시킨다. 좌절을 안겨다 준 조건이 좋은 쪽으로 변하거나 사라질 때, 우리는 안도감의 극적 플롯을 경험한다. 삶의 고통스러운 조건이 얼마간 혹은 오랫동안 지속될 수 있다. 그러나 상황이 변하여 갑자기 안도감을 가져다주면, 거의 짧은 시간에 이전의 괴로운 감정을 다 흩어버리기도 한다.

안도감은 하나의 감정으로 부정과 긍정이라는 두 단계의 감정을 만든다. 안도감은 어떤 감정적 고통에서 시작될 수 있으므로 삶의 나쁜 조건과 관련된 감정이다. 그러나 스트레스를 주는 상황이 끝나는 동시에 감정적인 소모도 끝이 나고, 두려워하던 것은 현실로 나타나지 않는다. 이것은 안도감이라는 긍정적인 감정 상태를 자극한다.[6]

현대인들은 많은 위기 상황에 노출되어 있다. 국가 간의 크고 작은 분쟁과 민족과 가치 충돌에 의한 극단적 테러 상황, 더불어 가속화되는 자연재해에 의한 피해 상황은 전 세계인의 생존과 정신 가치에 위험을 초래하고 있다. 이러한 환경 속에서 현대인들은 분노, 상실, 원망, 절망 등을 복합적으로 드러내고 정체성 상실의 경계에 서 있다. 인문학을 통해 다양한 감정을 분석하고 평가하면서 인간 본연을 확인하고, 현대 여러 심각한 위기에 대처하는 것은 중요한 방안이 될 수 있다. 현대사회에서 발생하는 부정적 감정의 표출은 우리 모두 피해자가 될 수 있다는 위기감을 조성하기도 한다. 현대인들은 상황적 위험과 자연적 위험에 함께 노출되어 있으며, 이러한 위기감은 현대인의 삶을 황폐화시키는 요인이 되기도 한다.

인간은 세상의 모든 생물 가운데 가장 감정적이다. 인간의 다양한 감정은 개인적 의미의 산물이면서 동시에 우리 삶의 사건과 조건들에 의미를 부여한다. 우리가 감정을 이해한다는 것은 삶의 일상적 사건들의 의미를 해석하는 방식을 이해한다는 것이다. 우리 자신의 감정 내부에 있는 개인적인 의미를 이해하는 것은 그 감정들을 더 잘 받아들이고 더 잘 통제할 수 있게 한다.[7] 그러한 감정의 조절은 우리가 다른 사람들과 맺는 긍정적 관계를 방해하지 않고, 우리가 살아가는 공동 사회의 삶의 질을 높이고, 보다 안정적인 삶을 살아가게 할 것이다.

치유의 의미에 대해 살펴보면, 치유(healing, therapy)란 내재하고 있는 육체적, 생물학적, 정신적, 감정적, 사회적 요소 등 전체적 측면들에 아픔(illness)이 생긴 것이 온전해진 결과이다. 일반적으로 사람들이 느끼는 신체나 마음의 이상 증상으로 각 개인의 성향과 사회적 조건, 문화적 배경에 따라 다르게 체험하는 것이다.

본 책에서 치유는 육체적, 생물학적, 정신적, 감정적, 사회적 요소 등 인간 삶을 아우르는 종합적인 개념 'healing'으로 정의한다. 치유는 환경적, 사회적, 심리적, 문화적인 것들을 통해 치유될 수 있고, 스트레스를 줄여서 질병 치유에 효과적이고, 건강한 삶으로 이끌어 줄 것이다.[8]

감정치유(emotional healing)는 상처받은 감정을 치유하기 위한 방법으로 다양한 문학적 방법과 예술 행위, 의료적 행위를 아울러 포함하지만, 본 책에서 독서와 영화, 문화공간에 대한 치유의 방법을 연구하고자 한다. 또한 지금까지 연구된 다양한 치유의 방법을 포함하여 앞으로 현대사회가 나아가야 할 인문학 치유의 방향을 제시하여 현대인의 삶의 질을 높이는 계기를 만들고자 한다.

연구자는 치유와 관련된 논문에서 감정을 치유한다는 관점에서 서로 관계되는 연구논문 270건을 중심으로 연구 동향을 분석하였다. 연도별 현황을 살펴보면, 2005년부터 치유 관련 연구가 진행되었지만, 전문적인 연구는 2010년부터 진행되었다. 이후 연구가 정체되는 현상을 보이다가 2016년과 2019년의 특정한 사회적 현상을 계기로 치유에 관한 연구가 확대되었다. 연도별 연구 주제 현황은 2005년에서 2009년까지는 자아치유, 독서치유, 글쓰기치유에 관한 연구가 미미하게 진행되었고, 2010년부터 기존의 연구 주제와 더불어 종교, 예술, 프로그램 방법, 시, 인문 등의 치유 방법으로 주제가 확대되었다. 특히 2019년에 독서치유와 글쓰기치유를 포함하여 스토리텔링을 활용한 치유의 방법, 환경을 통한 치유의 방법으로 현대인의 삶에 직접적인 영향을 주는 다양한 방법의 치유가 확대 연구되었다. 연구 유형별 현황을 살펴보면, 치유에 대한 이론적 연구가 53.7%를 차지하였고, 정서적 연구는 35.19%를 차지하였다. 그 외 학습적 연구와 사례 연구가 진행되고 있다. 연구유형에서 주목할 것은 아직까지 이론적 연구가 많은 부분을 차지한다는 것이다. 그러한 점은 현재까지 치유에 대한 이론이 실천적인 방법으로 전문화되지 않았다고 볼 수 있으며, 이를 위해 실천적인 방안이 더욱 마련되어야 할 것으로 보인다.

특히 정서적 연구는 두 번째로 많은 부분을 차지하고 있지만, 현대 사회에서 더욱 연구되어야 할 부분으로 앞으로 꾸준한 연구가 진행되어야 할 것이다. 많은 현대인들은 관계에서 아니면 사회적 현상으로 인해 스스로 알게 모르게 무수한 감정적 상처를 입고 있다. 이는 외적인 치유보다 더 오랜 시간이 필요할지 모른다. 감정치유에 대한 연구는 안정된 미래사회를 구축하는데 좋은 근간이 될 것이다.9)

<표 1> 감정치유 관련 연구의 연도별 현황

연도	2005	2006	2007	2008	2009	2010	2011	2012	2013
논문 수	3	2	1	2	3	9	5	22	14
비율(%)	1.11	0.74	0.37	0.74	1.11	3.33	1.85	8.15	5.19

연도	2014	2015	2016	2017	2018	2019	2020		합계
논문 수	13	24	32	24	24	49	43		270
비율(%)	4.81	8.89	11.8	8.89	8.89	18.15	15.93		100.0

<표 2> 감정치유와 관련한 연도별 연구 주제 현황

주제 \ 연도	2005－2009	2010－2015	2016	2017	2018	2019	2020	건수	비율(%)
①자아치유	2	17	10	4	1	5	10	49	18.148
②독서치유	4	16	1	3	2	9	6	41	15.158
③글쓰기치유	1	16	5	4	6	8	5	45	16.666
④종교치유	1	9	2		3	2		17	6.296
⑤예술치유	1	9	1	3	2	6	7	29	10.740
⑥프로그램연구	2	5	3		3		6	19	7.037

								합계	비율
⑦영화치유	1					1		2	0.740
⑧시조,시치유	2		4	4	4	1		15	5.555
⑨동화치유	2	2	1		1	3		9	3.333
⑩치유문화	1							1	0.370
⑪인문치유	6	5						11	4.074
⑫서사치유	2							2	0.740
⑬철학치유	1		1		1	1		4	1.481
⑭고전치유		2	3	2	3	1		11	4.074
⑮스토리텔링치유			1	1	2	1		5	1.851
⑯환경치유		1			5	2		8	2.962
⑰사진치유					2			2	0.740
합계	11	87	32	24	24	49	43	270	100.000

<표 3> 감정치유 연규 유형별 현황

연구유형	연구건수	비율(%)	세부 연구주제
정서적 연구	95	35.19	마음치유, 스트레스해소, 갈등치유, 자존감회복, 예술적표현치유(무용, 음악, 미술 등), 종교적치유
이론적 연구	145	53.70	문학치유, 독서치유, 글쓰기치유, 시치유, 동화치유, 고전치유, 철학치유, 서사치유, 영화치유
사례적 연구	11	4.07	치유환경조성, 사진치유(그림 등), 실제 사례를 통한 연구(임상사례 제외)
학습적 연구	19	7.04	프로그램연구, 문학교육
합계	270	100.00	

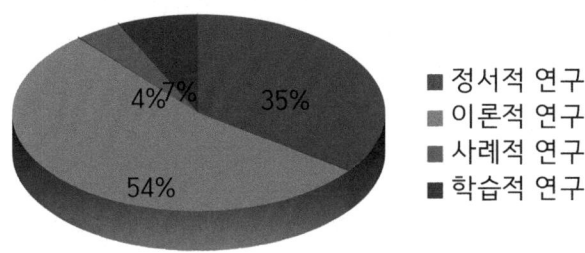

■ 정서적 연구
■ 이론적 연구
■ 사례적 연구
■ 학습적 연구

<그림 1> 감정치유 연구 유형별 연구 비중

2. 인문치유

인문학은 키케로(Marcus Tullius Cicero)가 사용한 라틴어 '후마니타스(humanitas)'에 기원한다. 오늘날의 인문학(humanitas)은 '인간 본성(human nature)' 또는 '인간(humanity)'을 의미한다. 인문학은 인간다움의 속성에 대한 탐구이다. 이러한 탐구는 인문학 안에 포함되는 문학, 사학, 철학, 예술 등의 학문을 통해 다양한 방식으로 이루어진다.

인간다움의 속성은 사실적 · 물질적 속성과 가치적(규범적) · 정신적 속성으로 나눌 수 있으며, 가치적 · 정신적 속성은 전통적으로 진, 선, 미, 성, 정의, 자유, 평등 등을 말한다. 결국 인문학은 가치적 · 정신적 속성에 대한 앎, 지식을 목적으로 하는 인문 실천 활동이다.

영국의 경제학자 존 메이너드 케인스(John Maynard Keynes)는 자본주의의 발전으로 인해 재화가 풍부히 생산되지만 실업이 증가하는 현상을 '풍요 속의 빈곤(poverty midst plenty)'이라고 표현한다. 현대사회는 또 다른 유형의 풍요 속의 빈곤에 직면해있으며, 그것은 '물질적 풍요 속의 정신적 빈곤'이다. 현대인들은 물질적 풍요를 누리고 있지만, 그 반면에 다양한 정신적 고통에 시달리고 있는 것이다.

인문학의 궁극적 목적은 '행복'이며, 인간 삶의 목적도 '행복'이다. 인문학과 그 실천 활동 모두 인간 삶의 일부이며, 인문학이 추구하는 행복은 개인이나 집단의 '정신적 행복'이다. 이런 점에서 독일의 철학자 빌헬름 딜타이(Wilhelm Dilthey)는 인문학을 '정신과학'으로 규정한다.

인문치료는 인문학적 지식과 방법을 사용하는 치료적 활동을 통해 인간의 궁극적 목적인 행복에 도달하도록 돕는 것이다. 치료 목적의 특성상 행복의 필수조건은 건강이다. 결국 인문치료의 목적은 인문학적 앎의 실천을 통해 행복의 필수조건인 마음의 건강 또는 건강한 마음을 유지하는 데에 있는 것이다.

인문치료의 대상이 되는 인문학적 병은 인간다움과 관련된 세계관, 가치관의 혼란과 오류 등에 의해 생기는 마음의 고통이나 불편함이다. 인문치료의 주 대상은 마음의 병뿐만 아니라 그로 인한 신체의 병도 포괄적으로 정의하고 있다.

사람들이 겪는 질병을 크게 '신체의 병'과 '마음의 병'으로 구분하면, 신체의 병은 주로 신체적 증상이 나타나는 병이고, 마음의 병은 주로 심리적 증상이 나타나는 병이다. 마음의 병을 두 가지 유형으로 나누어 보면, 그 첫 번째 유형이 신체 중에서 특히 두뇌의 물리적 결함이나 기능적 장애로 발생하는 정신병(Mental Disease)이다. 마음의 병 중 두 번째 유형은 세계관·주체성이 상실되거나 혼란을 겪는 경우로, 개인이 속한 사회적 집단과 적절한 관계를 유지할 수 없는 경우에 발생한다. 우리는 이러한 원인을 존재론적 원인 또는 가치론적 원인이라 하고, 그로 인한 병을 철학적 병이라고 한다. 인문치료의 대상은 바로 마음의 병 중 두 번째 유형, 즉 존재론적, 가치론적 원인의 병을 앓고 있는 사람들이나 그러한 사람들이 현저한 집단과 사회이다.

인문치료는 인문학의 자산과 그 치료적 효능을 활용한다. 즉 문학, 사학, 철학, 예술 등의 여러 분야에서 인간다움과 관련된 다양한 가치

적 · 정신적 속성들에 관해 탐구하고 그 결과들을 활용하여 마음의 불편함과 고통을 치료하는 것이다.10)

인문학은 인간과 관계되는 학문이다. 넓은 의미로는 모든 학문이 인문학에 포함될 수 있고, 문학, 사학, 철학, 예술 등을 중심으로 하는 분석적이고 비판적인 학문을 포함한다. 인문학과 치유의 관계를 살펴보면, 다음과 같다.

첫째, 인문학의 치유적 의미는 인문학과 인류 역사의 기원에 있다. 인문학은 인간다움의 추구에 목적을 두고, 인류 역사와 함께 시작했다. 원시사회에서 제사장들은 인간의 문제를 신의 영역에서 찾았고, 신과의 소통을 통해서 해결하고자 했다. 고대 그리스에서 병이 있는 사람들은 신탁을 받는 신전으로 모이고, 중세에는 초자연적인 치유의 역할이 수도원으로 옮겨졌다. 종교를 중심으로 출발한 인문학은 인간의 문제를 신과의 관계 속에서 해결하고, 치유의 문제도 해결하였다.

근대에도 경험과 과학에 의한 의학이 질병을 낮게 한다는 확신을 가지고 있지만, 정신이나 마음의 문제는 해결될 수 없다는 것을 알고 있다. 여기에 인문학이 치유를 담당해야 할 의미가 있는 것이다.11)

둘째, 인문학의 반성적 기능에 의한 치유의 의미이다. 인문학은 다양한 텍스트에 대한 해석과 탐구를 통해 도덕적 · 미학적 감수성을 길러주고 정신세계에 대한 시야를 넓혀주며 논리적 사유 능력을 길러준다. 인간에 관한 문제를 반성적으로 바라보며 편견, 관습, 전통의 억압에서 우리를 해방시켜 준다. 인문학은 사람들을 진정한 주체로 만들 수 있는 내재적 기능을 가지고 있는 것이다.12) 인문학은 반성을 통해 이해하고, 치유의 의미를 갖는 것이다.

셋째, 인문학은 정신분석학이나 심리학에서 규명되지 않은 치유의 의미를 지니고 있다. 인간이 겪는 고통 중에는 의학적인 치료로 치유될 수 있는 경우도 있지만 그렇지 못한 경우도 있다. 인간의 존재론적 · 가치론적 고통은 대상을 고찰하는 일정한 원리와 관찰의 방식을 통해서 해결할 수 없다. 이것은 고통을 겪고 있는 당사자를 단지 '대상'으로서 만나는 설명의 방식이 아니라 '주체'로서 마주해 공감하는 '이해'의 방식을 통해서 극복될 수 있다.

넷째, 인문학은 현대인의 건강 문제를 다루는 데 중요한 부분일 뿐만 아니라 사회적 문제에 대한 치유의 의미도 가진다. 정신치료나 심리치료는 개인의 문제에 집착해 치료행위를 한다. 반면 현대인의 정신적인 문제는 개인의 문제에 그치지 않고 사회적인 문제, 나아가 문명적인 문제이기도 하다. 인문학은 인간의 사유와 인식, 인간 간의 관계, 생활과 존재 기반, 역사와 변화 과정을 탐구하는 종합 학문이다. 또한 사회 비판과 비판적 문제의식의 촉구에 있으며, 삶의 가치와 의미의 차원을 다룬다.

결정적인 상황에서 큰 힘을 발휘하고 우리 현실에서 중요한 비중을 차지하는 영역에서 개인적인 관점을 정립하고, 사회적 공감대를 형성하는 것이 바로 인문학의 역할이며 인문학의 치유적 의미이다.[13)]

인문치료는 인문학이 포함하는 다양한 방법을 종합적으로 활용한다는 점에서 통합 인문치료이다. 인문치료는 대상자에게 복합적이고 종합적인 치유 방법을 맞춤 형식으로 제공할 수 있다.

인문치료의 근본 이론은 삶, 행복, 고통에 대한 것이고, 철학과 역사, 문학, 예술 등의 다양한 영역에서 무한한 자원을 가지고 있다. 인문치료 연구자들은 치료에 도움 될만한 것들을 발굴하고 연구해야 한다.

인문치료의 방법이 반드시 인문학적일 필요는 없다. 책을 읽거나 그림을 그리거나 음악을 듣고 소감을 이야기하고, 글을 쓰는 과정에서 치료사가 내담자의 마음에 접근하고, 이러한 활동 속에 다양한 예술적 방법을 사용할 수 있다. 인문치료의 기본정신을 잘 살리고, 그것을 구현할 수 있는 방법을 사용하는 것이 중요하다.

인문치료의 진단 방법으로 마음의 상태를 특정할 수 있는 공신력 있는 지수를 개발할 필요가 있다. '국가행복지수(National Index of Well-being)'는 OECD에서 2006년 개발한 지표로 경제발전, 자립도, 형평성, 건강, 사회적 연대, 환경, 생활 만족도 등 총 7개 분야 26개 세부항목을 평가해 산출한다. 국가행복지수는 행복과 관련된 객관적 요소에만 치중하고 있어, 주관적 행복감을 측정하기 위한 행복지수들이 개발되고 있다.

이러한 행복지수들은 내담자의 마음 상태를 가늠할 수 있는 진단 도구로 활용될 수 있다. 현재 개발된 행복지수들은 검사초점이 각기 다양함으로 인문치료의 정신에 부합하고, 우리의 현실에 맞는 행복지수가 개발되어야 한다.

인문치료가 활성화되기 위해서는 인문치료를 위한 체계적인 연구와 이를 뒷받침할 제도적 장치가 필요하다. 또한 인문치료사의 자격을 규정하고 관리할 수 있는 인증제도를 확립하고, 이에 필요한 요건들을 규정해야 한다.14)

2장

————

독서를 통한 감정치유

1. 독서치유

1) 독서치료의 정의

독서는 정보를 제공하고, 의사소통 행위로서 간접 경험을 제공한다. 독서는 읽기, 쓰기, 말하기, 사고하기까지 인간 행위의 근간을 이룬다. 인간은 독서를 통해 성장하고, 변화하기도 한다.

독서치료란 문학작품을 치료의 목적으로 사용하여 사람의 정신적인 갈등이나 정서적 문제를 치유하는 것이다. 독서치료(bibliotherapy)란 용어는 책(biblion)과 치료(therapia)라는 그리스어에서 유래하였다. 치료(therapy)는 영어의 'cure'에 해당되는 말이지만 독서치료에서는 내용적으로 통찰력을 '계발하다(enlighten)' 혹은 '육성하다(promote)'라는 의미를 함축하고 있다. 즉 독서치료는 자기이해를 기반으로 하는 인식과 통합의 요소를 담고 있는 것이다.[1]

독서치료는 '책 읽기를 통해 사람의 마음을 치유한다'라는 일반적인 정의로부터 정신의학, 교육학, 상담학 등의 전문적인 영역에서 특수한 대상과 상황에 적용되는 세분화된 의미까지 다양하게 정의되어왔다.

독서를 통해 지식과 정보를 습득하고, 감성적인 능력을 배양하고,

간접 경험을 통한 합리적인 판단력을 키우며 다양하고 창의적인 사고력을 확장할 수 있다. 꾸준한 독서는 지속적인 자기계발을 가능하게 하고, 그들이 속한 사회 속에서 뛰어난 감성으로 변화하는 사회에 유연하고 능동적으로 대처할 수 있게 한다. 독서를 통한 개인의 성장은 무한한 것이다.

독서치료는 독서가 가진 영향력을 확장하여 상처받은 마음을 치유하고 회복시키는 방법이다. 독서치료는 책의 내용을 인지적으로 이해하고 지식을 습득하는 지적인 활동뿐만 아니라 아픈 곳을 치유할 수 있도록 감성적이며 정서적인 반응에 초점을 둔다.[2]

독서치료(bibliotherapy)라는 용어는 1916년 사무엘 크로더스(Samuel AcChord Crothers)가 처음 사용하였으며, 정신과 환자들을 중심으로 책을 선정하고 적극적으로 활용하였다. 독서치료의 3대 원리는 동일시의 원리, 카타르시스의 원리, 통찰의 원리이다. 이 원리는 문학작품의 인물에 대한 동일시를 통해 역경을 극복하는 지혜를 배우고, 작품을 통찰한다. 작품의 전개나 인물의 역할과 대화를 통해 카타르시스를 경험하고 회복과 치유를 얻게 된다.

독서치료는 독자가 작품 속에서 동질감을 느끼고 감정이 이입되면서 카타르시스에 이르게 한다. 그러나 책 속의 등장인물과 상황이 독자 자신의 것은 아니기에 어느 정도의 거리감을 느낄 수 있다. 이러한 거리감은 독자로 하여금 객관적으로 상황을 인식하고 평가하여 문제해결에 도달할 수 있도록 도와주는 역할을 한다.

현대의 독서치료사나 독서상담자의 역할은 독서참여자와 독서자료를 연결시켜 주는 역할을 하는 것이며, 이야기는 다른 사람의 이야기를 통해서 자신의 삶을 돌아보게 하는 역할을 한다. 이야기는 자신이 감추거나 내면 깊이 묻어둔 과거를 기억나게 하며, 그 기억을 새로운 시각으로 조망하고 사고방식을 변화시켜 문제해결에 도달하도록 도와준다. 즉, 독서치료는 독서참여자와 독서자료의 밀접한 상호작용, 즉 거리감과 유대감의 지속적인 작용 속에서 감정적 통찰에 이르도록 함으로써 건강한 자아를 회복할 수 있도록 하는 과정이다.

독서치료라는 용어에서 치료(therapy)라는 말은 '통찰력을 계발시키거나 육성한다'라는 의미가 내포되어 있다. 즉 독서치료는 자기실현(self-actualized)의 의미가 포함되어 있으며, 독서치료의 효과는 독서참여자의 동기와 의지에 많이 의존하는 것이다. 이러한 의미는 독서참여자 자신이 독서치료의 주체가 되어 책과의 밀접한 상호작용을 통해 스스로 통찰력을 계발하고, 문제를 해결하는 삶을 살아가게 하는 것이다.

2) 이야기와 독서치료

작가의 상상력에 기반을 둔 문학적 구조를 가진 책을 '픽션(fiction)'이라 하고, '허구'라고도 부른다. 이 픽션의 장르는 소설이다. 소설에서 나오는 말은 상호관계를 맺으며 유기적으로 결합된 구조를 이루고 있다. 이런 말들을 '이야기(story)'라고 부른다. 작가의 상상력을 기반으로 창조된 이러한 이야기는 독자에게 일정한 영향력을 행사하고, 그 영향력은 독자와 이야기 사이에 일어나는 상호반응이다.

우리 모두는 개인의 인생 이야기를 만들어 가는 중이다. 나의 이야기는 내가 직접 경험한 것이고, 소설 속의 이야기는 간접적인 경험이다. 독서를 통해 나의 이야기와 소설 속의 이야기가 만나면서 서로 상호반응이 일어나는 것이다. 이것이 독서치료의 시작이다.

독서치료에서 소설은 등장인물, 상황, 사건, 은유 등이 서로 연관을 맺고 그 의미와 정보를 담아 독자의 사고와 감정에 영향을 준다. 독서를 할 때 실생활에서 동일한 상황을 만나는 것 같은 생생한 느낌이 전달되기도 한다.

소설을 읽는 독자는 '거리감(distance)'과 '유대감(involvement)'의 두 단계를 거친다. 거리감은 독자가 그 소설에서 자신과 유사한 인물, 배경, 사건, 문제를 발견하게 된다. 작가의 상상력에 의해 창조된 소설이라도 소재로 삼고 있는 대상은 실제 우리 생활이기 때문이다. 현실 생활에서 일어난 문제들에 대해서 우리는 그 문제로부터 도피하거나 숨을 공간이 없다. 우리는 때때로 당면한 문제들을 직면하기에 너무 고통스러워 일시적으로 도피하기도 한다. 그러나 문제를 해결하는 건전한 방법은 문제를 직면하고 적극적으로 부딪히는 것이다.

마음의 상처가 심한 경우에 그러한 용기를 내기가 쉽지 않다. 그러나 소설 속에 전개되는 나와 유사한 인물과 사건들에 대해서 어느 정도 거리감을 두면 소설 속에서 나 자신을 관찰할 수 있는 위치에 있게 된다. 이것이 소설이 독자들에게 치료적 효과를 제공하는 거리감이라는 특성이다.

당면한 문제에 대해서 내가 직접 당사자라는 것과 관찰자의 입장에 있다는 것은 그 인식과 판단에 있어 많은 차이를 준다. 소설 속의 자신과 유사한 인물과 사건과 상황은 나 자신을 그대로 노출하지 않고서도 나 자신과 상황을 관찰할 수 있게 한다. 나아가 자신을 노출시키지 않으면서 소설 속의 남의 이야기를 통해 나에 대해 깊이 파악하고 이해할 수 있는 자기이해와 자기표현의 길을 열어 주는 것이다.

소설이 주는 거리감은 소설이 자신을 잘 이해할 수 있도록 도와주고, 자신이 당면한 상황과 문제를 다른 사람의 시각으로 바라보게 하여 문제해결의 방법을 간접적으로 제시해 준다. 이러한 원리와 상호반응들은 소설의 치료와 예방적인 면에서 그 효과를 증대시킬 수 있다.

다음으로 유대감이다. 자신의 문제를 소설 속의 타인을 통해서 관찰함으로 독자로 하여금 책 속의 인물, 사건, 문제 속에 몰입하고, 그 인물, 사건, 문제에 대해 친밀감 또는 유대감을 갖게 한다. 즉 내가 당면하고 있는 문제가 나만의 문제가 아니라 다른 사람들도 함께 비슷한 문제에 당면할 수 있다는 사실을 발견하고, 독자로 하여금 책 속의 인물, 상황, 문제와 유대감을 갖게 한다. 이러한 유대감은 독자로 하여금 책의 내용에 깊이 몰입하게 하고, 책의 내용이 전개되어 갈수록 자신의 감정과 사고에 밀접한 유대감이 이루어진다. 이를 통해 독자의 스트레스와 상처 난 감정에 도움을 주면서 독서치료가 실행되는 것이다.

책을 읽으면서 즐거움과 행복함, 성취감을 확보하고, 단순한 독서의 즐거움을 위한 심미적인 독서도 마음을 위로하고 치유하는 독서치료의 기능이 있다.3)

3) 독서치료의 과정

나의 인생 이야기와 유사한 이야기를 읽어가면서 그 이야기에 몰입하고, 책 속의 고민과 갈등에 힘들어하고, 책 속의 결말에 진한 감동을 느껴본 적이 있는가? 이것이 독서치료의 시작이다. 우리는 허구의 소설 속 등장 인물에게 나와 같은 모습을 대면하면서 자기인지의 충격을 받게 된다.

독서치료는 이 충격에서 시작되고, 이 충격은 '아이코이아(ICOIA)' 과정을 거친다. '아이코이아'란 다음과 같은 과정의 약칭이다.4)

1단계－동일화(Identification)
2단계－카타르시스(Catharsis)

3단계－표출하기(Output)

4단계－통찰(Insight)

5단계－적용(Application)

독서치료의 첫 단계 '동일화'는 책을 읽어가면서 책 속의 등장인물과 자신을 동일하게 느끼게 되는 과정이다. 책 속의 등장인물과 자신의 공통적인 성격, 환경, 사건, 느낌, 감정, 사고 등을 찾아내고, 이러한 상호 과정을 통해 책을 읽으면서 등장인물에게 느끼는 감정의 전이를 이끌어내게 된다. 감정의 전이는 책의 내용이 전개되면서 더욱 깊어지고 독서자는 내면에서 등장인물과 같은 감정을 심화시키게 된다.

두 번째 단계 '카타르시스'는 감정정화이며, 독서자의 내면에 쌓여 있는 욕구불만이나 심리적 갈등을 언어나 행동으로 표출시켜 감정을 발산시키는 과정이다. 카타르시스는 자신의 어려움과 고통을 책 속의 등장인물이 겪는 아픔을 통해 감정적으로 발산시키며 치유시키는 과정이다. 카타르시스의 과정을 겪고 나면 그 경험을 객관적인 시각으로 바라볼 수 있게 된다. 이것이 카타르시스의 원리이며 독서치료의 핵심 과정이다.

세 번째 단계 '표출'은 카타르시스 과정에서 발산된 감정을 글쓰기를 통해 내면에 재구조화하는 과정이다. 독서치료에서 글쓰기 과정은 읽은 내용을 정리하는 단계, 읽은 내용을 질문하는 단계, 읽은 내용을 독서자 자신의 말로 재구성하는 단계로 나누어 정리한다. 책을 읽고 느낀 점을 객관적인 관점으로 적어보고, 심층적인 접근을 위해 구체적인 질문에 답변하고, 자신의 감정과 느낌에 의한 말로 자신의 스토리를 만들어 보는 것이다. 그렇게 함으로써 책을 읽고 난 후의 정서적 감흥을 고취시키고, 내용에 대한 이해를 깊이 할 수 있다.

네 번째 단계 '통찰'은 책을 읽고, 자기 자신이나 자기 문제에 대하여 올바르고 객관적인 인식을 체득하는 것으로 카타르시스와 표출 과정을 지나면서 도달하게 되는 과정이다. 책 속의 인물이 지나온 상황과 문제들을 자신의 것과 동일하게 느끼는 과정에서 통찰이 오기도 한다. 책을 읽으면서 아픈 감정을 발산하고 책의 내용에서 문제해결을 위한 긍정적인 접근방법을 발견하면 자기 문제에 대해 긍정적이며 건설적인 해결 방법을 모색할 수 있다. 즉, 통찰은 자기 자신과 자기 문제에 대해 객관적인 시각으로 재인식하며 건설적인 문제해결의 방법을 찾아내는 독서치료의 결실이다.

다섯 번째 단계는 '적용'이다. 통찰을 통해 체득하게 된 자기 이해와 자기 고백의 행동 변화를 실제적으로 자기의 생활에 적용시키는 과정이다. 변화의 과정은 세 단계를 거치는데, 첫 번째 단계는 마음의 변화이다. 지금까지 가지고 있었던 아픔의 마음이 중성적 마음으로 변화하는 것이다. 이러한 마음의 변화는 태도의 변화로 이어진다. 현재 닥친 어려움을 도피하지 않고 문제해결을 위해 적극적이고, 긍정적인 자세로 변하는 과정이다. 그 다음은 행동의 변화이다. 문제해결에 대해 적극적이며 긍정적인 태도는 결국 행동으로 나타난다. 조금씩 변화되는 모습 속에서 자신감을 회복하고, 건강한 삶을 찾아가는 과정이다.[5]

4) 독서치료와 글쓰기

독서치료에서 감정적인 발산을 불러오는 과정은 카타르시스이다. 카타르시스의 다음 단계인 표출의 과정은 내면에 쌓여 있는 아픔을 언어와 글로 표현함으로써 카타르시스의 효과를 증대시켜 주는 역할을 한다. 표출이란 읽은 책의 내용을 자신의 말로 바꾸어 글을 써보는 것이다.

독서치료에서 카타르시스의 효과를 높이는 과정으로 표출을 위한 글쓰기를 중심으로 살펴보면, 3단계의 과정을 연습한다.6)

1단계 – 읽은 내용을 정리하기
2단계 – 읽은 내용에 대해 질문하기
3단계 – 읽은 내용을 독서자 자신의 말로 다시 써보기

2. 독서치유의 실제

1) 이청준의 「눈길」(1977)을 통한 모자간의 감정

(1) 독서치료의 절차

    1단계－동일화(Identification)
    2단계－카타르시스(Catharsis)
    3단계－표출하기(Output)
    4단계－통찰(Insight)
    5단계－적용(Application)

(2) 작가와 작품소개－이청준, 「눈길」(1977)

    작가 이청준(1939년 8월 9일－2008년 7월 31일) 전남 장흥 출생, 16세 초등학교를 졸업하고 중학교에 입학, 중학교 2학년까지 친척집에서 살고, 3학년 때부터 자취하였다. 그는 고향 마을에서의 가난을 인식하면서도 그것을 외면하고 고향에서 벗어나고자 하는 욕망을 가졌으며, 그것은 그의 작품 「눈길」(1977)에 잘 나타나 있다. 그의 소설 특징은 지적이면서 관념적이지 않고, 세계의 불행한 측면들을 포기하면서도 그 이면을 냉정하게 응시한다.

작품 소설 「눈길」(1977년)은 『문예중앙』 창간호에 발표된 단편소설, 주인공 '나'가 아내와 함께 시골에 살고 있는 노모를 만나러 갔다가 어머니의 사랑을 확인한다는 내용이다. 소설은 주인공이 노모에게 내일 아침에 올라가야겠다는 말을 전하면서 시작한다. 금세 올라가겠다는 아들을 서운해하면서, 노모는 조심스럽게 마을의 지붕 개량 사업에 대한 얘기를 꺼낸다. 내심 지붕을 고치고 싶어 하며 꺼낸 노모의 얘기에 부모로부터 아무런 도움도 받지 않고 자수성가했다고 생각해왔던 나는 호응해 주지 않는다. 노모는 다음날 아내에게 자신의 욕심 때문이 아니라 본인의 장례와 사후 때문에라도 집을 고쳐야 하지 않겠냐는 말을 꺼내고, 나는 그 얘기를 엿듣게 된다. 그리고 옷궤가 둘의 이야기의 화제로 오른다.

17,8년 전 내가 고등학교 1학년일 때에 형이 가산을 탕진하고 집을 팔았는데, K시에서 겨울방학을 보내던 내가 돌아오자 노인은 이미 팔린 집의 주인에게 '내'가 하룻밤만 잘 수 있도록 부탁을 하고 아직 집을 지켜 온 흔적으로 안방 한쪽에 이불과 옷궤를 남겨 두었다. 뒤이어 노인은 아내의 간청에 의해 그 다음날 새벽 눈길을 걸어 '나'를 장터 차부에 데려다주던 이야기를 꺼낸다. 아들을 떠나보내고 한참을 찻길만 바라보던 노인은 돌아가던 길에 눈길에 찍힌 아들의 발자국을 보고 눈물을 뿌리며 돌아온다.

노인이 눈길을 걸어 돌아갔다는 것만 알고 있었던 나는 이런 얘기들을 듣고 눈물이 차올라 깨우는 아내 앞에서 눈을 감고 자는 척을 한다. 돌아가던 동네의 아침 햇살이 부끄러워 시린 눈을 해가지고는 동네에 선뜻 들어설 수 없었다는 노인의 말로 이야기는 끝을 맺는다. 이처럼 이 작품은 고향에 돌아간 주인공이 과거 체험의 상기를 통해 노모와의 화해를 이룬다는 점에서 귀향형 소설이라 할 수 있다.

－권영민 외,『한국현대문학대사전』참조

(3) 동일화, 카타르시스, 표출－이청준의 「눈길」(1977)을 읽고, 다음의 질문에 대해 글로 작성해보세요.

① 소설 「눈길」의 내용을 정리해보세요.

② 아들의 입장에서 얘기해보세요.

③ 어머니의 입장에서 얘기해보세요.

④ 아들과 어머니 사이의 문제는 무엇인가요?

⑤ 아들과 어머니 사이의 문제의 원인은 무엇인가요?

⑥ 아들과 어머니 사이의 문제의 해결책은 무엇이라고 생각하나요?

⑦ 내가 만약 아들이라면 어떻게 했을까요?

⑧ 내가 만약 어머니라면 어떻게 했을까요?

⑨ 작품 속에서 가장 기억에 남는 부분은 무엇인가요?(명대사, 장면, 사건 등) 그 이유도 얘기해보세요.

장면

이유

(4) 통찰—소설 「눈길」(1977)의 끝부분입니다. 다음을 읽고 느낀 점을 작성해보세요.

> "길을 혼자 돌아가시던 그때 일을 말씀이세요?"
> "눈길을 혼자 돌아가다 보니 그 길엔 아직도 우리 둘 말고는 아무

도 지나간 사람이 없지 않았겠냐. 눈발이 거친 그 신작로 눈 위에 저하고 나하고 둘이 걸어온 발자국만 나란히 이어져 있구나."

"그래서 어머님은 그 발자국 때문에 아들 생각이 더 간절하셨겠네요."

"간절하다뿐이었겠냐. 신작로를 지나고 산길을 들어서도 굽이굽이 돌아온 그 몹쓸 발자국들에 아직도 도란도란 저 아그의 목소리나 따뜻한 온기가 남아 있는 듯만 싶었제. 산비둘기만 푸르륵 날아가도 저 아그 넋이 새가 되어서 금세 저 아그 모습이 뛰어나올 것만 싶었지야. 하다 보니 나는 굽이굽이 외지기만 한 그 산길을 저 아그 발자국만 따라 밟고 왔더니라. 내 자석아, 내 자석아, 너하고 나하고 둘이 온 길을 이제는 이 몹쓸 늙은 것 혼자서 너를 보내고 돌아가고 있구나!"

"어머님 그때 우시지 않았어요?"

"울기만 했겠냐. 오목오목 디뎌 논 그 아그 발자국마다 한도 없는 눈물을 뿌리며 돌아왔제. 내 자석아, 내 자석아, 부디 몸이나 성하게 지내거라. 부디부디 너라도 좋은 운 타서 복받고 살거라……
눈앞이 가리도록 눈물을 떨구면서 눈물로 저 아그 앞길을 빌고 왔제……."

노인의 이야기는 이제 거의 끝이 나 가고 있는 것 같았다. 아내는 이제 할 말을 잊은 듯 입을 조용히 다물고 있었다.

"그런디 그 서두를 것도 없는 길이라 그렁저렁 시름없이 걸어온 발걸음이 그래도 어느 참에 동네 뒷산을 당도해 있었구나. 하지만 나는 그 길로는 차마 동네를 바로 들어설 수가 없어 잿등 위에 눈을 쓸고 아직도 한참이나 시간을 기다리고 앉아 있었더니라……."

"어머님도 이제 돌아가실 거처가 없으셨던 거지요."

한동안 조용히 입을 다물고 있던 아내가 더 이상 참을 수가 없어진 듯 갑자기 노인을 추궁하고 나섰다. 그녀의 목소리는 이제 울먹

임 때문에 떨리고 있었다.

나 역시도 이젠 더 이상 노인을 참을 수가 없었다. 이제나마 노인을 가로막고 싶었다. 아내의 추궁에 대한 그 노인의 대꾸가 너무나 두려웠다. 노인의 대답을 들을 수가 없었다. 하지만 그 역시도 불가능한 일이었다.

나는 아직도 눈을 뜰 수가 없었다. 불빛 아래 눈을 뜨고 일어날 수가 없었다. 사지가 마비된 듯 가라앉아 있는 때문만이 아니었다. 졸음기가 아직 아쉬워서도 아니었다. 눈꺼풀 밑으로 뜨겁게 차 오르는 것을 아내와 노인 앞에 보일 수가 없었다. 그것이 너무도 부끄러웠기 때문이었다. 아내는 이번에도 그러는 나를 알고 있었던 것 같았다.

"여보, 이젠 좀 일어나 보세요. 일어나서 당신도 말을 좀 해 보세요."

그녀가 느닷없이 나를 세차게 흔들어 깨웠다. 그녀의 음정은 이제 거의 울부짖음에 가까웠다. 그래도 나는 일어날 수가 없었다. 뜨거운 것을 숨기기 위해 눈꺼풀을 꾹꾹 눌러 참으면서 내처 잠이 든 척 버틸 수밖에 없었다.

음성이 아직 흐트러지지 않고 있는 건 오히려 그 노인뿐이었다.

"가만 두거라. 아침길 나서기도 피곤할 것인디 곤하게 자고 있는 사람 뭣하러 그러냐."

"그런디 이것만은 네가 잘못 안 것 같구나. 그때 내가 뒷산 잿등에서 동네를 바로 들어가지 못하고 있었던 일 말이다. 그건 내가 갈 데가 없어 그랬던 건 아니란다. 산 사람 목숨인데 설마 그때라고 누구네 문간방 한 칸에라도 산 몸뚱이 깃들일 데 마련이 안 됐겠냐. 갈 데가 없어서가 아니라 아침 햇살이 너무 눈에 시리더구나. 그때는 벌써 동네 아래까지 햇살이 활짝 퍼져 들어있는디, 눈에 덮인 그 우리 집 지붕까지도 햇살 때문에 볼 수가 없더구나. 더구나 동네에

> 선 아침 짓는 연기가 한참인디 그렇게 시린 눈을 해갖고는 그 햇살
> 이 부끄러워 차마 어떻게 동네 골목을 들어설 수가 있더냐. 그놈의
> 말간 햇살이 부끄러워져서 그럴 엄두가 안 생겨나더구나. 시린 눈
> 이라도 좀 가라앉히자고 그래 그러고 앉아 있었더니라⋯⋯."
> ―이청준, 「눈길」, 『한국 현대문학 100년, 단편소설 베스트 20,
> 무진기행』, 가람기획, 277―278쪽.

----

(5) 적용 ― 나와 가족(부모님, 형제, 자매)의 관계에 대한 다음의 질문
에 글로 작성해보세요.

① 나와 어머니와의 관계는 어떠한가요?

② 나와 아버지와의 관계는 어떠한가요?

③ 나와 부모님(아버지, 어머니)과의 관계에서 문제는 무엇인가요?

④ 나와 부모님과의 문제의 원인은 무엇이라고 생각하나요?

⑤ 나와 부모님과의 문제에 대한 해결책은 무엇이라고 생각하나요?

⑥ 나와 형제, 자매간의 관계는 어떠한가요?

⑦ 나와 형제, 자매간의 문제는 무엇인가요?

⑧ 나와 형제, 자매간의 문제의 원인은 무엇이라고 생각하나요?

⑨ 나와 형제, 자매간의 문제에 대한 해결책은 무엇이라고 생각하나요?

2) 김원일의 「미망(未忘)」(1982)에 드러난 고부간의 감정

(1) 독서치료의 절차

1단계 — 동일화(Identification)
2단계 — 카타르시스(Catharsis)
3단계 — 표출하기(Output)
4단계 — 통찰(Insight)
5단계 — 적용(Application)

(2) 작가와 작품소개 — 김원일, 「미망(未忘)」(1982)

작가 김원일(1942년 — 현재) 경남 김해시 진영읍 출생, 1967년 『현대문학』제1회 장편소설 공모에 「어둠의 축제」가 준당선되며 등단하였다. 1973년 자신의 가족사를 보편화시킨 「어둠의 혼」을 발표하면서 문단의 주목을 받기 시작하였다. 이후 한 가족의 가족사에 깊게 새겨진 분단의 상처를 주제로 한 「노을」(1978), 「미망」 (1982), 「마당 깊은 집」(1988) 등과 광복 직후와 한국전쟁 시기의 한국 사회를 총체적으로 형상화한 「불의 제전」(1983), 「겨울골짜기」(1987) 등의 소설을 발표하면서 대표적인 분단문학 작가로 소설사적 위상을 확립하였다. 그의 소설은 소외된 민중의 삶을 집중적으로 조망한 초기소설을 제외하고는 대체로 남북분단이라는 현실적인 상황을 다루고 있다. 한국인의 훼손된 삶의 방식 속에서 한국전쟁과 남북분단으로 이어지는 한국의 근현대사를 발견하고 그 상처를 치유하고자 한다.

— 권영민 외,『한국현대문학대사전』참조

작품 「미망(未忘)」(1982)은 우리 사회에 만연한 시어머니와 며느리의 갈등을 1950년대의 시대적 상황을 배경으로 하여 노인 세대

간의 갈등과 애환의 감정을 보여주고 있다. 해방 직후 어머니는 사회주의 이데올로기에 몰입한 남편의 일탈 때문에 정신적 상실 상황을 겪고, 홀로 자식을 양육하기 위해 처절한 생존의 삶을 살아온다. 당시 시어머니에 대한 배신의 감정은 노년에 이르러 분노의 감정으로 표출한다. 할머니 또한 극심한 가난과 폭압적 일제강점기를 지나왔고, 결혼을 통한 삶도 고난의 연속이었다. 이러한 삶은 도피적 자세를 고착화시킨다. 어머니와 할머니는 피해자이고 약자의 삶과 정서를 가졌지만 노년기에 반목의 모습을 보여준다. 가족이면서 신뢰와 의지의 대상인 시어머니의 배반 행위는 두 노년의 여인에게 삶의 회한을 주고 잘 극복되지 않는 감정들로 각인되고 있다. 어머니의 분노의 감정은 해소되지 않고 쌓여서 할머니에게 반복적으로 폭발시키고, 적극적으로 표출한다. 이에 비해 할머니는 기존의 불안감과 삶의 여정에서 얻은 여러 죄책감과 수치심으로 인해 회피적이고 수동적인 노년의 모습을 보여준다. 어머니와 할머니의 개별 인생 역정은 다르지만 그들이 겪은 어려움은 누구나 가질 수 있다. 그에 따른 여러 감정은 그들에게 통증으로 남는다.

소설 「미망(未忘)」은 노년의 위치에서 보이는 공통적인 여러 감정들을 제시하면서 정치, 경제, 사회 가치적 환경이 인간의 삶에 얼마나 영향을 미치는지를 나타내고 있다. 어머니도 할머니도 노년기이다. 시어머니와 며느리의 협지적인 인간관계에 기초한 분노 표출과 배신감, 죄책감 등의 감정이 노년기 자존감에 절대적 영향을 미치고, 젊은 시절 그들이 경험한 관계적 상황들이 모두 지난 과거의 일이지만 그들이 살아가는 내내 삶을 지배하고 있다.

　　　　　　　—박해랑, 「김원일 <미망(未忘)>에 나타나는 노년기의 삶에 대한
심리 연구」 중에서

(3) 동일화, 카타르시스, 표출 – 김원일의 「미망(未忘)」(1982)을 읽고, 다음의 질문에 대해 글로 작성해보세요.

① 소설 「미망(未忘)」의 내용을 정리해보세요.

② 어머니의 입장에서 얘기해보세요.

③ 할머니의 입장에서 얘기해보세요.

④ 아들과 며느리의 입장에서 얘기해보세요.

⑤ 어머니와 할머니 사이의 문제는 무엇인가요?

⑥ 어머니와 할머니 사이의 문제의 원인은 무엇인가요?

⑦ 어머니와 할머니 사이의 문제의 해결책은 무엇이라고 생각하나요?

⑧ 내가 만약 어머니라면 어떻게 했을까요?

⑨ 내가 만약 할머니라면 어떻게 했을까요?

⑩ 내가 만약 아들과 며느리(손주와 손주며느리)라면 어떻게 했을까요?

⑪ 작품 속에서 가장 기억에 남는 부분은 무엇인가요?(명대사, 장면, 사건 등) 그 이유도 얘기해보세요.

장면

이유

(4) 통찰–소설 「미망(未忘)」(1982)의 일부입니다. 다음을 읽고 느낀 점을 작성해보세요.

① "그래, 그래, 니 말이야 다 맞지러. 축구등신 같은 이 늙어빠진 시에미가 잘한기 머가 있노. 자슥을 잘 낳았나, 나은 자슥을 잘 키았나, 아무것도 잘한 기 없지러. 하늘 보기가 부끄러버 거리구신이 돼서 객사를 하든가, 약을 묵고 죽든가 해야지러. 이짓 저짓, 다 몬 하모 우짜겠노, 호야네한테라도 가야지. 그노무 차를 또 우째 탈꼬."(중간생략)

"맨날 천날 죽는다 카면서 와 몬 죽을고 쪽박 들고 동냥질 댕기모 똑맞을 그 잘 사는 딸네집에 갈라카모 어서 가소. 평생 딸네집 뒤만 봐줬는데도 딸네는 이날 이때까지 와 제밀도 몬 닦는고." 이제는 고모까지 들고 나서는 어머니의 빈정거림이었다.

② 할머니와 어머니 사이가 벌어진 결정적인 이유는 해방이 되고 아버지가 본격적인 좌익운동에 나서고부터였다. 아버지는 남로당 모화책이고 울산지부 조직부장책을 맡아 뛰었다. 그러니 아버지는 자연 집을 비웠고, 지서의 순경들이 거의 우리 집에 살다시피 했다. 순경과 서북청년단원, 대한청년단원들은 아버지를 찾아내라고 걸핏하면 어머니를 지서로 연행해 갔다. 연행을 당해 가면 어머니는 얼마나 타작매를 당하셨던지 전신에 피멍이 들어 돌아왔다. 한번은 실신을 해 가마니에 실려 돌아온 적도 있었다 했다. 그때부터 어머니는 전깃불을 비추며 저들이 또 들이닥칠까 봐 밤을 무서워했다. 그런데 할머니라도 집에 있어 주면 그 무섬증이 덜하련만 할머니는 체구처럼 간이 작아 아버지가 좌익운동에 나서고 순경들이 집 출입을 하고부터, 대동아전쟁 말기에 정신대에 끌려가지 않으려고 결혼한 호계 고모네 집에 숫제 눌러 사셨다.

어머니는 젖먹이 어린 나를 안고 밤이면 밤마다 공포에 떨며 뜬 눈으로 새벽을 맞기가 일쑤였다. "……내가 니를 업고 호계 시누이 집으로 가서 울며불며 얼매나 애원을 했겠노. 지발 집에 오셔서 내하고 같이 계시자고 말이다. 그래도 씨가 믹히 드가야지, 순사가 어데 거게만 가나, 여게가 성모 여동상 집이라고 여게도 자주 온다며 한사코 안 온다 카더라. 그때는 니 할메가 귀신한테 씨있는지 죽자살자 내 얼굴을 안 볼라 안 카나. 말 같은 며느리가 이 집 귀신댈라고 간택되는 바람에 멀쩡한 서방 죽고 자슥까지도 좌익에 미친갱이가 됐다고 동네방네 나발을 불고 댕기니, 시집 잘못 온 죄밖에 없는 내 팔자가 와 그래 서럽던공…… 그러던 차에 머신 법이 새로 생겨 좌익하는 빨갱이는 몽지리 잡아 영창에 처넣고, 그중 악질은 총살을 시킨다 카니 그때서야 니 애비가 어디선가 모화로 돌아와 지서에 자수를 한 기라. 보도연맹인강민강 거게 가입을 해서 겨우 살길을 찾았지라. 그러니까 시어미가 그제서야 딸네집을 떠나 우리 집으로 옮겨 오더라. 참말로 사람도 좁쌀만한데, 하는 짓까지 얼매나 얄밉던지…… 그런데 알고보니가 니 애비가 자수를 하고도 지서 몰래 그 짓을 계속했던 모양이라. 야학당 한다고 시아비가 안 묵고 안 쓰고 장만한 논마지기를 쪼개서 팔아묵더니, 6·25가 날 때까지 지 에미 몰래 나머지 논마지기를 또 몽땅 다 팔아뿐 기라. 그리고 6·25가 터지자, 니 애비가 일주일 만에 온다간다 말없이 사라져뿌린 기 아니겠나. 미친 늠으서방, 그늠을 믿고 자슥 둘까지 싸질러가며 살은 내가 축구등신이지. 니 할메는 지금도 이북 어디에 자슥이 살아있겠거니 하지만서도 내가 생각키로는 버얼써 돼졌다. 홀에미한테 불효하고 처자슥 버리고 도망질 간 늠이 땅에 두 발 딛고 살 수가 있겠나. 그렇게 니 애비가 없어지고 나자, 하메 소식이 올까올까 하고 기다리는 기 두 달, 시에미마저 보따리를 싸가지고 또 호계 딸네집으로 가뿌린께 내가 무슨 청승으로 빈 집을 지키겠노. 남은 논마지기도 없응께 하루 두 끼 묵기도 힘이 들어, 내 젖이 안 나오니까 니 동상은 비실비실 말라 다 죽어가제, 밤이모 순사들이 또 찾아오제…… 그래서 내가 모진 결심을 안했나. 이래 죽으나 저래 죽으나 죽기는 마찬가지인께, 이 언슨시럽은(지긋지긋한) 모화땅을 떠나자고 말이다. 너거 두 성제간 걸리고 업고, 걷고 걸어 울산으로 나갈 때, 들판에 곡식이 자알 익었더라. 가랑잎은 날리고, 곧 엄동은 닥치는데 낯설고 물 설은 울산으로 나오자 눈앞이 캄캄하더라. 딸린 새끼만 없었더라 캐도 그때 나는 목을 매달아 죽었을 끼다. 그래, 울산에서 내가 너거들 데불고 추위는 닥치는데 남의 처마밑이나 역 대합실이나 헛간이나, 비 피하고 바람 막을 데모 가리지 않고 너거 성제간을 양쪽 가슴에 꼭 붙안고 그 체온으로 겨울을 남길 시절에 처음 이 에미가 한 짓이 먼 줄 아나? 바로 걸뱅이짓이었다. 깡통을 들고 퉁퉁 부은 손발로 남의 집이며 미군부대며 문전 결식을 했니라. 몸에 이가 수백마리나 끓고 열흘이고 보름이고 낯짝도 못 씻은 얼굴에 입성이라고는 살을 가렸응께 너거 성제간 꼴은 말하모 머하겠노. 그때 니가 다섯 살, 니 동생이 두 살이었다. 울산서 호계 사람도 만났응께 니 할메한테 내 소식도 전해졌으련만 내가 메루치(멸치) 장사로 방 한 칸을 얻을 때까지 코빼기도 안 비치더라. 오냐, 내가 이 두 자슥을 질질이 키아서 옛말하고 살 때 내 괄세한 이노무 세상, 어데 두고 보자. 내가 무명지를 깨물어 나올 젖도 없는 쪼그라진 가슴팍에다 피로써 십자가를 그렸다. 지금도 보이제, 이 살점 날라간 손가락이……" 내가 고등학교에 입학하던 날 밤, 나에게 처음으로 새 교복을 맞춰주시고 어머니는 우리 형제간을 앉혀놓고 이 말을 하시며 우셨다. 그 울음은 너무 절절하여 나도 아우도 따라 울지 않을 수 없었고, 우리 세 모자는 울음으로 밤을 밝혔다. 그 거칠고, 어떤 면에서는 모질기까지 한 어머니를 내가 뜨겁게 이해하게 된 것이 그날 밤 이후였다. 우리 형제를 숯 포대

매질로 키워올 때도, 그 매가 서른둘에 청상이 되신 뒤 홑몸으로 세 파를 이겨 온 분풀이와 설움의 또 다른 표현임을 알고 나는 순종으로써 달게 받아들였던 것이다.

－김원일, 「미망(未忘)」, 『한국 현대문학 100년, 단편소설 베스트 20, 무진기행』, 가람기획, 328, 345－348쪽.

---

(5) 적용－나와 가족(부모님, 형제, 자매)의 관계에 대한 다음의 질문에 글로 작성해보세요.

① 어머니와 할머니(고부간)의 관계는 어떠한가요?

② 아버지와 할아버지(어머니의 아버지)의 관계는 어떠한가요?

③ 어머니와 할머니(아버지와 할아버지)와의 관계에서 문제는 무엇
인가요?

④ 어머니와 할머니(아버지와 할아버지) 간의 문제의 원인은 무엇
이라고 생각하나요?

⑤ 어머니와 할머니(고부) 간의 갈등 문제에 대한 해결책은 무엇이
라고 생각하나요?

⑥ 고부간의 갈등이 발생한 이유는 무엇일까요?

⑦ 고부간 갈등의 문제에 대한 해결책은 무엇이라고 생각하나요?

⑧ 내가 바라는 시어머니와의 관계는(혹은 내가 바라는 처가와 관
계는) 어떠한가요?

⑨ 나는 어떤 며느리(사위)가 되고 싶나요?

⑩ 나는 어떤 시어머니(장인)를 만나고 싶나요?

⑪ 나는 후에 어떤 시어머니(장인)가 되고 싶나요?

⑫ 미래에 나와 시어머니(장인)와 관계에서 문제가 발생한다면 어떻게 해결할 수 있을지를 생각해보세요.

⑬ 나와 시어머니(장인) 사이에 문제가 발생한다면 남편(아내)이 어떻게 하길 바라나요?

3) 황석영의 『바리데기』(2007)를 통한 개인과 사회 간의 감정

(1) 독서치료의 절차

1단계－동일화(Identification)
2단계－카타르시스(Catharsis)
3단계－표출하기(Output)
4단계－통찰(Insight)
5단계－적용(Application)

(2) 작가와 작품소개－황석영 『바리데기』(2007)

작가 황석영(1943년 1월 4일 ～) 만주, 1962년 11월 『사상계』 신인문학상에 「입석부근(立石附近)」이 입선되면서 등단하였다. 그는 한국의 현실을 '전국토적, 전민족적 실향상태'라고 규정할 만큼 어떤 의미에서건 삶의 터전을 박탈당한 실향민의 이야기를 지향해 왔다. 그에게 고향이란 단순히 태어나고 자란 곳이 아니라 연대감으로 결속된 공동체적 삶을 표상한다. 이러한 지향성은 사회구조적 모순을 주변인 혹은 국외자들의 삶을 통해 드러내고자 한 작가의식의 주축을 이루고, 주목할 점은 이러한 작가의 근본 성향이 그의 자전적 체험과 밀접한 연관을 맺고 있다.

－권영민 외, 『한국현대문학대사전』 참조

작품 현대인들은 많은 위기 상황에 노출되어 있다. 국가와 민족 간의 분쟁과 테러 상황, 가속화되는 자연재해에 의해 전 세계인의 생존과 정신적 가치의 붕괴 위험을 초래하고 있다. 황석영 소설 『바리데기』를 통해 다양한 감정을 분석하여 작가가 제시하고자 했던 인간 본연을 확인하고, 현대사회의 심각한 위기에 대처하고자 한다.

인간은 세상의 모든 생물 가운데 가장 감정적이다. 인간의 다양한 감정은 개인적 의미의 산물이면서 동시에 우리 삶의 사건과 조건들에 의미를 부여한다. 감정의 조절은 우리가 살아가는 공동 사회의 삶의 질을 높이고, 보다 안정적 삶을 살아가게 할 것이다.

주인공 바리는 그녀의 의지와 상관없이 처해진 상황에 의해 북한에서 중국으로, 중국에서 영국으로 삶의 터전을 이동하게 된다. 이러한 상황에 따른 이동과 고통스런 삶의 여정은 바리의 불안과 안도, 희망, 슬픔 등의 근원적인 감정을 가지게 하고, 극적 상황에서 표출하게 한다. 바리가 가지는 불안 등의 감정은 근원적 본능이나 욕망 때문에 표출되는 것이고 이에 대한 연구는 현재와 미래에 걸치는 우리 삶에 대해 성찰의 자세를 견지하게 한다.

—박해랑, 「황석영 소설 『바리데기』에 나타나는 삶에 대한 감정」
중에서

소설 『바리데기』에서 바리가 마주하는 죽음을 가족의 죽음과 서천 여행에서 만난 넋으로 나누어 볼 수 있다. 먼저, 바리가 직면하는 가족의 죽음을 죽음의 필연성과 죽음의 가변성, 죽음의 예측불가능성, 죽음의 편재성으로 분석하고, 가족의 죽음이 바리 삶의 근원적인 불안감을 형성한 것을 알 수 있었다. 가족의 죽음은 바리가 살아가는 동안 죽음에 대한 두려움과 공포를 떨쳐버리지 못하게 하였으나, 그것은 바리에게 영적인 힘을 부여하며 바리가 어떤 위기 상황도 극복할 수 있는 강한 존재가 되도록 하는 극복의 원동력이 되었다. 다음으로 바리가 서천 여행을 하며 만나는 망자들이다. 망자들은 자신의 죽음에 대한 질문을 바리에게 하며 답을 구하고자 하였고, 바리는 서천 여행동안 그들의 죽음에 대한 답을 찾으려고 노력하면서 자신의 고통과 그들의 고통을 함께 바라보게 된다. 인간은 결국 살아서도 죽어서도 끊임없는 고통 속에 흘러가는 삶을 사는 것이라고 깨닫고, 죽음은 존재를 소멸시키는 것이 아니라 존재를 변화시키는 것으로 이해하게 된다. 또한 인간이 살아가는 과정 그 자체가 고통이고, 마음 속 미움은 자신의 지옥이고, 감옥인 것을 알게 된다. 자기 안에 있는 미움을 스스로 덜어내는 것이 자기치유의 방법이라는 것을 깨닫는다. 궁극에 가서 바리는 자기 안의 모든 미움을 조금씩 덜어내는 과정을 스스로 경험하고, 자기 치유의 길을 가게 된다.

—박해랑, 「황석영 소설 『바리데기』의 생사관(生死觀) 연구」
중에서

(3) 동일화, 카타르시스, 표출—황석영의 「바리데기」(2007)을 읽고, 다음의 질문에 대해 글로 작성해보세요.

① 소설 「바리데기」의 내용을 정리해보세요.

② 바리의 삶에 대해 얘기해보세요.

③ 바리가 할머니에게 하고 싶은 말은 무엇일까요?

④ 바리가 아버지에게 하고 싶은 말은 무엇일까요?

⑤ 바리가 어머니와 언니들에게 하고 싶은 말은 무엇일까요?

⑥ 할머니가 바리에게 하고 싶은 말은 무엇일까요?

⑦ 아버지, 어머니, 언니들이 바리에게 하고 싶은 말은 무엇일까요?

⑧ 바리가 알리와 헤어져 있는 동안 알리에게 하고 싶은 말은 무엇일까요?

⑨ 알리가 바리와 헤어져 있는 동안 바리에게 하고 싶은 말은 무엇일까요?

⑩ 바리가 (죽은) 딸 '홀리야 순이'에게 하고 싶은 말은 무엇일까요?

⑪ 딸 '홀리야 순이'가 엄마 바리에게 하고 싶은 말은 무엇일까요?

⑫ 바리가 당면한 문제는 무엇인가요?(가족, 삶, 일 등)

⑬ 바리가 당면한 문제의 해결책은 무엇이라고 생각하나요?

⑭ 내가 만약 바리와 같은 삶을 살게 된다면 어떻게 했을까요?

⑮ 나에게 바리와 같은 신비한 능력이 있다면 어떨까요?

⑯ 작품 속에서 가장 기억에 남는 부분은 무엇인가요?(명대사, 장
면, 사건 등) 그 이유도 얘기해보세요.

장면

이유

(4) 통찰─소설 「바리데기」(2007)의 일부분입니다. 다음을 읽고 느낀 점을 작성해보세요.

① 하루는 고사리를 캐고 나서 우리의 보물창고로 찾아가 만년버섯을 캤다. 나는 위에서 일했고 할머니는 다리가 저리다고 나무가 듬성한 비탈 아래쪽의 편편한 곳에서 햇볕을 쬐며 다리쉼을 하고 있었다. 나는 나무 그루터기에서 단녀삼이 자라나 있는 걸 보고 그게 노인들 기력을 되찾게 하는 보약이라고 언젠가 할머니가 가르쳐주었기 때문에 크게 외쳤다.

할머니, 여기 단녀삼 있어요!

아래쪽에 등을 돌리고 앉은 할머니에게 외쳤지만 그녀는 쪼그려앉은 채 꼼짝도 하지 않는 거였다. 호미도 할머니가 가지고 있어서 나는 비탈을 주춤주춤 미끄러지며 내려갔다.

할마니, 호미 좀 달라요.

하고 그녀의 팔을 잡는데 할머니가 옆으로 스르르 넘어갔다. 할머니의 팔이며 어깨가 뻣뻣했다. 할머니의 얼굴을 내려다보니 눈은 감고 있는데 코피가 한 줄기가 흘러나와 주름살투성이의 입언저리에 와서 멎어 있었다. 나는 할머니의 가슴에 머리를 대고 들어보다가 손가락을 코밑에 대어보기도 했지만 그녀는 죽은 게 틀림없었다. 나는 한참이나 곁에 앉아서 엉엉 울었다. 시간이 많이 흐른 뒤에야 빈 숲속에 내 울음소리만 퍼져나갔다가 돌아오는 걸 느끼고 울음을 그쳤다. 나는 몇 시간이나 멍하니 앉았다가 호미로 땅을 파기 시작했다. 내 기운으로는 깊이 팔 수도 없었다. 그저 할머니의 시신을 감추기에 맞춤했다고나 할까. 할머니를 끌어다 옮겨넣고 흙을 도톰하게 덮었다. 흙을 덮을 적에 차마 보기가 싫어서 얼굴 위에다 우리가 늘 가지고 다니던 비료포대를 덮어드렸다.

아부지 오시문 다른 데 양지쪽에 모세드리께요.

나는 터덜터덜 산을 내려왔다. 이제 아무도 없는 움집에 나혼자 남은 것이다.

② 우리 동네의 골목으로 꺾어 들어서는데 왠지 가슴이 철렁했다. 길이 텅 비어 있었고 양쪽의 집들까지 빈집처럼 보였기 때문이다. 한쪽에는 빨래를 짊어지고 한손으로는 장을 본 비닐봉지를 들고 나도 모르게 걸음이 빨라졌다. 빨래보퉁이를 내려놓고 한손으로 열쇠를 현관문 구멍 속으로 넣으려는데 손이 후들후들 떨렸다. 그리고 문을 열자마자 나는 아아, 하면서 입을 막았다. 홀리야 순이가 구겨진 헝겊 인형처럼 계단에 던져져 있었다. 나는 얼른 아기를 끌어안았다.

순이야, 순이야!

아기의 고개가 뒤로 툭 떨어졌다. 나는 몇 번이고 더 고함을 쳤지만 집은 텅 비었는지 아무도 내다보는 사람이 없었다.

병원에 가서 아기가 이미 죽었다는 걸 확인하고서도 나는 믿을 수가 없었다.

(…중간생략…)

집에 돌아가서 온통 흐트러진 방 안을 뒤늦게 둘러보았다. 샹언니는 내가 나가자마자 온 방안을 뒤진다. 나는 옷장 맨 밑의 서랍이 빠져나와 있는 걸 보고 그녀가 우리 가족의 비상금을 발견했을 거라고 짐작한다. 샹 언니가 허둥지둥 달아나자 홀리야순이는 혼자 울다가 늘 놀러 가던 할아버지의 방으로 가기 위해 이층 계단을 기어오른다.

처음에는 내가 드디어 알리를 꿈속에서 찾아냈다고만 생각했는데 나중에야 그 반대임을 알게 되었다. 알리는 나에게 무언가를 경고하기 위해서 찾아온 거였다. 그 고통스럽게 일그러진 놀란 얼굴.

③ 사람은 누구나 죽는다. 사고나 병으로 죽든 스스로 죽든 그건 새 출발이야. 홀리야는 새로 시작한 거다. 너도 그때까지 기다리지 않으면 안된다.

내가 처음으로 대꾸했다.

아무런 악한 짓도 저지르지 않았는데 신은 왜 저에게만 고통을 주는 거예요? 믿고 의지한다고 뭐가 달라지죠?

신은 우리를 가만히 지켜보는 게 그 본성이다. 색도 모양도 웃음도 눈물도 잠도 망각도 시작도 끝도 없지만 어느 곳에나 있다. 불행과 고통은 모두 우리가 이미 저지른 것들이 나타나는 거야. 우리에게 훌륭한 인생을 살아가도록 가르치기 위해서 우여곡절이 나타나는 거야. 그러니 이겨내야 하고 마땅히 생의 아름다움을 누리며 살아야 한다. 그게 신이 우리에게 바라시는 거란다. 어서 음식을 먹고 기운을 차려야지!

나를 그냥 내버려두세요.

내가 외치자 압둘 할아버지는 접시를 들고 나가다가 방문 앞에서 다시 말했다.

아내와 딸들이 총살당하고 잠무카슈미르를 떠나면서 나는 너와 똑같이 신을 원망했다. 어째서 이렇게 선량한 사람들에게 고통을 주느냐고. 그런데 육신을 가진 자는 누구나 살아가면서 지상에서 이미 지옥을 겪는 거란다. 미움은 바로 자기가 지은 지옥이다. 신은 우리가 스스로 풀려나서 당신에게 가까이 다가오기를 잠자코 기다린다.

　　　　　－황석영, 『바리데기』, 창비, 83－85, 260－261, 262－263쪽.

----

(5) 적용 – 개인과 사회에 대한 다음의 질문에 답해보세요.

① 내가 살아오는 동안 누군가와 이별을 경험한 적이 있나요? 그때
 의 감정을 이야기해보세요.

② 지금까지 살아오면서 가장 힘들었던 일은 무엇인가요?

③ 그 일의 원인은 무엇이라고 생각하나요?

④ 그 일은 어떻게 해결되었나요?

⑤ 자신의(내적, 외적) 가장 큰 문제는 무엇이라고 생각하나요?

⑥ 나의 문제의 원인은 무엇이라고 생각하나요?

⑦ 나 개인의 문제를 해결할 수 있는 방법은 무엇일까요?

⑧ 지금까지 살아오면서 사회적인 문제로 인해 개인적인 피해를 경험한 적이 있나요?

⑨ 지금까지 살아오면서 우리 사회의 가장 큰 문제는 무엇이라고 생각하나요?

⑩ 이 문제의 원인은 무엇이라고 생각하나요?

⑪ 이 문제를 해결할 수 있는 방법은 무엇이라고 생각하나요?

⑫ 여러분은 사회생활을 잘하고(혹은 못하고) 있다고 생각하시나요? 그 이유를 얘기해보세요.

⑬ 여러분이 바라는 사회생활, 혹은 사회는 어떤 사회입니까?

⑭ 여러분은 국가가 개인의 삶의 질에 책임이 있다고 생각하나요?

⑮ 그렇다면 국가가 어느 정도 개입하기를 바라나요?

⑯ 여러분이 바라는 최소한의 삶의 질은 어느 정도라고 생각하나요?

4) 황순원의 「소나기」(1956)를 통한 어린 시절 회상

(1) 독서치료의 절차

1단계 − 동일화(Identification)
2단계 − 카타르시스(Catharsis)
3단계 − 표출하기(Output)
4단계 − 통찰(Insight)
5단계 − 적용(Application)

(2) 작가와 작품소개 − 황순원의 「소나기」(1956)

작가 : 황순원(1915년 − 2000년) 1931년 시 「나의 꿈」을 『동광』 발표, 1937년부터 소설 창작 시작, 1940년에 『황순원 단편집』 출간, 소설 창작에 주력하여 『목넘이 마을의 개』(1948), 『학』(1956), 「카인의 후예」(1954), 「나무들 비탈에 서다」(1960) 등 발표하였다. 간결하고 세련된 문체, 소설 미학의 전범을 보여주는 다양한 기법적 장치, 소박하면서도 치열한 휴머니즘의 정신, 한국인의 전통적인 삶에 대한 애정 등을 갖춘 황순원의 작품들은 한국현대소설의 가장 높은 봉우리에 위치한다는 평가를 받고 있다. 특히 그의 소설들이 보여주는 서정적인 아름다움은 소설 문학이 추구할 수 있는 예술적 성과의 극치를 실현하는 것으로 간주한다. 소설 문학이 서정적인 아름다움을 추구하는 데 주력할 경우 자칫하면 역사적 차원에 대한 관심의 결여라는 문제점이 동반되기 쉽지만 황순원의 문학은 이러한 위험도 잘 극복하고 있다. 그의 소설들은 서정적인 아름다움이 충실히 견지되면서 일제강점기부터 근대화가 제창되는 시기에 이르는 동안 한국정신사에 대한 적절한 조명이 이루어지고 있음을 확인할 수 있다.

작품 : 「소나기」는 1956년에 간행된 『학』에 수록되어 있는 황순원의 단편소설. 작품 말미에 1952년 10월에 탈고된 것으로 기록되어 있다. 황순원은 어린 소년, 소녀를 주인공으로 내세운 단편들을 많이 발표하였다. 「소나기」와 「별」은 대표적인 작품이다. 이 작품은 '소년'으로 표기되는 시골 초등학생인 주인공이, '소녀'로만 표기되는 이웃 윤초시네 증손녀와 만남을 거듭하면서 어느덧 자기도 모르는 사이에 내면적인 그리움을 키우게 되나 소녀는 병으로 죽고 만다는 내용이다.

　　　　　　　　　　　　－권영민 외, 『한국현대문학대사전』참조

(3) 동일화, 카타르시스, 표출－황순원의 「소나기」(1956)을 읽고, 다음의 질문에 대해 글로 작성해보세요.

① 소설 「소나기」의 내용을 정리해보세요.

② 소년의 감정에 대해 얘기해보세요.

③ 소녀의 감정에 대해 얘기해보세요.

④ 소년과 소녀 사이에 일어나는 감정은 무엇인가요?

⑤ 내가 만약 소년이라면 어떻게 했을까요?

⑥ 내가 만약 소녀라면 어떻게 했을까요?

⑦ 작품 속에서 가장 기억에 남는 부분은 무엇인가요?(명대사, 장면, 사건 등) 그 이유도 얘기해보세요.

장면

이유

(4) 통찰 − 소설 「소나기」(1956)의 끝부분입니다. 다음을 읽고 느낀점을 작성해보세요.

> 개울물은 날로 여물어갔다.
> 소년은 갈림길에서 아래쪽으로 가 보았다. 갈밭머리에서 바라보는 서당골 마을은 쪽빛 하늘 아래 한결 가까워 보였다.
> 어른들의 말이, 내일 소녀네가 양평읍으로 이사 간다는 것이었다. 거기 가서는 조그마한 가겟방을 보게 되리라는 것이었다.
> 소년은 저도 모르게 주머니 속 호두알을 만지작거리며, 한 손으로는 수없이 갈꽃을 휘어 꺾고 있었다.
> 그날 밤, 소년은 자리에 누워서도 같은 생각뿐이었다. 내일

소녀네가 이사하는 걸 가보나 어쩌나. 가면 소녀를 보게 될까 어떨까.

그러다가 까무룩 잠이 들었는가 하는데,

"허, 참, 세상일두……."

마을 갔던 아버지가 언제 돌아왔는지,

"윤 초시댁두 말이 아니어. 그 많던 전답을 다 팔아 버리구, 대대루 살아오든 집마저 남의 손에 넘가드니, 또 악상꺼지 당하는 걸 보면……."

남폿불 밑에서 바느질감을 안고 있던 어머니가,

"증손이라곤 기집애 그애 하나뿐이었지요?"

"어쩌믄 그렇게 자식복이 없을까."

"글쎄 말이지. 이번 앤 꽤 여러 날 앓는 걸 약두 변변히 못 써 봤다드군. 지금 같아서는 윤초시네두 대가 끊긴 셈이지. ……그런데 참 이번 기집애는 어린 것이 여간 잔망스럽지가 않어, 글쎄 죽기 전에 이런 말을 했다지 않어? 자기가 죽거든 자기 입든 옷을 꼭 그대로 입혀서 묻어 달라구……."

　　　　－황순원, 「소나기」, 『한국 현대문학 100년, 단편소설 베스트20, 무진기행』, 가람기획, 128－129쪽.

(5) 적용 - 소설 「소나기」의 내용을 패러디하여 나의 어린 시절 첫사
랑의 경험을 새로운 이야기로 만들어보세요.

5) 조세희의 「뫼비우스의 띠」(1976)를 통한 선과 악

(1) 독서치료의 절차

1단계 — 동일화(Identification)
2단계 — 카타르시스(Catharsis)
3단계 — 표출하기(Output)
4단계 — 통찰(Insight)
5단계 — 적용(Application)

(2) 작가와 작품소개 — 조세희의 「뫼비우스의 띠」(1976)

작가 : 조세희(1942년 8월 20일 — 2022년 12월 25일) 경기도 가평 출생, 서라벌예대 문예창작과 및 경희대 국문과 졸업, 1965년 <경향신문> 신춘문예에 「돛대 없는 장선(葬船)」이 당선되어 문단에 데뷔했으나, 10여년 동안 작품활동을 하지 않았다. 1975년 <문학사상>에 「칼날」을 발표하여 작품활동을 재개했다. 이후 '난장이' 연작을 발표하여 문단의 주목을 받았다. 작품집으로 『난장이가 쏘아올린 작은 공』(1978), 『시간여행』(1983)이 있고, 사진 산문집 『침묵의 뿌리』가 있다.

작품 : 『난장이가 쏘아올린 작은 공』 1978년 간행된 조세희의 연작소설집, 이 작품에는 모두 12편의 단편소설들이 결합되어 있다. 이 작품의 전체적인 이야기는 난장이 일가의 삶으로 요약되는데, 산업화의 과정에서 삶의 터전을 일구지 못한 도시 노동자들의 비참한 생활과 절망이 인상적으로 묘사되고 있다. 이 작품의 연작의 형태로 발표되기 시작한 것은 12편의 단편 중의 하나인 「칼날」과 「뫼비우스의 띠」로부터 비롯된다. 이 작품 가운데서 난장이의 존재는 지극히 상징적인 소설적 장치로 그려진

다. 일상의 현실에서 무위의 삶에 부대끼는 한 젊은 주부의 눈을 통해 난장이의 존재가 발견되며, 철거민을 상대로 하는 아파트 입주권 사기 사건 속에서 난장이의 존재가 정의로운 힘의 존재로 드러난다.

—권영민 외, 『한국현대문학대사전』 참조

(3) 표출 - 조세희의 「뫼비우스의 띠」(1976)를 읽고, 다음의 질문에 대해 글로 작성해보세요.

① 소설 「뫼비우스의 띠」의 내용을 정리해보세요.

② 굴뚝이야기에서 여러분은 누가 얼굴을 씻을 것이라고 생각하나요? 그 이유도 말해보세요.

③ 앉은뱅이와 꼽추에 대해 이야기해보세요. 그들의 상황과 행동에 대해 말해보세요.

④ 앉은뱅이와 꼽추 사이의 문제는 무엇인가요?

⑤ 앉은뱅이와 꼽추 사이의 문제의 해결책은 무엇이라고 생각하
   나요?

⑥ 내가 만약 그들의 입장이라면 어떻게 했을까요?

⑦ 작품 속에서 가장 기억에 남는 부분은 무엇인가요?(명대사, 장
   면, 사건 등) 그 이유도 얘기해보세요.

장면

이유

(4) 통찰– 소설 「뫼비우스의 띠」(1976)의 앞부분입니다. 다음을 읽고
   느낀 점을 작성해보세요.

두 아이가 굴뚝 청소를 했다. 한 아이는 얼굴이 새까맣게 되어
내려왔고, 또 한 아이는 그을음을 전혀 묻히지 않은 깨끗한 얼굴
로 내려왔다. 제군은 어느 쪽의 아이가 얼굴을 씻을 것이라고 생
각하는가?
   학생들은 교단 위에 서 있는 교사를 바라보았다. 아무도 얼른

대답하지 못했다.

잠시 후에 한 학생이 일어섰다.

얼굴이 더러운 아이가 얼굴을 씻을 것입니다.

그런데 그렇지가 않다.

교사가 말했다.

왜 그렇습니까?

다른 학생이 물었다.

교사가 말했다.

한 아이는 깨끗한 얼굴, 한 아이는 더러운 얼굴을 하고 굴뚝에서 내려왔다. 얼굴이 더러운 아이는 깨끗한 얼굴의 아이를 보고 자기도 깨끗하다고 생각한다. 이와 반대로 깨끗한 얼굴을 한 아이는 상대방의 더러운 얼굴을 보고 자기도 더럽다고 생각할 것이다.

학생들이 놀람의 소리를 냈다. 그들은 교단 위에 서 있는 교사에게 눈을 떼지 않았다.

한 번만 더 묻겠다.

교사가 말했다.

두 아이가 굴뚝 청소를 했다. 한 아이는 얼굴이 새까맣게 되어 내려왔고, 또 한 아이는 그을음을 전혀 묻히지 않은 깨끗한 얼굴로 내려왔다. 제군은 어느 쪽의 아이가 얼굴을 씻을 것이라고 생각하는가?

똑같은 질문이었다. 이번에는 한 학생이 얼른 일어나 대답했다.

저희들은 답을 알고 있습니다. 얼굴이 깨끗한 아이가 얼굴을 씻을 것입니다.

학생들은 교사의 말을 기다렸다.

교사는 말했다.

그 답은 틀렸다.

왜 그렇습니까?

더 이상의 질문을 받지 않을 테니까 잘 들어주기 바란다. 두 아이는 함께 똑같은 굴뚝을 청소했다. 따라서 한 아이의 얼굴이 깨끗한데 다른 한 아이의 얼굴은 더럽다는 일은 있을 수가 없다.

　　　　－조세희, 「뫼비우스의 띠」, 『한국 현대문학 100년, 단편소설
　　　　　　베스트20, 무진기행』, 가람기획, 241-242쪽.

(5) 적용-뫼비우스의 띠는 겉과 안이 구분되지 않습니다. 여러분이 생각하는 선과 악에 대해 얘기해보세요.

_____

_____

_____

_____

_____

_____

_____

_____

_____

3장

——

영화를 통한 감정치유

1. 영화치유

1) 영화치료의 정의

영화치료의 선구자인 비르키츠 볼츠(Birgit Wolz)는 영화치료(Cinema Therapy)란 개인의 치유와 변화를 위해 영화를 의식적으로 관람하고, 치료적이거나 의식을 높이는 연습을 병행하는 것이라고 하였다.[1]

1895년 뤼미에르 형제가 영화를 발명한 이래 100여 년 동안 영화산업은 눈부신 발전을 이루었다. 영화치료는 영화산업의 성장과 함께 현대 영상 기술의 발달에 힘입어 영화를 포함한 영상자료가 갖는 치유적 힘을 자신에게 또는 내담자에게 적용하는 특별한 과정으로 심리치료의 한 분야로 서서히 자리 잡을 수 있게 되었다.

영화치료(Cinema Therapy)는 상담과 심리치료에 영화 및 영상매체를 활용하는 모든 방법을 지칭하는 것이다. 상담자가 내담자에게 치료적인 효과를 촉진할 수 있는 매체로 영화를 선택하고 상담자-내담자-영화 간의 상호작용을 통해 자신의 문제를 깨닫고 대안적인 해결 방법을 습득하거나 자신과 타인에 대한 정서적 통찰을 깨우치도록 하는 과정이다. 영화치료라는 용어는 1990년에 버그-크로스(Berg-Cross) 등에 의해 처음 사용되었는데, 버그-크로스는 영화치료가 영화가 갖고 있는 무한한 가능성의 하나인 '꿈, 기억, 환상' 등을 통하여 인간 내면의 특수한 마음 상태를 발견하고 숨겨진 자아를 찾아 재현해내는 능력을 갖고 있다고 하였다.

대표적인 영화치료 주창자 중 미국 노스리지 병원(Nothridge Hospital)의 월터 제이콥슨(Walter E. Jacobson) 박사는 영화치료를 통해 환자들이 영화 속 인물과 자신을 동일시하면서 비슷한 상황을 이해하고 극복하는데 도움을 받았다고 주장하였고, 이후 영화 속 주제를 하나의 메타포(metaphor)로 삼아 여러 심리치료적인 관점에서 상담에 응용하였다.2)

2) 영화의 심리치료적 특성

영화 평론가 심영섭은 영화치료를 '힐링 시네마(Healing Cinema)'라는 용어로 설명한다. 힐링 시네마란 관객에게 고차원적인 자아와 접속해 삶의 의미를 생각하게 만들며 관객에게 인지적 틀을 볼 수 있게 하고, 그 과정에서 위로와 심리적 위안을 주며 문제 해결력을 깨닫게 한다고 정의한다. 그녀는 네 가지 관점으로 영화치료의 심리적 기제를 제시한다.

첫째는 정신분석적 접근으로 영화에는 내담자가 자신을 주인공과 동일시하고, 자신의 금지된 욕망과 정서를 투사하고, 주인공 캐릭터의 행동을 모방하고 이상화하는 심리적 기제가 있다는 것이다.

둘째는 대상관계적 접근이다. 영화치료 과정을 보면 대부분 내담자는 영화가 재미있어서 보며, 여기에는 영화가 본질적으로 갖고 있는 놀이적 속성이 있다. 이런 놀이는 어린 시절과 현실 자아 사이의 중간 영역이라는 것이다. 예술이나 종교, 창조성 모두 이런 중간 영역에 속하는 것으로 내담자는 즐거운 놀이로 받아들이고 현실을 뛰어넘는 판타지를 경험하면서 현실 속에 잠재된 자신의 문제를 탐색할 수 있게 된다.

셋째는 인지학습적 접근으로 영화 감상을 통해 내담자는 주인공 캐릭터의 행동과 자신의 행동을 비교하고, 결국 자신의 행동에 대해 인지하고 이를 반성할 수 있어서 스스로를 객관화하는 데 의미 있는 방법론이 될 수 있다. 영화는 캐릭터와의 동일시도 쉽게 되지만 탈동일시를 통한 심리적 거리의 확보도 가능한 매체라는 점을 지적한다.

넷째는 실존주의적 접근으로 영화는 다양한 감각 양식으로 작용하는 동시에 상징이나 은유를 전달해 새로운 생각이나 감정을 자극한다. 영화치료의 과정 중에 내담자는 영화가 가진 상징, 은유를 스스로 해석해 자신의 자아를 인식하고 삶의 의미를 회복하는 등 실존적 인식의 전환을 가능하게 한다.[3]

3) 영화치료의 장점[4]

1) 다양한 대상들이 쉽고 편하게 접근할 수 있다.
2) 교육, 상담, 치료, 연수까지 그 활용 가능성이 광범위하다.
3) 예술 매체 중에서 가장 핍진성(Verisimilitude)[5]이 강하다.
4) 영화 자체가 보조 치료의 속성을 지니고 있다.
5) 정서적 통찰을 얻는다.
6) 공통의 경험을 가진다.
7) 새로운 힘의 잠재력을 보여준다.

4) 영화치료의 종류

영화치료의 종류는 영화를 사용하는 방식에 따라, 내담자의 영화관람 형태에 따라 감상영화치료와 표현영화치료로 나누어 볼 수 있다.

<표 1> 영화치료의 종류[6]

감상영화치료		표현영화치료
자기 조력적 영화치료 (Self-help Cinema Therapy)		비디오 테라피 (Video Therapy)
상호작용적 영화치료 (Interactive Cinema Therapy)	지시적 접근	
	연상적 접근	영화 만들기 치료 (Cinema Work)
	정화적 접근	

1) 자기 조력적 영화치료(Self-help Cinema Therapy)는 영화를 관람하는 사람의 자발적 작용을 통하여 일어난다. 영화를 보면서 감동을 받고, 감정적 정화(catharsis)를 느끼고, 인생의 중대한 결심을 할 수 있다. 이것은 영화를 통해 자신의 변화와 성장을 이루는 것이다.

2) 상호작용적 영화치료(Interactive Cinema Therapy)는 영화와 상담자, 내담자 간의 상호작용을 통해 내담자의 변화를 돕는 것이다. 상담자의 도움이 필요할 때, 영화를 보조적 도구로 삼아 상호작용적 영화치료를 실시할 수 있다. 상호작용적 영화치료에서 영화를 활용하는 방법은 지시적 접근, 연상적 접근, 정화적 접근의 세 가지로 나눌 수 있다.

3) 표현영화치료는 영화를 감상하고 이야기하는 수동적 감상과 달리 내담자가 주체적으로 영상이라는 매체를 통해 자신을 표현하는 적극적인 방식이다. 표현영화치료는 크게 비디오 테라피(Video Therapy)

와 영화 만들기 치료(Cinema Work)로 나눌 수 있다. 비디오 테라피는 영상편지, 비디오 다이어리, 자전적 다큐멘터리, 디지털 스토리텔링 등을 포함하며, 영화 만들기 치료는 애니메이션 제작, 셀프 CF, 극영화 만들기 등을 포함한다.

5) 영화치료의 과정

(1) 치유적 관람

영화치료를 위해 영화를 관람한다면 영화를 치료나 교육에 어떻게 활용할지에 관심을 두고 관람하는 것이 중요하다. 영화치료를 위해 등장인물의 내면 심리, 등장인물 간의 갈등, 갈등을 해결하는 방법 등에 초점을 두는 치유적 관람이 우선적으로 전제되어야 한다.

<표 2> 영화를 보는 관점[7]

관점 비교사항	오락적 관점	치유적 관점
초점	줄거리(plot)	인물(person)
'왜'에 대한 대답	액션(action)	관계(relation)
무엇을 얻는가	흥미(interest)	통찰(insight)
주요 관심사	결과(result)	과정(process)
누구를 보는가	배우(player)	자신(self)
무엇을 하는가	긴장(strain)	분석(analysis)
동일시 방법	무의식적, 정서적	의식적, 언어화

(2) 영화목록집 작성

치유적 관람과 함께 영화치료에 활용할 영화들을 목록으로 정리해 두는 것이 좋다. 영화목록집에 포함될 영화에 대한 정보는 제목, 상영 시간, 등급, 줄거리와 같은 영화의 기본 정보와 영화치료에 활용하고 싶은 장면이나 주요 대사, 좋아하는 인물, 싫어하는 인물과 이유, 적용 대상과 논의할 질문 등을 포함하면 좋다.

(3) 내담자 평가 및 영화선호도 확인

영화치료에 활용할 만한 영화가 어느 정도 확보되면 영화치료를 시 작할 준비가 된 것이다. 내담자에게 활용할 영화를 선정할 때 가장 중 요한 것은 내담자를 잘 이해하고 상담목록에 부합하는 영화를 선택하 는 것이다. 이를 위해 내담자의 문제를 면밀히 탐색하고 내담자를 다각 도로 평가하여 종합적으로 이해하는 것이 필수적이다.

(4) 영화선전 및 처방

모든 내담자를 만족시키는 영화는 존재하지 않으므로, 대상에 따라 또는 주제에 따라 특정 임상적 이슈들을 다루는데 가장 적합한 영화를 알아두고 적용할 필요가 있다. 영화치료에 활용할 영화를 선정할 때 기 본적으로 고려해야 할 다음 사항을 염두에 두고 내담자에게 적용할 영 화를 선정하자.

첫째, 무엇보다도 내담자의 선호를 고려하여 내담자가 좋아할 만한 영화를 선택한다.

둘째, 진행 중인 상담 관계나 상담의 분위기에 맞는 영화를 선택한다.

셋째, 효과적인 역할 모델(role model)이 나오는 영화를 선택한다.

넷째, 질문을 던지고 영감을 주는 영화를 선택한다.

(5) 치유적 논의

영화를 보고 나서 상담자와 내담자가 함께 치유적 논의를 하는 것이 중요하다. 단순히 영화를 처방하고 처방한 영화를 본 것으로 영화치료가 이루어졌다고 보기는 어렵다. 반드시 영화를 보면서 내담자의 생각과 정서가 어떻게 흘러갔는지, 내담자의 이슈와 연관지어 함께 확인하고 논의해야 한다.8)

2. 영화치유의 실제

1) 영화 <라이프 오브 파이>(2013)를 통한 삶에 대한 철학적 의미

(1) 영화치료의 절차

1단계 – 동일시(Identification)
2단계 – 공감, 감정이입(Empathy)
3단계 – 투사(projection)
4단계 – 관찰학습(observational learning)
5단계 – 마무리

(2) 영화 소개 – 이안 감독, <라이프 오브 파이>(2013)

내용소개 인도에서 동물원을 운영하던 '파이'의 가족은 동물들을 싣고 이민을 떠나는 도중 거센 폭풍우를 만나고 배는 침몰한다. 혼자 살아남은 파이는 가까스로 구명보트에 올라타지만 다친 얼룩말과 굶주린 하이에나, 그리고 오랑우탄과 함께 표류하게 된다. 하지만 모두를 놀라게 만든 진짜 주인공은 바로 보트 아래에 몸을 숨기고 있던 벵골 호랑이 '리처드 파커'! 배고픔에 허덕이는 동물들은 서로를 공격하고 결국 파이와 리처드 파커만이 배에 남게 되는데⋯ 끝없이 펼쳐진 수평선, 거대하게 빛나는 고래 바다를 빛으로 물들인 해파리, 미어캣이 사는 신비의 섬까지, 파이와 리처드 파커 앞에 그 누구도 보지 않고서는 믿을 수 없는 놀라운 광경이 펼쳐진다!

개 봉	2013.01.01.	등 급	전체관람가
장 르	모험, 드라마, 판타지	국 가	미국
러닝타임	127분	감 독	이안
출 연	수라즈 샤르마, 이르판 칸, 라프 스펠, 아딜 후세인, 타부, 제라르 드빠유		
각 본	데이빗 매기	음 악	미하엘 다나
수상내역	201339회 새턴 어워즈(최우수 판타지영화상, 최우수 신인배우상) 22회 MTV영화제(최고의 공포연기상) 85회 미국 아카데미 시상식(감독상, 촬영상, 음악상, 시각효과상) 66회 영국 아카데미 시상식(촬영상, 특수시각효과상) 33회 런던 비평가 협회상(감독상, 기술공헌상) 70회 골든 글로브 시상식(음악상) 18회 크리틱스 초이스 시상식(촬영상, 시각효과상)		

(3) 영화 <라이프 오브 파이>(2013)를 감상하고, 다음의 질문에 대해 글로 작성해보세요.

① 영화 <라이프 오브 파이>(2013)의 내용을 정리해보세요.

② 영화에 대한 전반적인 느낌은 어땠나요?

③ 자신과 관련된 부분이 있었나요? 어떤 부분이 그렇게 생각되었나요?

④ 주인공 파이가 당면한 문제는 무엇인가요?

⑤ 파이의 성격에 대해 이야기해보세요.

⑥ 주인공 파이에게 동경되는 점이 있나요? 또한 그것이 자신의 성장에 도움이 되었나요?

⑦ 내가 만약 파이라면 어떻게 했을까요?

⑧ 영화를 보고 나서 떠오른 기억이 있나요?

⑨ 영화에서 가장 기억에 남는 장면은 무엇인가요?

⑩ 영화에서 가장 기억에 남는 명대사는 무엇인가요? 그 이유도 말해보세요.

명대사

이 유

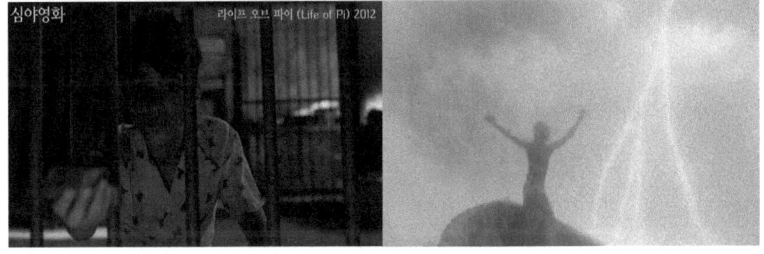

(4) 통찰-영화 <라이프 오브 파이>(2013)의 장면을 감상하고, 느낀 점을 작성해보세요.

_____

_____

_____

_____

_____

_____

(5) 다음의 질문에 글로 작성해보세요.

① 지금까지의 삶에서 가장 힘들었던 경험은 무엇인가요? 그 이유는 무엇인가요?

② 힘들었던 경험은 어떻게 극복했나요?

③ 지금까지 살아오면서 무언가와 끊임없이 싸우거나 투쟁해본 적이 있나요? 그 결과는 어땠나요?

④ 내 삶에서 외롭다고 느껴본 적이 있나요? 그 이유는 무엇인가요?

⑤ 내 삶에서 가장 소중하다고 생각하는 것은 무엇인가요? 그 이유
도 말해보세요.

⑥ 내 삶의 목표가 있나요? 삶의 목표는 무엇이고, 이유도 말해보
세요.

⑦ 내 삶을 바꾸는 계기를 경험한 적이 있나요? 있다면 무엇인지 말
해보세요.

⑧ 살아가면서 반복적인 실패와 좌절을 경험하게 된다면(예: 영화
속 '파이'의 바다 위의 삶처럼) 어떻게 할지를 생각해보세요.

(6) 영화치료를 위한 기본적인 질문사항입니다. 다음에 답해 주세요.

① 영화를 좋아하나요?

② 생애 최초 관람한 영화는 무엇인가요? 그 영화는 어떻게 기억되고 있으며, 여러분 삶에 어떤 영향을 주었나요?

③ 내 인생의 영화 세 편을 꼽아보세요. 그 이유도 말해보세요.

④ 어떤 영화를 보고 중대한 결심을 했거나 인생이 변한 경우가 있나요?

⑤ 가장 좋아하는 배우는? 가장 좋아하는 감독은? 그 이유는?

⑥ 내가 영화를 찍는다면 어떤 영화를 찍고 싶은가요? 영화에서 나는 어떤 역할을 하고 싶나요?

⑦ 내가 가장 좋아하는 영화 한 편은 무엇인가요?

⑧ 영화 속 어떤 캐릭터에 가장 많이 동일시되는가요?

⑨ 가장 마음에 드는 등장인물은 누구인가요? 특별히 따라하고 싶은 행동이 있나요?

⑩ 영화 속에서 마음에 들지 않는 인물은 누구인가요? 이유는 무엇인가요?

⑪ 오락적 관점에서 영화를 볼 때와 치유적 관점으로 영화를 볼 때 차이점은 무엇이라고 생각하나요?

2) 영화 <벤자민 버튼의 시간은 거꾸로 간다>(2009)를 통한 삶에
   대한 성찰

 (1) 영화치료의 절차

   1단계 - 동일시(Identification)
   2단계 - 공감, 감정이입(Empathy)
   3단계 - 투사(projection)
   4단계 - 관찰학습(observational learning)
   5단계 - 마무리

 (2) 영화 소개 - 데이빗 핀처 감독, <벤자민 버튼의 시간은 거꾸로 간
   다>(2009)

   내용소개 1918년 제1차 세계 대전 말 뉴올리언즈. 80세의 외모
   를 가진 사내아이가 태어난다. 그의 이름은 벤자민 버튼. 부모에게
   버려져 양로원에서 노인들과 함께 지내던 그는 시간이 지날수록
   젊어진다는 것을 알게 된다. 12살이 되어 60대의 외모를 가지게 된
   그는 어느 날 6살 소녀 데이지를 만난 후 그녀의 푸른 눈동자를 잊
   지 못하게 된다. 청년이 되어 세상으로 나간 벤자민은 숙녀가 된 데
   이지와 만나고, 만남과 헤어짐을 반복하다 비로소 둘은 사랑에 빠
   지게 된다. 하지만 벤자민은 날마다 젊어지고 데이지는 점점 늙어
   가는데……

개 봉	2009. 02.12.	등 급	12세 관람가
장 르	판타지, 멜로/로맨스, 드라마	국 가	미국
러닝타임	166분	감 독	데이빗 핀처
출 연	브래드 피트, 케이트 블란쳇, 줄리아 오몬드, 타라지 P. 헨슨		

(3) 영화 <벤자민 버튼의 시간은 거꾸로 간다>(2009)를 감상하고, 다음의 질문에 대해 글로 작성해보세요.

① 영화 <벤자민 버튼의 시간은 거꾸로 간다>(2009)의 내용을 정리해보세요.

② 영화에 대한 전반적인 느낌은 어땠나요?

③ 자신과 관련된 부분이 있었나요? 어떤 부분이 그렇게 생각되었나요?

④ 주인공 벤자민이 당면한 문제는 무엇인가요?

⑤ 벤자민의 성격에 대해 이야기해 보세요.

⑥ 주인공 벤자민에게 동경되는 점이 있나요? 또한 그것이 자신의 성장에 도움이 되었나요?

⑦ 내가 만약 벤자민이라면 어떻게 했을까요?(데이지와의 관계, 자신의 병에 대해, 자신을 버린 아버지에 대해, 자신을 키워준 어머니에 대해 등)

⑧ 내가 만약 데이지라면 어떻게 했을까요?(벤자민이 떠날 때 등)

⑨ 내가 만약 벤자민의 딸이라면 어떻게 했을까요?

⑩ 영화를 보고 나서 떠오른 기억이 있나요?

⑪ 영화에서 가장 기억에 남는 장면은 무엇인가요?

⑫ 영화에서 가장 기억에 남는 명대사는 무엇인가요? 그 이유도 말해보세요.

명대사

이 유

(4) 영화 <벤자민 버튼의 시간의 거꾸로 간다>(2008)의 장면과 명대사를 감상하고, 느낀 점을 작성해보세요.

"살아가면서 너무 늦거나 이른 것은 없다. 너는 뭐든지 될 수 있다. 꿈을 이루는데 시간제한은 없다. 지금처럼 살아도 되고, 새 삶을 시작해도 된다. 최선과 최악의 선택 중 최선의 선택을 내리길 바란다. 네가 새로운 것을 보고 새로운 것을 느꼈으면 좋겠다. 너와는 생각이 다른 사람을 만나며 후회없는 삶을 살면 좋겠구나. 조금이라도 후회가 생기면 용기를 내서 다시 시작하렴."

— 벤자민이 딸에게 보내는 엽서 중

---

(5) 다음의 질문에 글로 작성해보세요.

① 자신이 아팠을 때 주변에 누가 있었나요? 그때의 감정을 이야기 해 보세요.

② 주변에 누군가 아파서 지속적으로 돌봐준 경험이 있나요?

③ 지금까지 살아오면서 내가 다른 사람들과 다르다는 것을 경험하거나 느껴본 적이 있나요?

④ 지금까지 여러분의 삶에서 최고의 날은 언제였나요?

⑤ 나에게 어머니는 어떤 존재인가요? 나에게 아버지는 어떤 존재인가요?

⑥ 나는 어머니에게 어떤 존재가 되고 싶나요? 나는 아버지에게 어떤 존재가 되고 싶나요?

⑦ 영화 속에서 퀴니(어머니)는 벤자민에게 '운명은 아무도 모른다.'라고 말합니다. 여러분은 운명에 대해 어떻게 생각하나요?

⑧ 세상의 상호작용에 대해 이야기해 보세요.

⑨ 시간을 거꾸로 돌릴 수 있다면 무엇을 하고 싶나요?(혹은 가장
　후회되는 일은 무엇인가요?)

⑩ 만약 나에게 출생의 비밀이 있다면 어떻게 할까요?

3) 영화 <노트북>(2004)을 통한 사랑의 의미

(1) 영화치료의 절차

1단계 – 동일시(Identification)
2단계 – 공감, 감정이입(Empathy)
3단계 – 투사(projection)
4단계 – 관찰학습(observational learning)
5단계 – 마무리

(2) 영화 소개 – 닉 카사베츠 감독, <노트북>(2004)

내용소개 17살, '노아'는 밝고 순수한 '앨리'를 보고 첫눈에 반한다. 빠른 속도로 서로에게 빠져드는 둘. 그러나 이들 앞에 놓인 장벽에 막혀 이별하게 된다. 24살, '앨리'는 우연히 신문에서 '노아'의 소식을 접하고 잊을 수 없는 첫사랑 앞에서 다시 한번 선택의 기로에 서게 되는데…… 열일곱의 설렘, 스물넷의 아픈 기억, 그리고 마지막까지…… "한 사람을 지극히 사랑했으니 내 인생은 성공한 인생입니다."

개 봉	2004.11.26.	등 급	15세 관람가
장 르	멜로/로맨스, 드라마	국 가	미국
러닝타임	123분	감 독	닉 카사베츠
출 연	라이언 고슬링, 레이첼 맥아담스, 제나 로우랜즈, 제임스 가너, 조안 알렌, 제임스 마스던 등		
각 본	잔 사디, 제레미 레벤	음 악	아론 지그만
수상내역	2005 14회 MTV영화제(최고의 키스상) 11회 미국 배우 조합상(공로상)		

(3) 영화 <노트북>(2004)를 감상하고, 다음의 질문에 대해 글로 작성해보세요.

① 영화 <노트북>(2004)의 내용을 정리해보세요.

② 영화에 대한 전반적인 느낌은 어땠나요?

③ 자신과 관련된 부분이 있었나요? 어떤 부분이 그렇게 생각되었나요?

④ 주인공 노아가 당면한 문제는 무엇인가요?

⑤ 노아의 성격에 대해 이야기해 보세요.

⑥ 주인공 노아에게 동경되는 점이 있나요? 또한 그것이 자신의
성장에 도움이 되었나요?

⑦ 내가 만약 노아라면 어떻게 했을까요?

⑧ 영화를 보고 나서 떠오른 기억이 있나요?

⑨ 영화에서 가장 기억에 남는 장면은 무엇인가요?

⑩ 영화에서 가장 기억에 남는 명대사는 무엇인가요? 그 이유도
말해보세요.

명대사

이 유

(4) 통찰-영화 <노트북>(2004)의 장면을 감상하고, 느낀 점을 작성해보세요.

2시가 되도록 불장난 했어요 그 꼴은 못 봐요!

----

(5) 다음의 질문에 글로 작성해보세요.

① 지금까지의 삶에서 누군가를 사랑하고 이별한 적이 있나요?
  그 이유는 무엇인가요?

② 그때의 감정은 어떠했나요?

③ 어떻게 극복했나요?

④ 만약 내가 사랑하는 사람과 만남이나 결혼을 부모님이 반대한다면 어떻게 할 건가요?

⑤ 내 삶에서 가장 소중하다고 생각하는 것은 무엇인가요? 그 이유도 말해보세요.

⑥ 내 삶의 목표가 있나요? 삶의 목표는 무엇이고, 이유도 말해보세요.

⑦ 내 삶을 바꾸는 계기를 경험한 적이 있나요? 있다면 무엇인지 말해보세요.

4) 영화 <트루먼 쇼>(1998)를 통한 나의 삶 들여다보기

(1) 영화치료의 절차

1단계 – 동일시(Identification)
2단계 – 공감, 감정이입(Empathy)
3단계 – 투사(projection)
4단계 – 관찰학습(observational learning)
5단계 – 마무리

(2) 영화 소개 – 피터 위어 감독, <트루먼 쇼>(1998)

내용소개 작은 섬에서 평범한 삶을 사는 30세 보험회사원 트루먼 버뱅크, 아내와 홀어머니를 모시고 행복한 하루하루를 보내던 어느 날, 하늘에서 조명이 떨어진다! 의아해하던 트루먼은 길을 걷다 죽은 아버지를 만나고 라디오 주파수를 맞추다 자신의 일거수일투족이 라디오에 생중계되는 기이한 일들을 연이어 겪게 된다. 지난 30년간 일상이라고 믿었던 모든 것들이 어딘가 수상하다고 느낀 트루먼은 모든 것이 '쇼'라는 말을 남기고 떠난 첫사랑 '실비아'를 찾아 피지 섬으로 떠나기로 결심한다. 가족, 친구, 회사…… 하나부터 열까지 모든 것이 가짜인 '트루먼 쇼' 과연 트루먼은 진짜 인생을 찾을 수 있을까?

개 봉	1998.10.24.	등 급	12세 관람가
장 르	코미디, 드라마, SF	국 가	미국
러닝타임	103분	감 독	피터 위어
출 연	짐 캐리, 에드 해리스, 로라 라니, 노아 엠머리히, 나타샤 맥켈혼, 홀랜드 테일러 등		

각 본	앤드류 니콜	음 악	버카드 본 달워츠, 필립 글래스
수상내역	56회 골든 글로브 시상식(남우주연상-드라마, 남우조연상, 음악상) 1999 8회 MTV영화제(최고의 남자배우상) 52회 영국 아카데미 시상식(데이빗 린 상, 각본상, 프로덕션디자인상) 24회 새턴 어워즈(최우수 판타지영화상, 최우수 각본상) 19회 런던 비평가 협회상(감독상, 작가상) 11회 시카고 비평가 협회상(음악상)		

(3) 영화 <트루먼 쇼>(1998)를 감상하고, 다음의 질문에 대해 글로 작성해보세요.

① 영화 <트루먼 쇼>(1998)의 내용을 정리해보세요.

② 영화에 대한 전반적인 느낌은 어땠나요?

③ 자신과 관련된 부분이 있었나요? 어떤 부분이 그렇게 생각되었나요?

④ 주인공 트루먼이 당면한 문제는 무엇인가요?

⑤ 트루먼의 성격에 대해 이야기해 보세요.

⑥ 주인공 트루먼에게 동경되는 점이 있나요? 또한 그것이 자신의 성장에 도움이 되었나요?

⑦ 내가 만약 트루먼이라면 어떻게 했을까요?

⑧ 영화를 보고 나서 떠오른 기억이 있나요?

⑨ 영화에서 가장 기억에 남는 장면은 무엇인가요?

⑩ 영화에서 가장 기억에 남는 명대사는 무엇인가요? 그 이유도
말해보세요.

명대사

이 유

(4) 통찰─영화 <트루먼 쇼>(1998)의 장면을 감상하고, 느낀 점을 작
성해보세요.

(5) 다음은 인간 삶에 대한 게오르그 루카치(1885－1971)가 한 말입니다. 여러분은 지금까지 어떤 삶을 살아왔는지 얘기해보세요. 그리고 앞으로 어떤 삶을 살고 싶은지 생각해보세요.

> 비극은 하나의 놀이이다. 즉 인간과 그의 운명의 놀이, 신이 관람하는 놀이이다. 그러나 신은 단지 관객일 뿐이다. 그는 말과 행동으로써 배우들(인간)의 말과 행동에 결코 개입하지 않는다. 단지 신은 그들을 바라볼 뿐이다.
>
> ─루시앙 골드만, 『숨은 神(신)』, 50쪽.

5) 영화 <주토피아>(2016)를 통한 내 인생 도전기

(1) 영화치료의 절차

1단계─동일시(Identification)
2단계─공감, 감정이입(Empathy)
3단계─투사(projection)
4단계─관찰학습(observational learning)
5단계─마무리

(2) 영화 소개─바이론 하워드 리치 무어 감독, <주토피아>(2016)

내용소개 누구나 살고 싶은 도시 1위, 주토피아 연쇄 실종 사건 발생! "미치도록 잡고 싶었다!" 교양 있고 세련된 라이프 스타일을 주도하는 도시 주토피아. 이곳을 단숨에 혼란에 빠트린 연쇄 실종사건이 발생한다! 주토피아 최초의 토끼 경찰관 주디 홉스는 48시간 안에 사건 해결을 지시받자 뻔뻔한 사기꾼 여우 닉 와일드에게 협동 수사를 제안하는데…… 스릴 넘치는 추격전의 신세계가 열린다!

개 봉	2016.02.17.	등 급	전체 관람가
장 르	애니메이션, 액션, 모험, 코미디, 가족	국 가	미국
러닝타임	108분	감 독	바이론 하워드, 리치 무어
출 연	주디 홉스─지니퍼 굿 윈, 닉 와일드─제이슨 베이트먼, 샤키라─가젤 등		
수상내역	2017 89회 미국 아카데미 시상식(장편애니메이션상) 44회 애니어워드(최우수 장편 애니메이션, 장편 애니메이션: 캐릭터 디자인상, 장편 애니메이션: 감독상,		

장편 애니메이션: 스토리보딩상, 장편 애니메이션:
성우상, 장편 애니메이션: 각본상)
74회 골든 글로브 시상식(장편애니메이션상)
2016 22회 크리틱스 초이스 시상식(장편 애니메이션상)
81회 뉴욕 비평가 협회상(애니메이션상)

(3) 영화 <주토피아>(2016)를 감상하고, 다음의 질문에 대해 글로 작
성해보세요.

① 영화 <주토피아>(2016)의 내용을 정리해보세요.

② 영화에 대한 전반적인 느낌은 어땠나요?

③ 자신과 관련된 부분이 있었나요? 어떤 부분이 그렇게 생각되
   었나요?

④ 주인공 주디가 당면한 문제는 무엇인가요?

⑤ 주디의 성격에 대해 이야기해 보세요.

⑥ 주인공 주디에게 동경되는 점이 있나요? 또한 그것이 자신의
   성장에 도움이 되었나요?

⑦ 내가 만약 주디라면 어떻게 했을까요?

⑧ 영화에서 가장 기억에 남는 명대사는 무엇인가요? 그 이유도
   말해보세요.

명대사

이 유

(4) 영화 <주토피아>(2016)의 장면을 감상하고, 느낀 점을 작성해보
세요.

(5) 여러분은 지금 꿈이 있나요? 그 꿈을 이루기 위해 지금 어떤 노력을 하고 있나요? 자신의 꿈과 미래에 대해 생각하고 설계해보세요.

----

6) 영화 <어바웃 타임>(2013)을 통해 후회하지 않는 삶 살기

(1) 영화치료의 절차

1단계 – 동일시(Identification)
2단계 – 공감, 감정이입(Empathy)
3단계 – 투사(projection)
4단계 – 관찰학습(observational learning)
5단계 – 마무리

(2) 영화 소개 – 리처드 커티스 감독, <어바웃 타임>(2013)

내용소개 모태솔로 팀은 성인이 된 날, 아버지로부터 놀랄만한 가문의 비밀을 듣게 된다. 바로 시간을 되돌릴 수 있는 능력이 있다는 것! 그것이 비록 히틀러를 죽이거나 여신과 뜨거운 사랑을 할 수는 없지만, 여자친구는 만들어 줄 순 있으리.. 꿈을 위해 런던으로 간 팀은 우연히 만난 사랑스러운 여인 메리에게 첫눈에 반하게 된다. 그녀의 사랑을 얻기 위해 자신의 특별한 능력을 마음껏 발휘하는 팀. 어설픈 대시, 어색한 웃음은 리와인드! 뜨거웠던 밤은 더욱 뜨겁게 리플레이! 꿈에 그리던 그녀와 매일매일 최고의 순간을 보낸다. 하지만 그와 그녀의 사랑이 완벽해

질수록 팀을 둘러싼 주변 상황들은 미묘하게 엇갈리고, 예상치 못한 사건들이 여기저기 나타나기 시작하는데… 어떠한 순간을 다시 살게 된다면, 과연 완벽한 사랑을 이룰 수 있을까?

개　봉	2013.12.05.	등　급	15세 관람가
장　르	멜로/로맨스, 코미디	국　가	영국
러닝타임	123분	감　독	리처드 커티스
출　연	도널 글리슨, 레이첼 맥 아담스 등		
수상내역	2013 61회 산세바스티안국제영화제(관객상)		

(3) 영화 <어바웃 타임>(2013)를 감상하고, 다음의 질문에 대해 글로 작성해보세요.

　① 영화 <어바웃 타임>(2013)의 내용을 정리해보세요.

　② 영화에 대한 전반적인 느낌은 어땠나요?

　③ 자신과 관련된 부분이 있었나요? 어떤 부분이 그렇게 생각되었나요?

④ 주인공 팀이 당면한 문제는 무엇인가요?

⑤ 팀의 성격에 대해 이야기해 보세요.

⑥ 주인공 팀에게 동경되는 점이 있나요? 또한 그것이 자신의 성
장에 도움이 되었나요?

⑦ 내가 되돌아가고 싶은 시간은(좋은 시절)? 되돌리고 싶은 일은
무엇인가요(후회되는 일은)?

⑧ 영화에서 가장 기억에 남는 명대사는 무엇인가요? 그 이유도
말해보세요.

명대사

이 유

(4) 영화 <어바웃 타임>(2013)의 장면을 감상하고 느낀 점을 작성해
보세요.

----

(5) 지금까지 나의 삶에서 가장 후회되는 일은 무엇인가요? 그때로 다
시 돌아간다면 어떻게 하고 싶나요?

4장

———

문화공간을 통한 감정치유

1. 공간치유

1) 자기 영역 지키기[1]

스위스의 산악등반가 샤를 비드머(Charles Widmer)는 "우리의 마지막 신체 기관인 모든 감각기관은 공간을 이용하는 것에 맞춰져 있다."고 하였다.[2] 그 말은 인간은 공간을 이동하는 존재이고, 공간을 이동하며 살아가야 마땅하다는 뜻이다. 인간의 신체는 걷고 뛰도록 만들어져 있다. 하지만 오늘날 우리는 일생의 약 90%를 건물 안에서 지내고, 거의 앉거나 누운 채로 생활한다. 우리는 어느새 의자와 한 몸을 이룬 종족이 되어버린 것이다. 소파나 침대에 앉거나 누운 상태로는 삶의 길을 나아갈 수는 없다. 이에 대한 대책이 필요하다.

영역을 표시한다는 것은 지극히 인간적인 행위이다. 여러 사람이 공유하는 넓은 책상에 앉았을 때 사람들은 자신이 자리한 책상 위에다 서류나 필기구를 벌여놓는다. 그러곤 옆 사람 물건이 자기 쪽으로 넘어오면 자기 영역이라고 여기는 선 밖으로 살짝 밀어낸다. 물건뿐만 아니라 사람도 너무 가까이 접근하면 안 된다. 1851년 철학자 쇼펜하우어는 서로 간의 거리를 유지하려는 인간의 욕구를 호저(털이 길고 뻣뻣한 설치류과 동물)의 모습에 빗대어 이야기한다. 호저의 털을 인간의 온 갖 불쾌한 특성과 참기 힘든 실수들에 비유한 것이다. 사람들 사이에 어느 정도 거리를 반드시 유지해야 하고, '더불어 살기'를 가능하게 하 는 필수적 거리에 대해 쇼펜하우어는 이렇게 주장했다. "이 거리를 지 키지 않는 자에게 영국에서는 이렇게 외친다. '어이, 좀 떨어지라고 (Keep your distance)!'" 이는 적당한 거리에 대한 인간의 욕구를 나타낸 다. 그래서 담장과 성을 쌓고 울타리를 치며 국경에 선을 긋는 것이다. 우리는 넘지 말아야 할 경계선을 그으며 남들도 이 같은 행동을 하는 것을 당연하게 여긴다.

자기만의 영역에 대한 인간의 욕구는 여러 가지 흥미로운 모습으로 발현된다. 심리학자이자 행동연구가인 그레이엄 브라운(Graham Brown) 은 타인의 침범을 불허하는 공간으로서의 영역 표시를 세 가지로 분류 한다. 첫째는 신원 표시(내가 여기 올 거야!), 둘째는 제어 표시(여기 빈 자리 아님!), 셋째는 방어 표시(손대지 마, 내 거니까!)이다. 컴퓨터의 비밀번호, 지하실 문의 빗장, 사물함의 잠금장치 등이 방어 표시에 해 당한다. 신원 표시는 낯선 장소에 가서 어떤 공간을 차지하고 개척해야 할 경우에 주로 사용한다. 제어 표시는 혹시 나타날지 모를 침입자에게 경고하거나 타인의 소유권 주장에 제동을 거는 장치로 활용된다.

슈투트가르트의 프라운호퍼 연구소(Fraunhofer-Institut)에서는 '환경 의 제어'가 사무실에서 얼마나 중요한 역할을 하며 근무만족도에 얼마 나 기여하는지 알아보기 위해 1996년 이래 '오피스21(Office21)'이라는 장기연구 프로젝트를 진행하였다. 지금까지 도출된 주요 결과 중 하나 는 직원이 작업환경을 본인 입맛에 맞게 꾸밀 수 있는 허용치가 높을수 록 근무지 만족도가 높아진다는 것이다. 일터에서의 영역 주권은 사전 에 충분히 계획이 가능하고 또 가능해야만 한다는 연구 결론을 내린다.

효과적인 근무 환경은 근무자의 인권을 존중하고, 일정부분 자유 공간을 충분히 확보할 수 있어야 한다. 그러한 공간에서의 근무가 업무에 대한 효율성을 높이고 창의성을 확대할 수 있을 것이다.

2) 나에게 안정적인 공간3)

모든 인간에게 나타나는 공통적인 욕구는 건강과 안전, 주위 환경의 친밀감과 번식, 풍부한 먹을거리와 깨끗한 물에 대한 보장 같은 것이다. 인간이 취하는 많은 태도는 이러한 기본 욕구를 충족하기 위해 형성되었다.

비행기 좌석을 예약할 때나 카페 자리를 예약할 때 대부분의 사람들은 창가 자리를 선호한다. 누군가 승진해서 사무실을 옮겼을 때 새로운 방의 창문 개수와 크기에 대해 얘기하는 것을 들어보았을 것이다. 사람들이 공간에서 창문을 중요하게 생각하는 이유는 무엇일까? 안체 플라데는 창밖의 풍경은 사물을 인식하는 범위를 넓혀준다고 한다. 열심히 일을 하다가 창의적인 생각이 떠오르지 않을 때 창밖을 바라보면 어떤 효과가 있는지 경험해보았을 것이다. 하늘의 구름만 올려다보아도 긴장이 풀리는 효과가 있다. 창문의 역할은 태양광이 들어와 실내를 밝히는 데 있다. 의학 심리학자 요제프 빌헬름 에거는 빛은 오래전 선사시대 때부터 인간의 기분에 직접적인 영향을 끼쳐왔다고 한다. 따스하고 온화한 빛은 격한 감정을 안정시키거나 과도하게 가라앉은 기분을 밝게 끌어 올려주기도 한다. 그래서 우리는 무의식중에 가운데 자리보다 창가의 자리에 더 이끌리게 된다. 자신의 기분에 유리한 영향을 주고자 하는 심리적인 반응이다.

신경생물학자 페터 슈포르크(Peter Spork)는 『잠의 책(Schlafbuch)』

에서 정상적인 생활환경에서는 햇빛이 내적 시계를 계속해서 수정해 나가기 때문에 항상 정확함을 유지할 수 있다고 말한다. 태양이 구름에 가려졌던 않든 자연광이 꾸준히 인간의 자연적인 밤낮의 리듬을 조절하기 때문에 실내 근무자들에게는 창문이 필수적이다. 창의 크기는 클수록 좋다. 자연스러운 시간 감각을 지켜주는 기능 외에도 기분을 밝게 유지하는 데 도움이 된다.

스웨덴 웁살라 대학의 환경심리학 연구팀은 식물을 바라보는 행위가 긴장을 풀어주는 효과를 준다고 하였다. 녹색 식물을 풍부하게 접할 수 있는 환경에서 일하는 사람들은 아파서 결근하는 빈도도 낮다고 한다.

미국의 생물학자 에드워드 윌슨(Edward O. Wilson)에 따르면, 바이오필리아(biophilia) 즉 생명을 사랑하는 마음은 인간 본연의 성질로, 모든 인간은 생명이 살아 숨 쉬는 자연에 본능적으로 이끌리게 되어 있다고 한다. 몸과 마음을 최적의 상태로 유지하기 위해서, 잃어버린 건강을 되찾기 위해서는 자연과의 접촉이 필수적인 것이다.

일리노이 대학교 연구팀은 과잉행동장애가 있는 어린이가 20분 정도만 녹지대를 걸어도 증상 개선에 도움이 된다는 사실을 밝혀냈다. 숲속을 걷고 난 후에 어린이들의 행동이 비교적 안정되고, 집중력 테스트에서 점수가 올라갔다고 한다. 자연과의 접촉은 모든 아이들의 정서 발달에 매우 이로운 작용을 한다. 작은 공원이나 숲을 걷는 것은 건강과 긴장 해소에 좋다. 아무 생각없이 공원길을 걷다 보면 격했던 감정이 누그러지고, 기분이 상쾌해지는 것을 느낄 수 있다. 자연과의 접촉은 아이들의 정서 발달에 매우 긍정적인 영향을 주고, 인간 모두에게 정서적인 안정을 찾게 한다.

영국의 지리학자 제이 애플턴(Jay Appleton)은 '조망과 피신(prospect and refuge)'이라는 이론에서 특정 풍경의 장소에서 사람들이 만족감을 얻는 세 가지 조건을 말했다. 그 조건은 첫째, 서 있는 곳의 전망이 막힘없이 좋아야 한다. 둘째, 불리하면 즉시 후퇴해 숨을 수 있는 공간이 확보되어야 한다. 셋째, 먹을 것과 마실 것이 가까이 있어야 한다. 즉 언덕이나 적당한 높이의 산 위에서 눈앞의 풍경이 명확히 보이고 시야가 트인 곳으로 작은 숲이나 폭포, 호수 등이 있는 좋은 곳으로 '명당'이라 불리는 곳이다. 그러한 곳이 사람들이 만족감을 느끼는 최적의 장소이다.

생물학자 고든 오리언스(Gordon Orians)의 '사바나 이론(Savana theory)'에 따르면, 인간은 시야가 비교적 트인 한편 나무들이 적당히 드문드문나 있는 풍경을 선호하는데, 이는 인류가 생겨나고 두 발로 걷기 시작했을 때의 환경인 사바나의 풍경과 매우 유사하다고 한다. 지금까지도 우리 인간은 사바나와 비슷한 느낌이 나도록 꾸며진 환경을 편안하다고 느낀다. 초원과 관목이 적당히 흩어져 있는 사바나는 선사시대 인류에게 첫째, 열매나 식용식물 등 식물성 먹을거리가 자라는 곳, 둘째, 가끔씩 초식동물이 물을 먹으러 오니 사냥의 기회가 있는 곳, 셋째, 맹수를 피해 몸을 숨길 수 있고 위급 시 기어 올라갈 나무들이 자라나는 곳이다. 즉 인간은 먹을 것이 풍족하고, 안전이 보장되는 곳을 선호하는 것이다.

3) 공간과 인간

공간은 인간의 인지와 행동에 큰 영향을 미친다. 그에 대한 연구는 2004년 미국 캘리포니아 샌디에이고에서 건축을 탐색하는 신경건축학(Neuroarchitecture)이라는 학문을 탄생시켰다. 신경과학자들과 건축가들을 중심으로 이루어진 신경건축학회(Academy of Neuroscience for

Architecture)는 신경건축학과 관련한 연구를 진행하였다. 오늘날 대부분의 사람들은 집에서 자고, 학교에서 공부하고, 직장에서 일하며, 식당에서 밥을 먹는, 공간에서의 생활이 일상을 이루고 있다. 이러한 가운데 인간과 공간에 대한 연구는 많은 기대를 요구하고 있다.

1970년대 주목받았던 환경심리학은 환경이 인간의 마음에 미치는 영향을 행동으로 관찰하는 방식으로 발전해왔다. 환경 심리학자들은 뇌 활동을 측정하지는 않았지만, 건축가들에게 공간을 사용하는 인간 심리를 이해하는데 유익한 통찰을 제공하였다.[4]

현대의 많은 건축물은 인간에 대한 이해가 부족한 경우가 많다. 새로운 건물을 건축할 때, 건축 환경에서 가장 중요하게 생각하는 기준은 안전과 기능이다. 이 두 요소는 건축에서 중요한 요소이지만 인간에 대한 이해는 부족한 건축물이 대부분이다. 인간에 대한 이해를 바탕으로 한 공감적인 건축이 요구된다.

좋은 디자인 즉 공간에 대한 질서와 패턴, 재료와 질감, 공간의 흐름 등이 만들어내는 통일성 있는 장소는 사람들에게 매우 긍정적인 영향을 준다. 도시 공간과 조경, 건물은 인간의 삶에 깊은 영향을 미치고, 우리의 인지와 감정, 행동을 형성하고 행복에 큰 영향력을 행사한다. 자신에 대한 건강한 자의식과 자아 정체감은 우리에게 긍정적인 감정을 형성하고 나아가 생명 연장과 더불어 삶의 질을 높일 것이다.

4) 자연과 인간[5]

인간은 유전적으로 자연과 가까운 환경을 갈망하고 그런 환경에서 위안을 받는다. 개인의 성격이나 성별, 나이, 자라온 문화에 따라 자연에 대한 개인적, 전체적 성향이 다를 수 있다. 하지만 인간이 '생물 친화적' 종으로 진화해왔다는 점은 분명하다. 그래서 자연에 마음이 끌리고 집과 사무실, 공동체가 자연과 연결된 느낌을 갖기 원하는 것이다. 인간의 유전자는 자연 세계와 밀접한 관계를 지속하는 것을 행복한 삶이라고 여기도록 설계되어 있다. 이는 도시 사람이든 시골 사람이든, 어떤 환경에 살든, 어떤 민족이든 간에 인간이라면 모두가 보이는 동일한 특성이다.

자연과 주기적으로 접촉하면 범죄율과 스트레스가 낮아지는 이유 가운데 하나는 자연과의 접촉이 인간의 인지 기능을 끌어올리기 때문이다. 필요할 때 원하는 것에 초점을 맞춰 집중할 수 있는 능력이 있으면 더 분명하고 효과적으로 사고할 수 있다. 하지만 이 능력은 쉽게 고갈된다. 환경심리학자 레이첼 캐플런(Rachel Kaplan)과 스티븐 캐플런(Stephen Kaplan)에 따르면, 자연경관을 즐길 때 그들이 노력 없이 집중이라고 부르는 기능이 활성화되어 주의 자원(attention resource)이 효과적으로 보충된다고 한다. 자연환경은 자연스럽게 우리의 호기심과 관심을 이끌어낸다.

인간의 '생물 친화성', 즉 자연에 대한 사랑은 우리가 건축 환경적 경험을 하는 그 순간뿐 아니라 관련 기억에도 영향을 준다. 자연의 존재 또는 부재는 우리가 존재했던 장소를 기억하는 방식에 영향을 미치며, 이는 곧 우리의 존재에도 영향을 준다. 뇌에서 인지 지도를 그리는 부위가 인간의 자전적 기억을 처리한다는 사실만 떠올려봐도 우리가 어린 시절 자연과 관련해 쌓아온 경험이 자의식과 정체성 형성에 중요한 역할을 한다는 사실을 알 수 있다.

인간이 생물 친화적 공간을 선호하는 경향은 집 이외의 공간에서도 나타난다. 사무실에서 열심히 일할 때나 헬스장에서 운동할 때도 자연과 접근성이 높을수록 행복도가 높아진다. 업무 공간에서 사용하는 인공 환기 수준을 자연 환기 수준으로 바꾸기만 해도 직원들의 전체적 인지 수행 능력이 놀라울 만큼 올라간다. 업무 공간 환경을 자연환경과 비슷하게 만들면 전체의 환경에 긍정적인 영향을 미칠 수 있다.

수술 후 녹지가 보이는 병실에 머문 환자가 벽돌이 보이는 병실에 머문 환자보다 고통을 덜 느끼고 더 빠르게 회복한다는 사실은 여러 사례를 통해 증명되고 있다. 병원 관리자들이 '힐링 가든'이라고 부르는 장소에서 시간을 보낼 때 환자들의 심장 박동은 느려지고 스트레스 호르몬인 코르티솔 분비와 스트레스 수치가 줄어든다는 사실도 밝혀졌다. 자연이 미치는 영향력의 속도는 놀라울 정도로 빨라서 3분에서 5분만 지나도 환자들이 그 효과를 체감한다. 자연이 주는 유익한 생리적 효과는 자연과 접한 지 '20초'가 채 지나기 전부터 측정할 수 있다. 치유에 효과적인 요소는 직장과 학교, 집에 적용해도 좋은 효과를 낸다. 자연에 대한 접근성이나 자연 녹지와 기후, 지형을 모방한 디자인은 인간에게 유익한 영향을 준다. 인간은 행복을 향상시키는 자연이 있는 환경에서 번영하기 때문이다.

자연의 기본 요소 가운데 가장 찬사를 받는 것은 햇빛이다. 건축 환경에서 자연광은 인간에게 매우 유익한 영향을 미친다. 인공광과 질적, 양적으로 다른 자연광은 인공광보다 수백 배나 밝고 색상 스펙트럼도 더욱 복잡하다. 인간은 생리적, 심리적 이익을 누리게 해주는 자연광을 선호한다. 햇빛은 온기를 느끼게 해주고 우리가 잠들도록 이끄는 호르몬인 멜라토닌 분비를 억제하며 면역 체계를 보강하고 뼈를 성장, 강화하는 비타민 D를 합성하게 돕는다. 사람들이 자연광을 선호하고 크게 의지한다는 것은 널리 알려진 사실이다.

자연광은 녹색 풍경처럼 우리의 인지 과정에 많은 영향을 주어 병자를 치유하고 건강한 사람의 행복도를 높여준다. 밝은 병실에서 지낸 환자가 인공광을 사용한 병실의 환자보다 숙면을 취하고 신체의 리듬이 더 규칙적이라는 사실은 충분히 예상할 수 있다. 햇빛이 드는 방을 쓴 환자들은 스트레스도 줄어든다. 통증도 덜 느끼고 몸도 빨리 회복되며 사망률도 낮다.

자연 채광이 적절한 교실을 사용하는 학생들은 집중을 더 잘하고 정보를 더 잘 기억하며 행동도 더 바르고 시험에서 더 좋은 성적을 낸다고 한다. 햇빛은 사람들의 기분에도 꽤 중요한 역할을 하며, 정신적 병리, 특히 조울증과 계절성 정서장애 증상을 일시적으로 완화해준다는 사실도 입증되었다. 햇빛이 아픈 사람을 치료하는데 효과적이라면 모든 사람의 감정 불균형을 개선하는 데도 도움이 될 수 있을 것이다.

인간의 신체적, 정신적 건강에 유익한 자연광은 사회적 상호작용도 돕는다. 사람들은 타인과 상호작용할 때 평상시보다 물리적 환경에 관심을 덜 기울인다. 하지만 그럴 때도 우리는 비의식적으로 자연광에 반응하고 자연광의 진정 효과를 누릴 수 있다.

2. 공간치유를 위한 실제

1) 역사문화 공간

(1) 사전 질문

① 지금까지 여행한 곳 중에서 가장 기억에 남는 곳은 어디인가요?
그 이유도 설명해주세요.

② 지금까지 여행한 곳 중에서 다시 가 보고 싶은 곳은 어디인가요?
그 이유도 설명해주세요.

③ 지금까지 여행한 곳 중에서 가장 행복했던 곳은 어디인가요? 그
이유도 설명해주세요.

④ 지금까지 여행한 곳 중에서 가장 마음이 평화로웠던 곳은 어디인가요? 그 이유도 설명해주세요.

⑤ 여행에서 가장 중요하다고 생각하는 것은 무엇인가요?

⑥ 여행을 간다면 함께 가고 싶은 사람이 있나요? 누구와 함께 가고 싶나요? 그 이유도 설명해주세요.

⑦ 지금 현재 여행을 하기 전 나의 마음은 어떠한지 얘기해보세요.

⑧ 내가 가장 힘들 때 가고 싶은 곳이 있나요? 그곳은 어디인가요?

(2) **역사문화 공간** : 여러분의 몸과 마음이 힐링 될 수 있는 곳을 선정하여 방문하고, 다음의 질문에 대답해주세요.

① 여러분이 방문한 곳은 어디인가요? 그 장소에 대해 설명해주세요.(사진 첨부)

예시) 경주 불국사 방문

<유네스코 세계문화유산 불국사>

불국사의 창건에 관한 기록으로 가장 오래된 ≪불국사고금창기(佛國寺古今創記)≫에는 서기 528년 법흥왕의 어머니 영제부인(迎帝夫人)의 발원으로 불국사 창건하여 574년 진흥왕의 어머니인 지소부인(只召夫人)이 절을 크게 중건하였다고 한다. 다른 기록인 ≪불국사 사적(事蹟)≫에는 이보다 앞선 눌지왕(訥祗王)때 아도화상(阿道和尙)이 창건하였고, 경덕왕 때 재상(宰相) 김대성에 의하여 크게 3창(祠)되었다고 한다.

≪삼국유사(三國遺事)≫ 권5 <대성효 2세부모(大城孝二世父母)>조에는 경덕왕 10년 김대성이 전세(前世)의 부모를 위하여 석굴암을, 현세(現世)의 부모를 위하여 불국사를 창건하였다고 하였으며, 김대성이 이 공사를 착공하여 완공을 하지 못하고 사망하자 국가에 의하여 완성을 보았으니 30여 년의 세월이 걸렸다고 한다. 당시의 건물들은 대웅전 25칸, 다보탑 · 석가탑 · 청운교(靑雲橋) · 백운교(白雲橋), 극락전 12칸, 무설전(無說殿) 32칸, 비로전(毘盧殿) 18칸 등을 비롯하여 무려 80여 종의 건물(약 2,000칸)이 있었던 장대한 가람의 모습이었다고 전한다.

1593년 왜군에 의해 파괴된 불국사는 1604년 경부터 복구와 중건이 다시 시작되었다.

1966년부터 부분적인 보수를 거쳐 1973년 마침내 현재의 불국사 모습을 갖추었고, 2012년부터 시작된 석가탑 해체 복원 작업이 2015년 마무리되었다.

출처 http://www.bulguksa.or.kr/

② 이곳을 방문한 이유를 설명해주세요.

③ 이곳을 방문하기 전에 준비한 것이 있나요?

④ 이곳을 방문하고 나서 자신의 몸과 마음은 어떠한지 얘기해보세요.

⑤ 다음에 이곳을 또 방문하고 싶은가요?

⑥ 이곳에 대한 느낀 점을 말해보세요.

⑦ 이번 여행에서 가장 즐거웠던 일은 무엇인가요?

⑧ 이번 여행에서 가장 기억에 남은 것은 무엇인가요?

⑨ 누구와 함께 갔나요? 함께해서 좋았던 일, 혹은 속상했던 일은
무엇인가요?

⑩ 다음에 누구와 함께 오고 싶나요?

⑪ 여행을 하면서 떠오르는 기억이 있나요? 무엇인가요?

⑫ 여행에 대해 전반적인 감상을 적어주세요.

⑬ 이번 여행을 다른 친구에게 소개해보세요.

(3) 혼자만의 힐링여행 계획하기

① 언제 :

② 어디로 :

③ 준비물 :

④ 이곳을 선택한 이유 :

⑤ 여행을 통해 내가 치유 받고 싶은 것 :

예시)

<유네스코 세계문화유산 석굴암>

석굴암은 신라 경덕왕 10년(751)에 당시 재상이었던 김대성이 창건을 시작하여 혜공왕 10년(774)에 완성하였으며, 건립 당시에는 석불사라고 불렸다.

석굴암 석굴의 구조는 입구인 직사각형의 전실(前室)과 원형의 주실(主室)이 복도 역할을 하는 통로로 연결되어 있으며, 360여 개의 넙적한 돌로 원형 주실의 천장을 교묘하게 구축한 건축 기법은 세계에 유례가 없는 뛰어난 기술이다.

석굴암 석굴의 입구에 해당하는 전실에는 좌우로 4구(軀)씩 팔부신장상을 두고 있고, 통로 좌우 입구에는 금강역사상을 조각하였으며, 좁은 통로에는 좌우로 2구씩 동서남북 사방을 수호하는 사천왕상을 조각하였다.

원형의 주실 입구에는 좌우로 8각의 돌기둥을 세우고, 주실 안에는 본존불이 중심에서 약간 뒤쪽에 안치되어 있다. 주실의 벽면에는 입구에서부터 천부상 2구, 보살상 2구, 나한상 10구가 채워지고, 본존불 뒷면 둥근 벽에는 석굴 안에서 가장 정교하게 조각된 십일면관음보살상이 서 있다.

현재 석굴암 석굴은 국보 제24호로 지정되어 관리되고 있으며, 석굴암은 1995년 12월 불국사와 함께 유네스코 세계문화유산으로 공동 등록되었다.

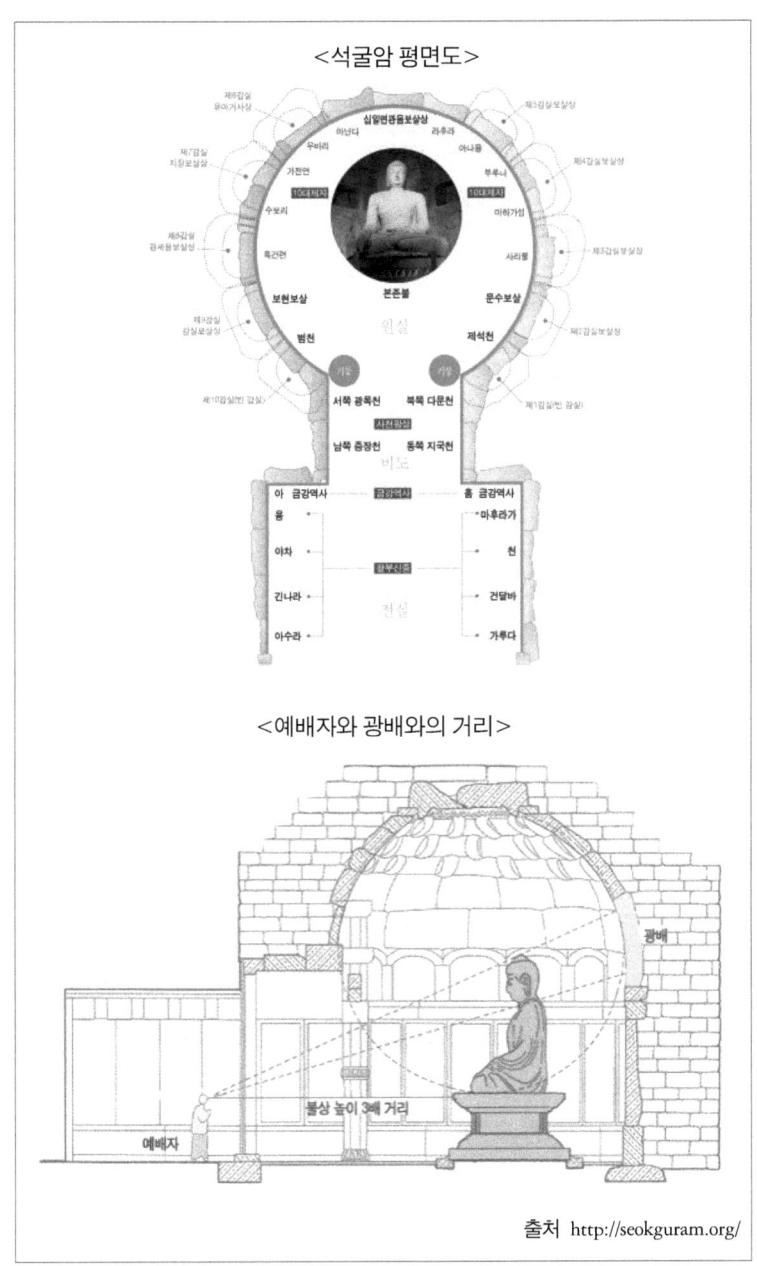

<석굴암 평면도>

<예배자와 광배와의 거리>

광배

불상 높이 3배 거리

예배자

출처 http://seokguram.org/

2) 예술문화 공간

(1) 사전 질문

① 지금까지 여행한 곳 중에서 가장 기억에 남는 곳은 어디인가요? 그 이유도 설명해주세요.

② 지금까지 여행한 곳 중에서 다시 가 보고 싶은 곳은 어디인가요? 그 이유도 설명해주세요.

③ 지금까지 여행한 곳 중에서 가장 행복했던 곳은 어디인가요? 그 이유도 설명해주세요.

④ 지금까지 여행한 곳 중에서 가장 마음이 평화로웠던 곳은 어디인가요? 그 이유도 설명해주세요.

⑤ 여행에서 가장 중요하다고 생각하는 것은 무엇인가요?

⑥ 여행을 간다면 함께 가고 싶은 사람이 있나요? 누구와 함께 가고 싶나요? 그 이유도 설명해주세요.

⑦ 지금 현재 여행을 하기 전 나의 마음은 어떠한지 얘기해보세요.

⑧ 내가 가장 힘들 때 가고 싶은 곳이 있나요? 그곳은 어디인가요?

(2) 예술문화 공간 : 여러분의 몸과 마음이 힐링 될 수 있는 곳을 선정하여 방문하고, 다음의 질문에 대답해주세요.

① 여러분이 방문한 곳은 어디인가요? 그 장소에 대해 설명해주세요.(사진 첨부)

예시) 국립현대미술관 서울, 과천, 덕수궁, 청주

<서울>

　국립현대미술관은 1969년 개관이래 한국미술사 정립을 위해 작품을 꾸준히 수집하여 왔다. 현재 국립현대미술관의 소장품은 이건희컬렉션의 기증으로 10,000점이 넘게 되었다. 소장품의 55%가 기증에 의해 수집되었으며 이러한 기증은 한정된 수집예산을 극복하면서 소장품을 보다 풍성하게 해준다.

　이건희컬렉션은 국내 작품 1,369점, 국외작품 119점이다. 부문별로는 회화 412점, 판화 371점, 한국화 296점, 드로잉 161점, 공예 136점, 조각 104점이며, 제작연도 기준은 1950년대 이전 작품이 320여점, 작가의 1930년 이전 출생연도를 기준한 '근대작가'의 작품은 860여점으로 약 58%를 차지한다. 작가로는 김

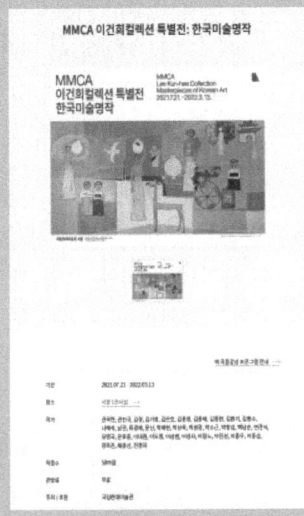

환기, 박수근, 이중섭, 이응
노, 유영국, 권진규, 끌로드
모네, 까미유 피사로 등이
포함되어 있다.

이건희컬렉션에서 주를 이
루는 20세기 초반에서 한국
근현대 작품중심으로 50여점
의 대표 작품을 선정하였다.
20세기 초 이상범의 <무릉
도원>과 백남순의 <낙원>,
김환기의 <여인들과 항아
리>, 박수근의 <절구질하는
여인>, 천경자의 <노오란

산책길>, 이성자의 <천년의 고가> 등이다.

<과천>

≪놀이하는 사물≫ 전에 참여하는 8명(팀)의 작가들은 재료
가 가진 고유한 물성과 숙련된 기술을 통합하여 조화로운 사물
의 언어를 빚어낸다. 그런 점에서 이들은 '제작자(maker)'이자
'놀이하는 인간(호모 루덴스)'이다. 다양한 소재를 다루며 쌓아
온 기억과 경험을 바탕으로, 저마다의 무게와 거리를 재는 과정
에서 세계에 대한 새로운 관계와 사용을 위한 낯설지만 즐거운
규칙을 제안한다. 때론 상상력을 보태어 기능적 목적 너머의 열
망을 이야기하거나 현실에서 잠시 벗어난 환상의 공간을 선보
이기도 한다.

이들은 우리 사회의 원칙과 체계가 더욱 정교해지는 과정에서
생기는 지나친 진지함의 무게에 짓눌리지 말 것을 권유한다. 사

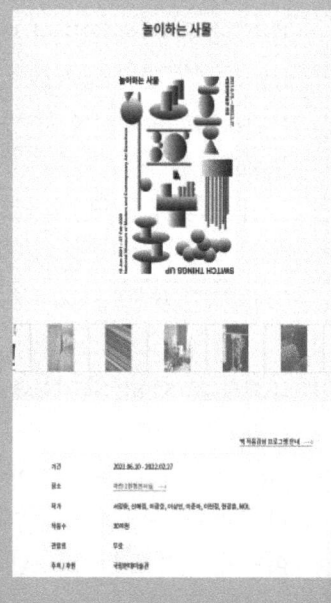

물에 대한 보통의 시선으로 다른 쓰임을 실험하며, 우리의 판단이 동요하거나 일상생활의 감각을 유지하도록 돕는다.

이번 전시는 '제작자들'의 사적인 놀이와 작업 과정을 미술관이라는 공공 공간으로 옮겨 와 우리에게 새로운 놀이의 영역을 재발견하고 다른 '나'를 상상하게 한다. 또한 놀이와 멀어진 우리의 삶이 얼마나 무미건조하고 유희에 목마른지, 놀이를 잊은 인간이 얼마나 무력해지는가를 실감하게 한다. ≪놀이하는 사물≫ 전이 삶의 또 다른 측면을 기웃거리고 유익한 경계선을 넘나들며 새로운 관계들을 품는 놀이의 정원이 되길 희망한다.

<덕수궁>

이번 전시는 한국의 문화재와 근현대 미술품을 한자리에서 감상·비교하여, 동시대 안에서 생동하는 과거와 현재의 한국 미美를 총체적으로 조감하기 위해 기획되었다. 이를 위해 선구적으로 한국의 미에 대해 언급했던 고유섭, 최순우, 김용준 등의 한국 미론에 기반하여 한국의 문화재를 특징짓는 열 개의 테마를 선정한 뒤 한국 근현대 미술에 미친 영향과 의미는 무엇인지 살펴본다.

전시는 19세기까지의 미술과 20세기 미술의 관계성을 '성스

DNA: 한국미술 어제와 오늘

기간	2021.07.08 ~ 2021.10.10
장소	덕수궁전관
작가	공재규, 권순철, 권영우, 연규신, 금선필, 김백기, 김환기, 류봉규, 김봉진, 김종학, 김민규, 김환기, 김봉기, 김봉규, 김환기, 김봉규, 김환기, 김봉규, 김민규, 김환기...
작품수	문화재 35점 / 기증작가들작품 130여점 / 미술작품 180여점
관람요금	무료(덕수궁 입장료 별도)
주최 · 주최	국립현대미술관

럽고 숭고하다(성聖)', '맑고 바르며 우아하다(아雅)', '대중적이고 통속적이다(속俗)', '조화로움으로 통일에 이르다(화和)'라는 네 가지 키워드로 살펴본다. 이 네 가지 키워드들은 동아시아 미학의 핵심으로 작동하며, 근현대 미술가들이 전통을 인식하는데 이정표 역할을 해왔다.

근현대 미술가들이 '전통'에 대해 어떻게 반응하고 인식했는가에 따라 19세기 이전 한국미술사의 연구와 서술에 상당 부분 영향을 미친 것도 사실이다. 즉, 전통과 현대미술은 어느 하나의 일방적인 방향성을 띤 것이 아니라, 서로 영향을 주고받으며 형성되고 전개되어왔다고 말할 수 있다. 시간을 초월한 작품들의 역동적 만남을 통해 서로의 '관계성'을 새롭게 드러내고 재인식하는 계기가 되기를 기대한다.

<청주>

전 세계를 들썩이게 만든 감염병의 세계적 대유행은 뜻하지 않게 우리 사회를 자발적 감금의 사회로 만들었다. 국가적으로 시행된 사회적 '거리두기' 방침에 따라 사람과 사람 사이에는 물리적 거리두기와 보이지 않는 경계가 생겼다. 또한 인간과 동물 간 근접한 거리가 팬데믹의 원인 중 하나로 지목됨에 따라

우리와 '그들' 사이의 거리와 관계의 문제점들이 주목받기 시작했다. 인간과 자연의 공존 불가능에 대한 항간의 이야기들은 마치 인간이 있는 한 지구는 존재하지 못할 것 같은 비극적 관계를 상정한다.

이번 전시는 관계의 경계 의미가 다층적으로 내재된 현재의 위기에서 인간 중심의 사고방식과 동식물을 생각하는 관점에 대해 이야기한다. 인간과 자연, 특히 동물과 식물을 '우리'라는 관계 안에서 바라보며, 우리 사이의 보이는/보이지 않는 경계를 시각화한다. '우리'를 중의적 의미로 해석하여 우리(we)로 규정된 주체를 인간과 동물, 식물로 확장하고, 또한 상시적으로 감금 상태에서 살아가는 동물원 동물들과 식물원 식물들처럼 우리(cage)라는 물리적 경계 안에서 감금과 보호 사이의 의미를 묻는다. 이러한 질문들을 통해 우리가 우리 안에서 같이 살아가기 위해 무엇이 필요한지 고민하고 미술은 어떤 방식으로 이러한 고민을 시각화하는지 살펴본다. 동물 없는 동물원, 식물 없는 식물원으로서 이번 전시는 우리와 우리 사이의 적절한 거리와 관계 맺기에 대해 생각하는 기회가 될 것이다.

이미지 출처 http://www.mmca.go.kr/main.do

② 이곳을 방문한 이유를 설명해주세요.

③ 이곳을 방문하기 전에 준비한 것이 있나요?

④ 다음에 이곳을 또 방문하고 싶은가요?

⑤ 이곳에 대한 느낀 점을 말해보세요.

⑥ 가장 인상적인 작품은 무엇인가요? 그 이유도 말해보세요.

⑦ 가장 편안한 작품은 무엇인가요? 그 이유도 말해보세요.

⑧ 작품을 감상하면서 떠오르는 것이 있었나요? 무엇인가요?

⑨ 누구와 함께 갔나요? 함께해서 좋았던 일, 혹은 속상했던 일은
무엇인가요?

⑩ 다음에 누구와 함께 오고 싶나요?

⑪ 이곳을 방문하고 난 후 나의 기분, 감정은 어떠한지 이야기해보
세요.

⑫ 기억에 남는 작품 혹은 이곳에 대해 다른 친구에게 소개해보세요.

(3) 혼자만의 힐링여행 계획하기
① 언제 :

② 어디로 :

③ 준비물 :

④ 이곳을 선택한 이유 :

⑤ 여행을 통해 내가 치유 받고 싶은 것 :

예시)

작품설명 회산(繪山) 김종태(1906−1935)는 독학으로 서양화
를 공부했다. ≪제5회 조선미술전람회≫(1926)에서 처음 입선
한 후 계속 출품하여 ≪제9회 조선미술전람회≫(1930)까지 연
속 4회 특선을 받았으며, 한국인 최초로 서양화부 추천 작가로
선정되었다.

<노란저고리>는 김종태의 대표작품으로 밝고 투명한 색조
와 빠른 필치로 어린 소녀의 귀엽고 앳된 모습을 잘 표현하고 있
다. 노란색, 빨간색 등 원색의 강렬한 대비는 작가가 주로 쓰던
기법이다. 김종태의 작품은 몇 점 남아 있지 않은 만큼 이 작품
은 귀중한 가치를 지닌다.

작품설명 아소(我笑) 이인성(1912−1950)은 '대구미술사'에서 수채화를 배웠으며, 1931년에 일본으로 건너가 태평양미술학교(太平洋美術学校)에서 공부했다. 제8회 조선미술전람회(1929)를 시작으로 제23회전(1944)까지 출품했다.

이인성은 후기 인상주의에 관심을 보이며, 특히 고갱과 세잔의 작품에서 영감을 받은 것으로 보인다. 그는 여자와 아이를 주소재로 강렬한 색채를 사용하여 향토색 짙은 작품을 제작하기도 했다. <계산동성당>은 이인성의 대표작이다.

이미지 출처 http://www.mmca.go.kr/main.do

5장

———

치유 관련 연구

1. 감정치유 연구 동향 분석
— 2005년~2020년 학술논문 중심으로

급격한 경제성장과 '코로나19' 팬데믹 현상으로 인해 '코로나 블루'에서 '코로나 레드', '코로나 블랙'으로까지 현대인들은 많은 감정을 소모하고 있다. 이러한 감정은 감정 노동에서 오는 스트레스를 넘어서 감정에 대한 심각한 상처를 입히게 된다. 감정에 대한 상처가 치유되지 않은 상태에서 반복적인 감정 손상은 현대인들에게 지속적인 불안감을 야기하고, 삶의 질을 떨어뜨리게 한다.

이로 인해 많은 사람들이 힐링, 치유의 삶을 추구하고, 이는 다양한 방법으로 우리 삶 속에 스며들고 있다. 치유를 위한 다양한 방법들이 지속적으로 연구되고 있지만, 감정에 대한 치유는 아직 그 연구 범위가 한정적인 편이다. 이에 2005년부터 2020년까지 감정과 관련한 치유에 대한 다양한 연구를 분석하여 앞으로 현대가 나아가야 할 감정치유의 방안을 제시하고자 한다.

본 연구는 2005년부터 2020년까지 학술연구지에 발표된 치유 논문 270편을 중심으로 분석한다. 감정치유는 그 삶에서 상처받은 감정적 부분을 치유하고자는 의미에서 출발하여 특정 학회를 제외한 감정치유에 관계하는 문학치유와 독서, 글쓰기, 연극, 영화의 일정 논문을 포함하여 분석한다.

1) 이론적 배경

감정 영역에 대한 사전적 정의를 살펴보면, '느낌'이란 "몸의 감각이나 마음으로 깨달아 아는 기운이나 감정"을 의미하고, '감정(感情)'은 "어떤 현상이나 일에 대하여 일어나는 마음이나 느끼는 기분"을 말한다. '정서(情緒)'는 "사람의 마음에 일어나는 여러 가지 감정, 또는 감정을 불러일으키는 기분이나 분위기"를 뜻하고, '정동(精動)'은 "희로애락과 같이 일시적으로 급격히 일어나는 감정, 진행 중인 사고 과정이 멎게 되거나 신체 변화가 뒤따르는 강렬한 감정 상태"를 의미한다[1]. 본 연구에서 이러한 감정 영역을 통합하여 감정(emotion)이라는 용어로 칭한다.

감정(emotion)은 크게 심리학적인 정의와 사회학적인 정의로 구분할 수 있다. 심리학자들은 감정을 "육체적 변화를 동반하는 유기체의 상태이며, 강렬한 느낌과 충동에 의해 나타나는 흥분 및 동요의 상태"로 정의한다. 결과적으로 감정의 상태를 중시한다. 이에 비해 사회학자들은 "어떠한 이유로 사람들은 기쁠 때는 웃고 슬플 때는 우는가" 하는 감정의 원인에 관심을 둔다. 특히 사회관계에 기인한 감정구조를 강조하고 있다. 또한 감정을 조건지우는 사건, 상황, 배경들을 강조한다. 사회학자들은 감정이 생리학적인 반응이 아니라 상황에 대한 반응으로 보기 때문에 감정은 사회적 성격을 띠며 또한 상황의 평가라는 인지적인 요소를 통해 경험될 수 있다는 것을 강조한다[2].

치유의 의미에 대해 살펴보면, 치유(healing, therapy)란 내재하고 있는 육체적, 생물학적, 정신적, 감정적, 사회적 요소 등 전체적 측면들에 아픔(illness)이 생긴 것이 온전해진 결과이다. 일반적으로 사람들이 느끼는 신체나 마음의 이상 증상으로 각 개인의 퍼스널리티, 사회적 조건, 각 문화적 배경에 따라 다르게 체험하는 것이다[3].

본 연구에서 치유는 육체적, 생물학적, 정신적, 감정적, 사회적 요소 등 인간 삶을 아우르는 종합적인 개념 'healing'으로 정의한다. 치유는 환경적, 사회적, 심리적, 문화적인 것들을 통해 치유될 수 있고, 스트레스를 줄여서 질병 치유에 효과적이고, 건강한 삶으로 이끌어 줄 것이다.

감정치유(emotional healing)는 상처받은 감정을 치유하기 위한 방법으로 다양한 문학적 방법과 예술 행위, 의료적 행위를 아울러 포함하지만, 본 연구에서는 의료적 행위를 제외한 다양한 치유의 방법을 연구하고자 한다. 또한 지금까지 연구된 다양한 치유의 방법을 포함하여 앞으로 현대 사회가 나아가야 할 치유문학의 방향을 제시하여 현대인의 삶의 질을 높이는 계기를 만들고자 한다.

2) 감정치유 연구동향

(1) 연구설계

본 연구는 2005년부터 2020년까지 16년간 치유와 관련된 학술논문을 분석한다. 의료적 행위를 제외한 감정치유에 중점을 두어 감성치유, 문학치유, 독서치유, 글쓰기치유, 치유를 위한 예술 행위까지로 범위를 한정한다. 치유를 위한 집단상담에 대한 연구는 본 연구에서 제외한다.

계량적인 분석을 위한 학술논문의 선정기준은 다음과 같다.

첫째, 저자가 '감정치유'라는 용어를 사용한 학술논문을 우선적인 연구대상으로 하였다. 둘째, 문학을 통한 치유 연구도 포함하였다. 여기에서 문학치료학회 연구 논문은 감정과 관련된 일부 논문만을 포함하였다. 셋째, 독서치유에서 독서를 통한 감정치유의 논문을 포함하고, 독서치료학회에서 연구된 논문은 감정과 관련된 일부만 포함하였다. 넷째, 글쓰기치유에서 감정 치유를 위한 글쓰기 논문을 포함하였다.

(2) 분석결과

2-1. 연도별 현황

연도별 현황은 감정치유 관련 학술논문들의 연도별 발행현황으로 표 1.에서와 같이 2005년부터 2020년까지 16년간 총 270건의 연구가 수행되었다. 여기에서 분야별 중복된 논문은 제외하였다.

감정치유와 관련한 연구는 2000년대 이전에 시작되었으나, 이에 대한 꾸준한 연구는 2010년 이후에부터 시작되었다고 볼 수 있다. 문학치유로 독서치유와 글쓰기치유가 일정기간 활발히 연구되는 듯했으나, 주제와 연구 범위의 한계성으로 인해 연구가 크게 확장되지는 못하였다. 이후 사회적인 현상과 더불어 감성에 대한 치유가 인식되고 그에 따른 다양한 연구가 시작되면서 2016년부터 적극적인 연구가 이루어졌다고 볼 수 있다. 또한 분야별 관련 학회의 활발한 활동도 이루어졌으나, 연구 방법과 전문성의 한계는 극복하기 힘든 것으로 보인다(<그림 1> 참조)[4][5][6].

<표 1> 감정치유 관련 연구의 연도별 현황

연도	2005	2006	2007	2008	2009	2010	2011	2012	2013
논문 수	3	2	1	2	3	9	5	22	14
비율(%)	1.11	0.74	0.37	0.74	1.11	3.33	1.85	8.15	5.19

연도	2014	2015	2016	2017	2018	2019	2020		합계
논문 수	13	24	32	24	24	49	43		270
비율(%)	4.81	8.89	11.8	8.89	8.89	18.15	15.93		100.0

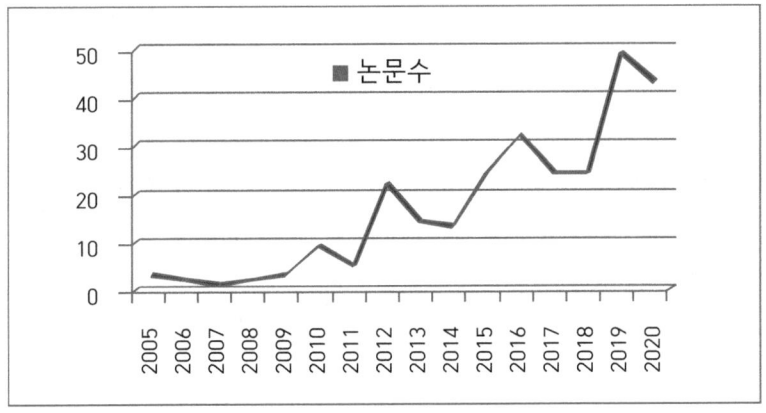

<그림 1> 감정치유 연구 2005－2020년까지 추이

2－2. 연구 분야별 현황

감정치유와 관련한 연구의 주제 범위 현황을 살펴보면 다음과 같다
(<표 2> 참조).

<표 2> 감정치유와 관련한 연도별 연구 주제 현황

주제/연도	2005－2009	2010－2015	2016	2017	2018	2019	2020	건수	비율(%)
①자아치유	2	17	10	4	1	5	10	49	18.148
②독서치유	4	16	1	3	2	9	6	41	15.158
③글쓰기치유	1	16	5	4	6	8	5	45	16.666

								합계	비율
④종교치유	1	9	2		3	2		17	6.296
⑤예술치유	1	9	1	3	2	6	7	29	10.740
⑥프로그램연구	2	5	3		3		6	19	7.037
⑦영화치유		1			1			2	0.740
⑧시조,시치유		2		4	4	4	1	15	5.555
⑨동화치유		2	2	1		1	3	9	3.333
⑩치유문화		1						1	0.370
⑪인문치유		6	5					11	4.074
⑫서사치유		2						2	0.740
⑬철학치유		1		1		1	1	4	1.481
⑭고전치유			2	3	2	3	1	11	4.074
⑮스토리텔링치유				1	1	2	1	5	1.851
⑯환경치유			1			5	2	8	2.962
⑰사진치유						2		2	0.740
합계	11	87	32	24	24	49	43	270	100.000

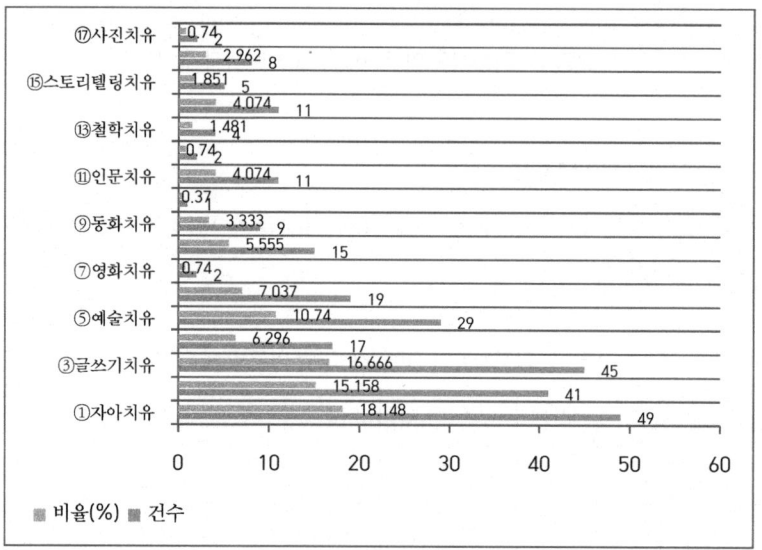

<그림 2> 주제별 연구 현황(비율%, 건수)

감정치유와 관련한 연도별 연구를 살펴보면, 2005년에서 2009년까지는 그 연구가 많지 않다. 연구의 주제도 독서치유와 글쓰기치유, 자아치유 등에서 각각 1편 정도의 연구가 진행되었다. 치유에 대한 연구는 2010년부터 특정 연구 학회에서 일정기간 활발히 연구되기 시작했지만, 그 범위가 독서와 글쓰기 분야로 한정되는 경우가 많았다 [7][8][9]. 그러나 2016년부터는 연구의 주제 범위가 확대되고, 다양한 분야에서 그 연구가 진행되기도 하였다. 철학, 고전, 스토리텔링을 통한 치유와 더불어 기존의 자아치유에 대한 꾸준한 연구와 함께 2019년부터 주목할 연구는 음악, 미술 등 예술 분야의 치유 연구가 확대되고, 환경 개선을 통한 치유와 사진을 활용한 치유가 이루어졌다 [10][11][12]. 이것은 바로 현재 우리가 맞이한 다양한 사회환경문제와 '코로나19' 상황이 빚어낸 영향이라고 볼 수 있다.

2005년부터 2020년까지 감정치유와 관련된 연구 주제의 현황을 살펴보면, 다음과 같다(그림 2. 참조).

자아치유에 대한 연구는 2005년에 시작하여 2020년 현재까지 꾸준히 연구되어 왔다[13][14]. 그러나 그 내용 면에서 그 효과를 검증하기는 쉽지 않으며, 연구 방법의 한계로 더 심화 된 연구가 진행되어야 할 것이다. 또한 특정 학회를 제외하더라도 독서와 관련한 다양한 치유와 글쓰기를 통한 치유의 학습은 꾸준히 실시되고 있다[15][16][17]. 또한 치유라는 의미적 특성으로 종교와 관련한 연구는 종교학회 등을 통해 꾸준히 진행되는 것으로 보인다[18]. 2009년부터 무용과 음악, 미술 관련한 예술적 표현 활동을 통한 치유 프로그램이 진행되고, 그에 대한 연구가 이후 꾸준히 진행되고 있는 편이다[19][20]. 그 외 문학치유라는 이름으로 다양한 치유방법을 한 분야로 묶을 수는 있지만, 문학에서도 좀더 구체적이고, 다양하게 진행되는 치유의 방법을 명확히 구분할 필요가 있어 보인다.

2-3. 연구 유형별 현황

연구유형별 현황은 감정치유와 관련한 연구의 성격별 유형에 관한 통계로 정서적, 이론적, 사례적, 학습적 연구들로 나누어 분류하였다 (<표 3>, <그림 3> 참조).

<표 3> 연구 유형별 현황

연구유형	연구건수	비율 (%)	세부 연구주제
정서적 연구	95	35.19	마음치유, 스트레스해소, 갈등치유, 자존감회복, 예술적표현치유(무용, 음악, 미술 등), 종교적치유
이론적 연구	145	53.70	문학치유, 독서치유, 글쓰기치유, 시치유, 동화치유, 고전치유, 철학치유, 서사치유, 영화치유
사례적 연구	11	4.07	치유환경조성, 사진치유(그림 등), 실제 사례를 통한 연구(임상사례 제외)
학습적 연구	19	7.04	프로그램연구, 문학교육
합계	270	100.00	

감정치유에서 이론적 연구(54%)는 문학치유와 독서치유, 글쓰기치유 등 다양한 이론을 접목한 연구가 가장 많았다. 문학치유라는 용어 안에 다양한 치유들이 포함되지만 사실 이것들은 크게 문학이라는 용어로 볼 수 있다. 그러나 연구 측면에서는 연구 분야를 세분화하여 그 연구적 가치를 명확히 할 필요가 있다. 현재까지 이론적 연구가 가장 많은 것은 이론적 연구들이 아직 명확하게 입증되기가 어렵다는 뜻일 수도 있다. 이론에 의한 명확한 치유의 효과가 있는지가 규명되어야 그

이론을 널리 활용할 수 있을 것이다.

　정서적 연구(35%)가 마음치유와 스트레스, 관계의 갈등 등 상처입은 자아를 치유하고 자존감을 회복하는 것이다. 정서적 연구는 감정치유 분야와 가장 밀접한 것으로 볼 수 있으며, 이에 대한 연구는 현대 사회에서 다양한 사회문제 현상을 해결하기 위한 방법으로 충분히 연구되어야 할 것이다.

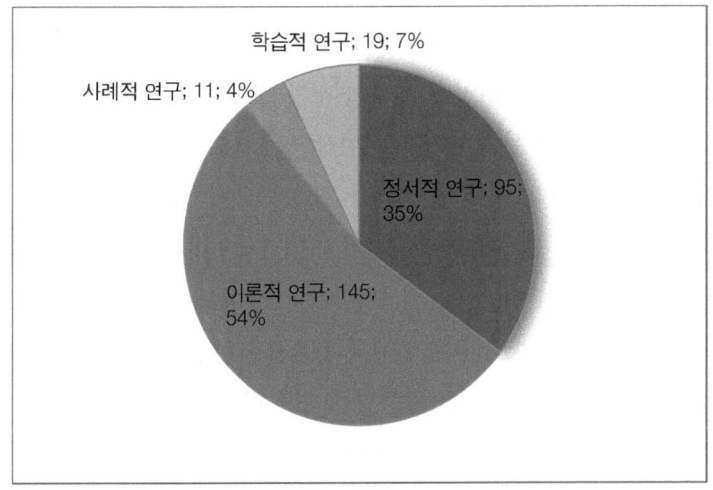

<그림 3> 연구 유형별 연구 비중

　다음은 학습적 연구(7%)로 치유를 교육의 방법으로 활용할 수 있는 다양한 방법이 연구되는 것이다. 마지막 사례적 연구(4%)는 일반적인 상담학에서 실시하는 상담치료를 제외하고, 치유환경을 조성한 사례와 다양한 치유 문학교육을 통해 치유 효과를 확인하고 검증하는 것이다. 이것은 2019년부터 관심을 가지고 실시하는 방법으로 앞으로 미래 사회에 더욱 요구되는 치유환경 조성의 방법이 될 수 있다[21][22].

3) 결론 및 향후 과제

현재 전 세계는 '코로나19'라는 팬데믹 상황에서 서로 간의 사회적 거리두기를 실천하고 있다. 이러한 사회적 거리두기와 여러 사회적 상황은 개인의 감정에 심각한 문제를 야기할 수 있다. 이에 개인의 감정을 치유하는 연구는 안정된 사회를 구현하는 좋은 방안이 될 수 있다.

본 연구는 치유와 관련된 논문에서 감정을 치유한다는 관점에서 서로 관계되는 연구논문 270건을 중심으로 연구동향을 분석하였다. 연도별 현황은 2005년부터 치유 관련 연구가 진행되었지만, 전문적인 연구는 2010년부터 진행되었다. 이후 연구가 정체되는 현상을 보이다가 2016년과 2019년의 특정한 사회적 현상을 계기로 치유에 관한 연구가 확대되었다. 연도별 연구 주제 현황은 2005년에서 2009년까지는 자아치유, 독서치유, 글쓰기치유에 관한 연구가 미미하게 진행되었고, 2010년부터 기존의 연구 주제와 더불어 종교, 예술, 프로그램방법, 시, 인문 등의 치유방법으로 주제가 확대되었다. 특히 2019년에 고전을 통한 치유방법과 스토리텔링을 활용한 치유의 방법, 환경을 통한 치유의 방법으로 현대인의 삶에 직접적인 영향을 주는 다양한 방법의 치유 방법이 확대 연구되었다. 연구유형별 현황을 살펴보면, 치유에 대한 이론적 연구가 53.7%를 차지하였고, 정서적 연구는 35.19%를 차지하였다. 그 외 학습적 연구와 사례 연구가 진행되고 있는 편이다. 연구유형에서 주목할 것은 아직까지 이론적 연구가 많은 부분을 차지하는 것은 아직 치유에 대한 이론이 실천적인 방법에서 전문화되지 않았다고 볼 수 있으며, 이를 위해 실천적인 방안이 더욱 마련되어야 할 것으로 보인다.

특히 정서적 연구는 두 번째로 많은 부분을 차지하고 있지만, 현대 사회에서 더욱 연구되어야 할 부분으로 앞으로 꾸준한 연구가 진행되어야 할 것이다. 현대 많은 사람들은 관계에서 아니면 사회적 현상으로 인해 스스로 알게 모르게 무수한 감정적 상처를 입고 있다. 이는 외적인 치유보다 더 오랜 시간의 치유가 필요할지 모른다. 감정치유에 대한 연구는 안정된 미래사회를 구축하는데 좋은 근간이 될 수 있을 것이다.

2. 인문치유 연구
‒학생 사전 설문조사 분석

다양한 사회문제 현상과 COVID‒19 팬데믹 상황으로 현대인들은 많은 감정을 소모하고 있다. 이러한 감정은 감정 노동에서 오는 스트레스를 넘어서 감정에 대한 심각한 상처를 입히게 된다. 감정에 대한 상처가 치유되지 않은 상태에서 반복적인 감정 손상은 현대인들에게 지속적인 불안감을 야기하고, 삶의 질을 떨어뜨리게 한다 [1].

이로 인해 많은 사람들이 다양한 방법으로 힐링, 치유의 삶을 추구하고 있다. 하지만 아직까지 감정치유에 대한 연구 범위는 한정적인 편이고, 더 나은 삶을 위한 다양한 융복합적 방법이 이루어지고 있다.

연구자는 감정치유의 한 방법으로 인문치유를 제안하고자 한다. 인문치유는 인문학 중심의 치유 방법으로 인간 삶의 '행복' 추구를 목적으로 한다. 이러한 인문치유의 방법을 통해 인간 삶의 목적인 '행복 추구'와 더불어 '감정치유'를 이루고자 한다.

2021년 대학생을 대상으로 한 인문치유의 방법을 연구하고자 사전 설문조사를 실시하였다. 학생 설문조사를 바탕으로 인문치유의 연구 방향을 제시하고, 이에 적합한 인문치유의 방법을 찾고자 한다. 이를 통해 안정적인 미래사회를 구현하고, 삶의 질을 높이는 긍정의 힘을 확대하고자 한다. 지금까지 인문치유의 방법은 다양하게 제시되고 있지만 학생들의 요구를 파악하고 이에 적합한 치유의 방법을 제시하는 것은 미래사회를 책임질 젊은 세대에게 좋은 근간이 될 수 있을 것이다.

1) 이론적 배경

치유의 의미에 대해 살펴보면, 치유(healing, therapy)란 내재하고 있는 육체적, 생물학적, 정신적, 감정적, 사회적 요소 등 전체적 측면들에 아픔(illness)이 생긴 것이 온전해진 결과이다. 일반적으로 사람들이 느끼는 신체나 마음의 이상 증상으로 각 개인의 퍼스널리티, 사회적 조건, 각 문화적 배경에 따라 다르게 체험하는 것이다 [2]. 본 연구에서 치유는 육체적, 생물학적, 정신적, 감정적, 사회적 요소 등 인간 삶을 아우르는 종합적인 개념 'healing'으로 정의한다.

인문학은 키케로(Marcus Tullius Cicero:B.C. 106−43)가 사용한 라틴어 '후마니타스(humanitas)'에 기원한다. 오늘날의 인문학(humanitas)은 '인간 본성(human nature)' 또는 '인간(humanity)'을 의미한다. 인문학은 인간다움의 속성에 대한 탐구이다. 이러한 탐구는 인문학 안에 포함되는 문학, 사학, 철학, 예술 등의 학문을 통해 다양한 방식으로 이루어진다.

인간다움의 속성은 사실적 · 물질적 속성과 가치적(규범적) · 정신적 속성으로 나눌 수 있으며, 가치적 · 정신적 속성은 전통적으로 진, 선, 미, 성, 정의, 자유, 평등 등을 말한다. 결국 인문학은 가치적 · 정신적 속성에 대한 앎, 지식을 목적으로 하는 인문 실천 활동이다.

영국의 경제학자 존 메이너드 케인스(John Maynard Keynes: 1883−

1946)는 자본주의의 발전으로 인해 재화가 풍부히 생산되지만 실업이 증가하는 현상을 '풍요 속의 빈곤(poverty midst plenty)'이라고 표현한다. 현대사회는 또 다른 유형의 풍요 속의 빈곤에 직면해있으며, 그것은 '물질적 풍요 속의 정신적 빈곤'이다. 현대인들은 물질적 풍요를 누리고 있지만, 그 반면에 다양한 정신적 고통에 시달리고 있는 것이다.

인문학의 궁극적 목적은 '행복'이며, 인간 삶의 목적도 '행복'이다. 인문학과 그 실천 활동 모두 인간 삶의 일부이며, 인문학이 추구하는 행복은 개인이나 집단의 '정신적 행복'이다. 이런 점에서 독일의 철학자 빌헬름 딜타이(Wilhelm Dilthey: 1833－1911)는 인문학을 '정신과학'으로 규정한다 [3].

인문학은 인간과 관계되는 학문이다. 넓은 의미로는 모든 학문이 인문학에 포함될 수 있고, 문학, 사학, 철학, 예술 등을 중심으로 하는 분석적이고 비판적인 학문을 포함한다. 인문학과 치유의 관계를 살펴보면, 다음과 같다.

첫째, 인문학의 치유적 의미는 인문학과 인류 역사의 기원에 있다. 인문학은 인간다움의 추구에 목적을 두고, 인류 역사와 함께 시작했다. 원시사회에서 제사장, 고대 그리스에서 신탁과 신전, 중세의 수도원이 그러한 역할을 하였다. 인문학은 종교를 중심으로 출발하여 인간의 문제를 신과의 관계 속에서 해결하였다. 근대에도 경험과 과학에 의해 질병은 치료될 수 있으나, 정신이나 마음의 문제는 해결될 수 없다. 여기에 인문학이 치유를 담당해야 할 의미가 있는 것이다 [4].

둘째, 인문학의 반성적 기능에 의한 치유의 의미이다. 인문학은 다양한 텍스트에 대한 해석과 탐구를 통해 도덕적 · 미학적 감수성을 길러주고 정신세계에 대한 시야를 넓혀주며 논리적 사유 능력을 길러준다. 인문학은 사람들을 진정한 주체로 만들 수 있는 내재적 기능을 가지고 있는 것이다 [5].

셋째, 인문학은 정신분석학이나 심리학에서 규명되지 않은 치유의 의미를 지니고 있다. 인간이 겪는 고통 중에는 의학적인 치료로 치유될 수 있는 경우도 있지만 그렇지 못한 경우도 있다. 인간이 겪는 고통은 당사자가 '주체'로서 마주하고 공감하는 '이해'의 방식으로 극복될 수 있다.

넷째, 인문학은 현대인의 건강 문제를 다루는 데 중요한 부분일 뿐만 아니라 사회적 문제에 대한 치유의 의미도 가진다. 정신치료나 심리치료는 개인의 문제에 집착해 치료행위를 한다. 반면 현대인의 정신적인 문제는 개인의 문제에 그치지 않고 사회적인 문제, 나아가 문명적인 문제이기도 하다. 인문학은 인간의 사유와 인식, 인간 간의 관계, 생활과 존재 기반, 역사와 변화 과정을 탐구하는 종합 학문이다. 또한 사회 비판과 비판적 문제의식의 촉구에 있으며, 삶의 가치와 의미의 차원을 다룬다 [6].

인문학은 결정적인 상황에서 큰 힘을 발휘하고 우리 현실에서 중요한 비중을 차지하는 영역에서 개인적인 관점을 정립한다. 또한 사회적 공감대를 형성하는 것이 인문학의 역할이며 인문학의 치유적 의미이다.

2) 연구방법

본 연구는 2021년 9월부터 2022년 1월까지 실시한 학생설문을 통해 인문치료에 대한 학생요구와 실태를 조사하였다. 총 106명의 학생이 설문에 참여하였다.

계량적인 분석을 위한 설문 문항은 BPS-Modell, 몸(Bio), 정신(Psycho), 삶의 네트망(Sozio)을 중심으로 각 10문항을 구성하였다. 각

＋영역에 대한 자신의 상태를 1－10으로 구분하여 체크하도록 하였다
[7]. 1－10으로 갈수록 그 정도가 높으며, 그에 대한 자신의 생각을 체
크하도록 하였다. 인문치유에서 자신의 생각은 중요하며, 자신의 상태
는 자기 자신이 가장 잘 알고 있다는 전제에서 출발한다. 이러한 학생
의 설문조사를 분석하여 자신의 상태를 점검하고, 자신의 상황을 보다
나은 방향으로 나아가도록 하는 것에 의의를 두고자 한다.

3) 연구결과

(1) BPS－Modell : 몸(Bio) 문항

몸(Bio)에 대한 10개의 문항이다. 문항별 설문과 응답률은 다음과 같
다 (<그림 1> 참조).

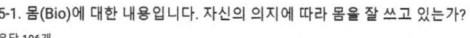

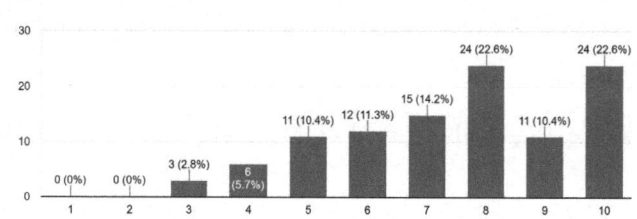

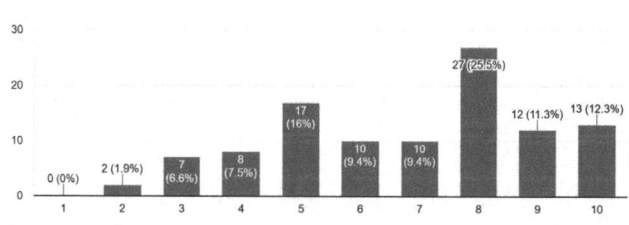

5-3. 자신의 건강을 위해서 노력하고 있는가?

응답 106개

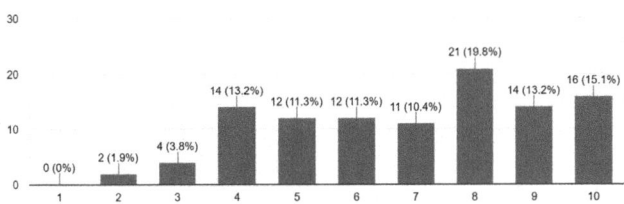

5-4. 장소와 계절에 맞는 복장을 착용하는가?

응답 106개

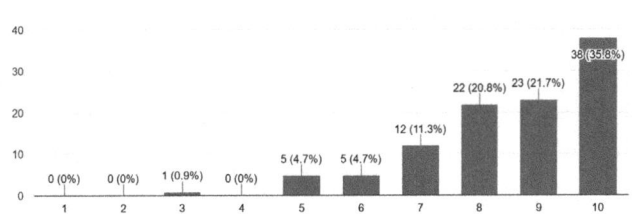

5-5. 약물 이외의 신체적 건강을 위한 활동을 하는가?

응답 106개

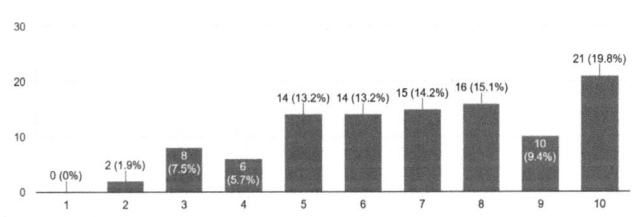

5-6. 몸과 표정이 숙면을 취한 것으로 보이는가?

응답 106개

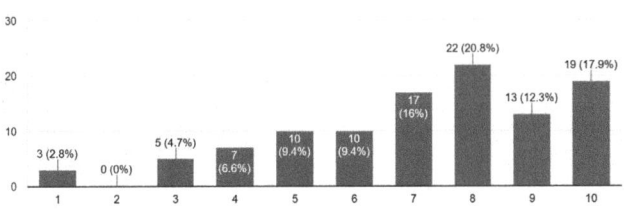

5-7. 말과 표정이 일치하는가?

응답 106개

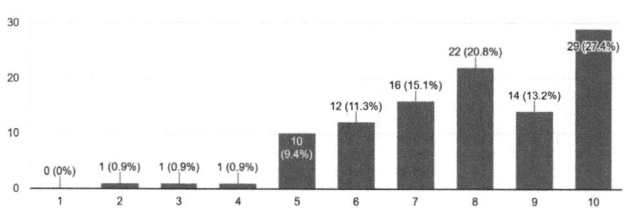

5-8. 자신이 생활하는 공간에 애정을 가지고 관리하는가?

응답 106개

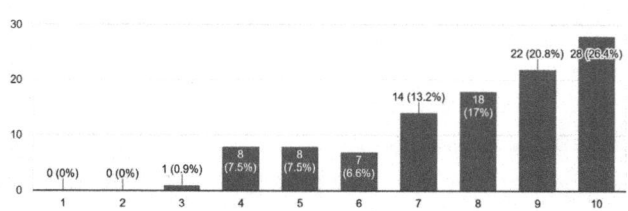

5-9. 언어표현에 대한 신체적 몸짓이 일어나는가?

응답 106개

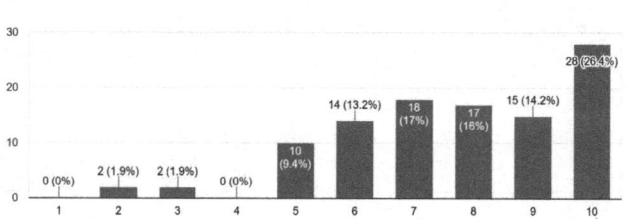

5-10. 몸의 사용이 언어표현의 의도에 따라 자유로워 보이는가?

응답 106개

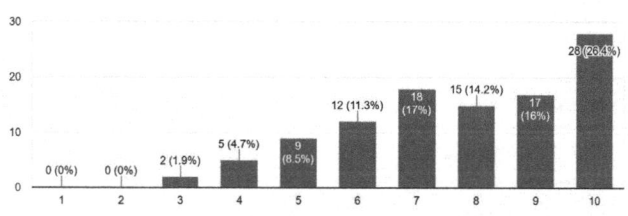

<그림 1> BPS－Modell : 몸(Bio) 문항 응답률

몸(Bio)에 대한 1번 문항에서 학생들은 자신의 의지에 따라 몸을 잘 쓰고 있는지에 대해 55.6%가 8−10 정도의 높은 점수를 체크하였다. 그러나 35.9%의 학생은 5−7이고, 8.5%의 학생은 4 이하로 그렇지 않다는 응답을 하였다. 2번 문항에서 몸과 마음의 일치에 대해 49.1%가 8−10 정도를 체크하였고, 34%의 학생은 5−7이고, 16%는 4 이하로 체크하였다. 5번 문항에서 약물 이외의 신체적 건강 활동을 하고 있는지에 대해 44.3%가 8−10 정도, 40.6%의 학생이 5−7이고, 15.1%는 4 이하로 체크하였다. 6번 문항에서 몸과 표정이 숙면을 취한 것으로 보이는가에 대해 51%는 8−10 정도를 체크하였고, 34.8%가 5−7이고, 14.1%는 4 이하로 체크하였다. 이상 몸(Bio)에 대한 10개 문항에서 50%의 학생들이 8−10 정도, 20−40%의 학생들이 5−7이고, 10−20% 이하의 학생이 4 이하를 체크하였다 (그림 1. 참조).

(2) BPS−Modell : 정신(Psycho) 문항

정신(Psycho)에 대한 10개의 문항이다. 문항별 설문과 응답률은 다음과 같다 (그림 2. 참조).

6-1. 정신(Psycho)에 대한 설문입니다. 자신의 소리를 들으면서 말하고 있는가?
응답 106개

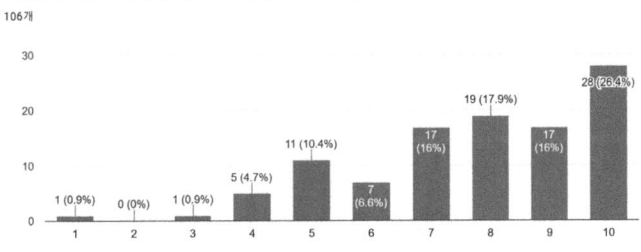

6-2. 전달하고자 하는 의도대로 제대로 말하고 있는가?

응답 106개

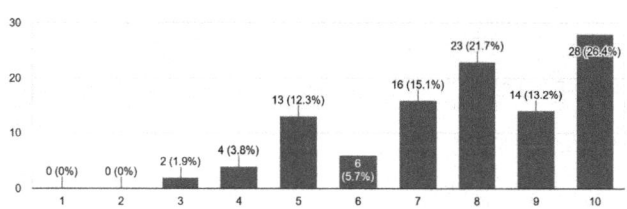

6-3. 내면과 진정으로 소통하고 있는가?

응답 106개

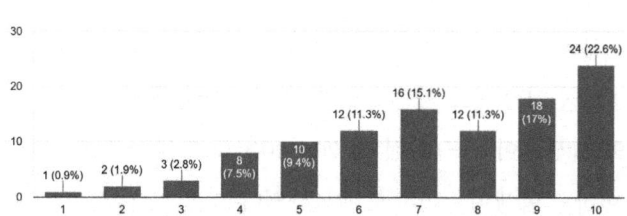

6-4. 전달하고자 하는 이야기에 상호소통이 되고 있는가?

응답 106개

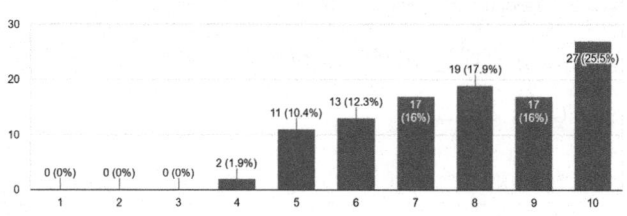

6-5. 비유나 상징어가 사용되고 있는가?

응답 106개

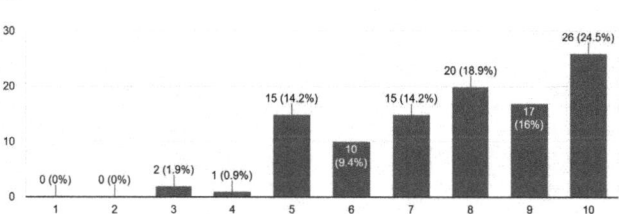

6-6. 상대방에게 공감하기가 가능한가?

응답 106개

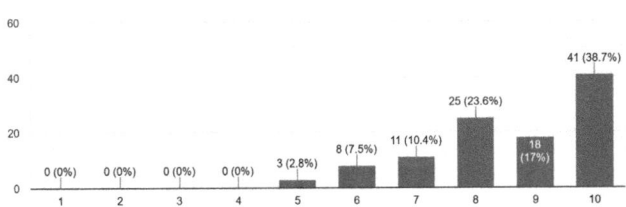

6-7. 공감의 표현을 할 수 있는가?

응답 106개

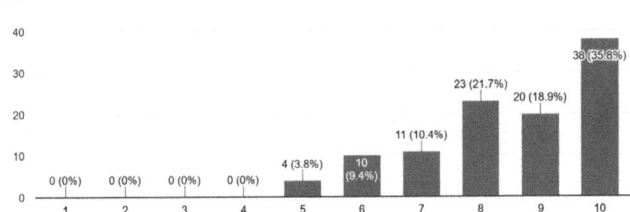

6-8. 마음과 몸의 통합이 일어나는가?

응답 106개

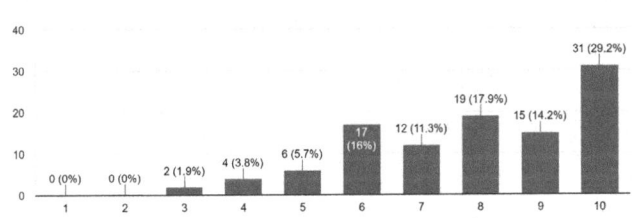

6-9. 마음의 평상심이 있어 보이는가?

응답 106개

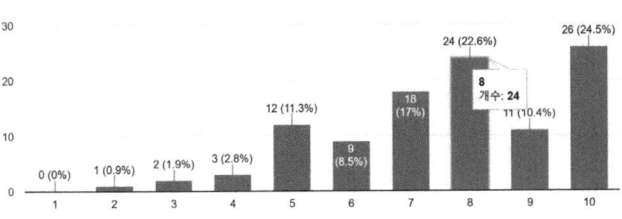

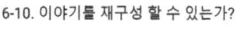
6-10. 이야기를 재구성 할 수 있는가?

응답 106개

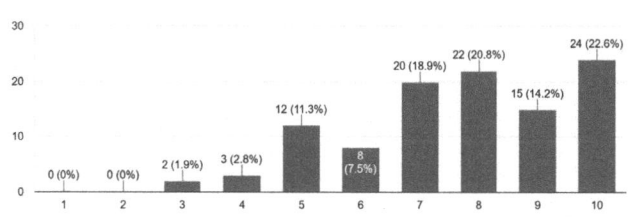

<그림 2> BPS−Modell : 정신(Psycho) 문항 응답률

정신(Psycho)에 대한 3번 문항에서 내면과 진정으로 소통하고 있는 지에 대해 50.9%가 8−10 정도를 체크하였고, 35.8%가 5−7이고, 13.1%가 4 이하를 체크하였다. 8번 문항에서 마음과 몸의 통합이 일어 나는지에 대해 61.3%가 8−10 정도를 체크하였고, 33%가 5−7이고, 11.4%가 4 이하를 체크하였다. 10번 문항에서 이야기를 재구성할 수 있는지에 대해 57.6%가 8−10 정도를 체크하였고, 37.7%가 5−7이 고, 16%가 4 이하를 체크하였다. 이상 정신(Psycho)에 대한 10개 문항 에서 50% 이상이 8−10 정도이고, 20−40%가 5−7이고, 20% 이하의 학생이 4 이하를 체크하였다 (그림 2. 참조).

(3) BPS−Modell : 삶의 네트망(Sozio) 문항

삶의 네트망(Sozio)에 대한 10개의 문항이다. 문항별 설문과 응답률 은 다음과 같다(그림 3. 참조).

7-1. 삶의 네트망(Sozio)에 대한 설문입니다. 좋아하는 취미생활을 하는가?

응답 106개

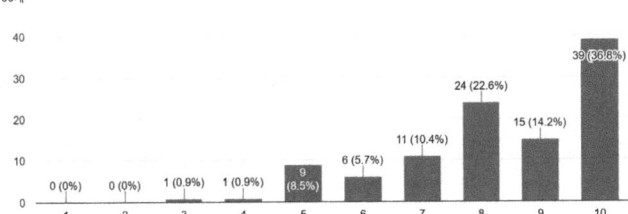

7-2. 공동생활의 규칙을 알고 지키는가?

응답 106개

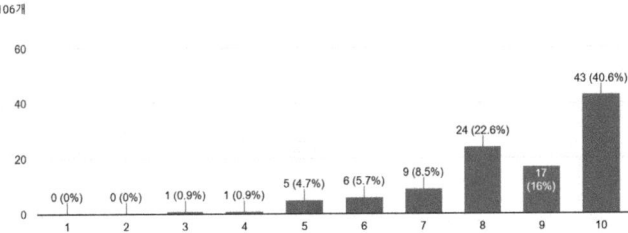

7-3. 협업이 가능한가?

응답 106개

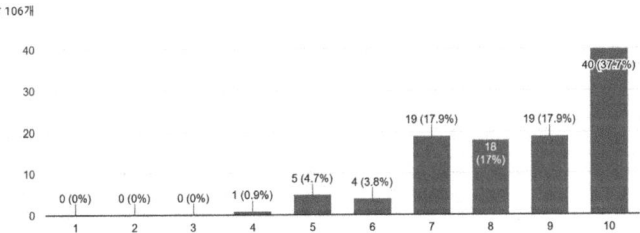

7-4. 도움이 필요할 때 도움을 요청할 수 있는가?

응답 106개

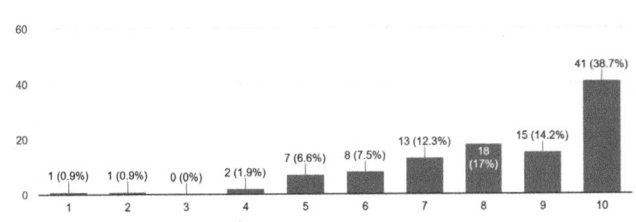

7-5. 사회적 네트워크를 가지고 있는가?

응답 106개

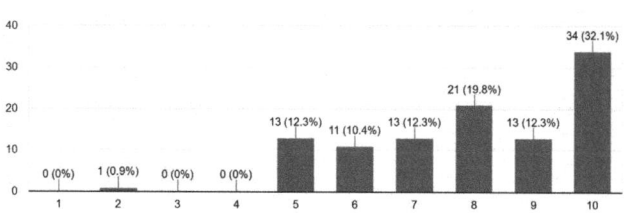

7-6. 직업생활을 하거나 계획하고 있는가?

응답 106개

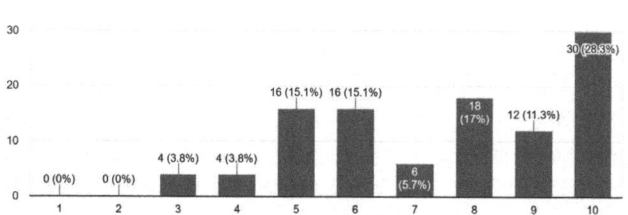

7-7. 자신과 타인의 인격을 존중하는가?

응답 106개

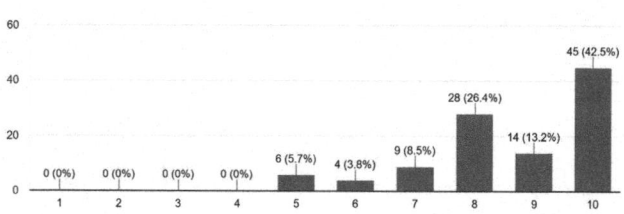

7-8. 어려움에 처한 사람을 도와주려고 하는가?

응답 106개

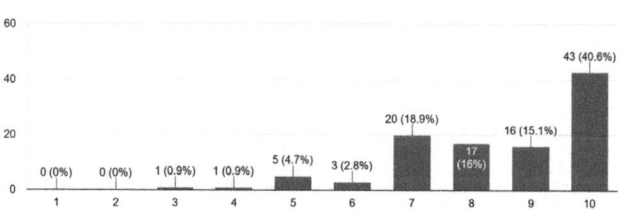

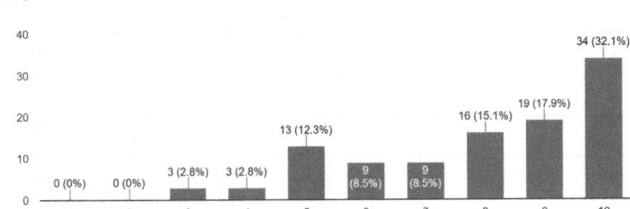

7-9. 삶에 대한 태도가 진지해 보이는가?

응답 106개

7-10. 삶의 의미가 있어 보이는가?

응답 106개

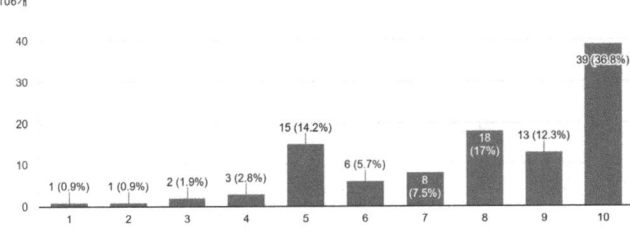

<그림 3> BPS-Modell : 삶의 네트망(Sozio) 문항 응답률

삶의 네트망(Sozio)에 대한 2번 문항에서 공동생활에 대한 규칙을 잘
알고 있는지에 대해 79.2%가 8-10 정도를 체크하였고, 18.9%가 5-
7이고, 1.8%가 4 이하를 체크하였다. 5번 문항 사회적 네트워크를 가
지고 있는가에 대해 64.2%가 8-10 정도를 체크하였고, 35%가 5-7
이고, 0.9%가 4 이하를 체크하였다. 8번 문항에서 어려움에 처한 사람
을 도와주려고 하는지에 대해 71.7%가 8-10 정도를 체크하였고,
26.4%가 5-7이고, 1.8%가 4 이하를 체크하였다. 10번 문항에서 삶의
의미가 있는지에 대해 66.1%가 8-10 정도를 체크하였고, 27.4%가 5
-7이고, 6.5%가 4 이하를 체크하였다. 이상 삶의 네트망(Sozio)에 대
한 10개 문항에서 60% 이상이 8-10 정도이고, 20-40%가 5-7 정도
이고, 10% 미만의 학생이 4 이하를 체크하였다(그림 3. 참조).

4) 결론 및 향후 과제

몸(Bio)과 정신(Psycho), 삶의 네트망(Sozio)에 관한 학생설문 조사를 통해 학생들의 현재 상황과 그들의 요구를 충분히 판단할 수 있었다. 몸(Bio)에 대한 문항에서 50%의 학생들이 자신의 몸과 마음, 의지를 잘 파악하고, 그에 따른 행동을 하고 있다고 하였으나, 20%의 학생들은 자신의 몸과 마음, 의지에 따른 행동이 맞지 않는 것으로 나타났다. 정신(Psycho)에 대한 문항에서 50% 이상의 학생들이 자신의 내면과 소통이 잘 이루어진다고 하였으나, 20% 이하의 학생들은 잘 이루어지지 않는 것으로 나타났다. 삶의 네트망(Sozio)에 대한 문항에서 60% 이상의 학생들이 사회적 네트망을 잘 이루고 있으나, 10% 정도의 학생들은 삶에 대한 태도나 의미가 매우 낮은 것으로 나타났다.

학생들은 자신들이 치유하고 싶은 것에 대한 주관식 문항에서 '마음에 대한 치유(31%) > 삶의 가치, 자존감 회복(15%) > 불안감, 진로에 고민(13%) > 주변인들과의 소통(11%) > 과거의 상처 치유, 정체성 혼란, 무기력' 등을 치유받고 싶다고 하였다. 이상으로 학생들의 인문치유에 대한 자신의 상황과 요구도를 충분히 판단할 수 있었다.

현재 전 세계는 '코로나19'라는 팬데믹 상황에서 벗어난 듯하였으나, 실상은 감염병 재확산이라는 위기의 상황을 맞이하고 있다. 그러나 우리는 'with코로나'의 시대에 살고 있으며, 이제 바이러스에 의한 감염병은 두려운 존재가 아니라 우리 삶의 일부가 된 것이다. 인간은 삶을 지속하기 위해 태초부터 투쟁의 시대를 거쳐왔다. 인간의 삶은 시간 속에 존재하는 것이다. 시간 속의 삶을 지속하기 위해 인간의 삶은 투쟁의 연속선상이다.

인간의 지속된 감정적 상처를 치유해야 한다. 인간은 이제 자신을

위한 치유의 삶을 살아가야 한다. 인문학은 이러한 개인의 감정을 치유
할 수 있는 좋은 방안이 될 것이다.

3. 대학생 통한 글쓰기의 치료적 효과 연구

사회가 발전해갈수록 현대인의 삶은 다양하고 복잡하게 변화하고 있다. 이로 인한 현대인의 스트레스는 더욱 심화되고, 행복한 삶의 추구와 질적 향상을 위한 노력은 더욱 커지고 있는 시점이다. 사회 변화와 주변 환경에서 겪는 갈등과 스트레스는 현대인에게 하나의 불안 요인으로 자리하고 있으며, 이들은 심리적인 안정을 추구한다.

특히 성인이 되는 청년기의 대학생들은 어린 시절 충족되지 못한 다양한 욕구에 대한 억압과 입시위주의 교육 환경에서 성장하였다. 이들은 청소년기에 다양한 문제 행동을 야기하고, 성인이 된 후에도 심리적인 갈등과 미래에 대한 불안감을 지속시키는 현상을 보여주기도 한다.

연구자는 이러한 청년기의 대학생에게 보다 효과적인 글쓰기 교육의 한 방법으로 글쓰기 치료를 제안하고자 한다. 1990년대 후반부터 서서히 주목받기 시작하여 2015년 현재 각 대학에서 글쓰기는 대학생들의 취업과 업무에 많은 도움이 되는 교과목으로 인정되어 확대 실시하고 있다. 이에 글쓰기 교과목의 장르별 특성을 살린 단순한 글쓰기의 역할에서 한걸음 더 나아가 글쓰기의 치료적 효과까지 더불어 실시한다면 대학생들의 지적 역량의 확대와 심리적 안정까지 추구하여 대학에서 글쓰기의 위상은 더욱 커지리라 예상한다.

지금까지 글쓰기의 치료적 효과에 대한 다수의 연구 논문이 있지만, 그 치료의 대상을 치료가 필요한 특정 집단이나 치료자에 한정된 것이었다. 국내 글쓰기치료 논문은 근육병, 특정 공포증, 컴퓨터 중독증, 우울증, 성피해자, 약물남용자, 외상 경험자 등이다. 주로 부정적인 정서나 우울에 대한 심리적인 변화를 측정한 연구들이 많다.[1]

연구자는 글쓰기치료의 효과를 연구하여 치료가 필요한 특정인이 아니라 일반인을 대상으로 그 예방효과를 입증하고, 글쓰기치료가 대학의 교과목과 연계될 수 있는 근간을 마련하고자 한다. 교과목과의 연계는 더 연구되어야 할 과제이지만 이 연구에서 일반 대학생에게 적용하여 그 효과를 입증하고자 한다.[2]

이를 통하여 글쓰기치료가 특정인을 위한 것이 아니라 일반인 모두가 접할 수 있고, 글쓰기치료를 통해 예방 효과까지 입증하여 글쓰기치료가 대학에서 글쓰기 수업의 한 방안으로 발전할 수 있기를 기대한다.

본 연구는 글쓰기와 명상을 통합하여 실시했을 때 치료적 효과가 더욱 커진다는 관점에서 출발한다.[3] 마음챙김 명상(mindfulness meditation)은 불교전통에서 삶의 고통을 감소하여 편안한 세계로 가게 하는 마음수행법으로 오랫동안 실천해왔던 것이다. 명상을 통해 삶의 고통을 없애고, 알아차림, 통찰, 지관(止觀)과 같은 지혜를 기르며, 평정심과 자비심과 같은 넉넉한 마음을 기를 수 있다.[4]

명상과 글쓰기치료를 병행한 프로그램을 실시하여 그 효과를 증명하고, 문제점은 개선하고자 한다. 본 연구는 메타 분석을 통한 통계적 실험보다는 질적인 효과 연구에 중점을 둔다. 명상과 글쓰기치료를 통합한 프로그램이 현대인의 심리적인 불안감을 해소하고, 미래에 대한 안정을 제시하여 삶의 질을 향상시키기 바란다.

1) 글쓰기치료의 이해

글쓰기치료(writing therapy)를 정의하기란 쉽지 않다. 치료자의 학파와 관점에 따라 다양한 형태로 나타나고 있다. 채연숙은 글쓰기가 도구가 되어 치료의 목적을 이루는 것이라고 하고, 변학수는 글쓰기치료를 문학치료(Literary therapy)의 한 방법으로 표현적 양식의 치료적 접근이라고 한다.(채연숙 2010)

글쓰기치료는 글을 쓰는 과정에서 일어나는 자의식을 강화하고, 마음을 다스리는 과정에서 병의 발생률을 감소시키는 예방 의학에서 시작되었다. 글을 쓴다는 것은 내면의 정서를 언어로 표현하는 과정이다. 글을 쓰는 과정에서 자신과의 대화가 이루어지고, 자신과 대화를 하는 데서 자기반성이 일어난다. 자기반성을 통해 글은 자신을 인식하고 성찰하게 된다.

글쓰기치료는 치료사 중심이 아니고 참여자 중심의 치료이고, 참여자가 자신이 쓴 글을 어떻게 바라보고, 느끼는지가 중요하다. 여기에 참여자 주체의 해석이 필요하다. 참여자가 글을 쓸 때 떠오르는 느낌과 이미지, 특정한 상황이 중요한 요인이 된다.

글쓰기치료는 문학치료 영역에서 정신분석학에 가장 많이 의지한다. 정신분석학과 문학치료의 교차점이 글쓰기치료인 것이다. 프로이트는 심적 생활 속의 자극이 고도로 증대하여 정상적인 방법으로 그것을 처리하거나 처리하지 못한 결과로서 에너지의 활동에 지속적인 장해를 주는 것을 '외상적(外傷的)' 체험이라고 말한다. 또한 과거 어느 시기의 어떤 충격적인 일이나 사건으로부터 자유롭지 못하고, 그 일 때문에 현재와 미래로부터 몸을 피하려는 현상을 '고착(固着)'이라고 말한다. 정신분석에서 노이로제의 모든 증상은 무의식적인 심적 과정에서 존재하며, 이러한 증상은 무의식의 과정이 의식되면 모두 소실된다. 즉 이러한 증상을 소실시키는 방법은 인식하는 것이라고 한다.(S. 프로이트 2008: 282-285)

현대인들은 자신이 과거에 경험한 외상적 체험에 고착되어 현재에서 자유롭지 못하고 미래에 대한 불안감으로 갈등하고 스트레스를 받는다. 이들이 글쓰기를 통해 과거를 대면하고, 반성함으로 무의식에 잠재된 상처를 드러내고 인식하여 치유하게 된다. 객관적인 눈으로 자신을 통찰하고 내면의 힘을 강화하는 것이다.

융의 분석심리학이 글쓰기치료에 결정적인 영향을 미친 것은 "환자의 병을 대상으로 치료하기보다는 인간 전체를 살펴보아야 한다고 주장하고, 각자가 스스로의 문제를 통찰할 수 있도록 도와주어야 한다."는 관점이다.(채연숙 2010: 36) 융은 무의식의 분석에서 꿈은 무의식의 표현이고, 일정한 패턴을 따른다고 한다. 이러한 패턴을 따르는 것이 '개성화의 과정'이고, 마음의 성장과정이라고 한다. 사람들이 응시하고 싶지 않은 자기 자신의 인격이라는 측면에 관해 꿈을 통해 알게 하고, 그것을 '그림자의 자각'이라고 한다. 그림자는 무의식적인 인격의 전부라고 할 수는 없지만, 그것은 자아의 전혀 알지 못하는 개인적인 영역에 속해 있다.(M. L. 폰 프란츠 1992: 6-28)

융은 글쓰기치료에서 참여자들의 무의식을 강조하고, 참여자의 무의식을 분석하여 치료에 적극 사용한다. 참여자가 글을 쓰면서 표출하는 적극적인 상상은 무의식의 과정이고, 최종적으로 개성화의 과정에 도달한다. 개성화란 참여자의 의식과 무의식을 합친 전체이다. 글쓰기치료가 참여자의 적극적인 상상을 통한 창의적인 활동으로 무의식과 연결되어 치유할 수 있다는 것은 분석심리학의 이론적 근거이다.

글쓰기치료의 이론은 정신분석학이나 분석심리학 등의 영향을 받았지만 실제 글쓰기치료에서 가장 큰 영향을 받은 이론은 게슈탈트 이론이다. 글쓰기치료에서 게슈탈트 심리치료는 인간의 모든 행위를 다양한 환경에도 불구하고 하나의 유기체로서 몸과 마음의 평형 상태를 유지하려 한다는 호메오스타시스(homeostasis, 항상성)에 영향을 받고 있다.(F. S. 펄스 1994: 24) 글을 쓰는 행위가 정적 평형 상태이고, 심리적 균형을 이루려는 행위라고 할 수 있다.

글을 쓰는 과정에서 과거의 일은 현재의 시점에서 바라보게 되고, 쓴 글은 과거를 기억하게 하지만 지금 이 순간에 존재한다. 글은 우리의 미래를 지향하기도 한다. 글 속에 과거, 현재, 미래가 공존하는 것이다. 우리는 글쓰기를 통해 자신을 성찰하고, 미래를 설계할 수 있다. 그래서 글쓰기치료는 과거에서 현재를 거쳐 미래로 나아가는 힘을 키워주는 원동력이 되기도 한다. 이러한 과정을 게슈탈트 이론에서는 환경의 변화에도 불구하고 마음의 평형을 유지하며, 현실에서 충족되지 못한 욕구를 지속적으로 충족시켜나가는 과정이라 한다.

게슈탈트 이론은 참여자들이 해결하지 못한 감정을 글쓰기를 통해 '지금-여기'의 관점에서 다시 체험하는 기회를 만들어 자신의 기억을 재경험하여 현재에서 새로운 기억으로 재생산할 수 있도록 한다. 이로써 해결하지 못한 감정을 스스로 인식하고 해결할 수 있는 일정한 거리를 두어 치료가 이루어진다.

통합 문학치료 이론은 독일의 FPI에서 주로 상용되는 표현예술치료의 한 갈래로 주로 문학의 매체를 활용한 치료과정이다. 이 치료는 도입단계(Initialphase), 행동단계(Aktionphase), 통합단계(Integrationphase), 그리고 새 방향 설정단계(Reorientierungsphase) 등 4단계로 진행된다. (변학수 2006: 64) 참여자가 자신의 상처나 문제를 인지하고 통찰하는 과정이다. 자신의 감각들을 지각하면서 치유가 되는 것이다.

뇌과학이나 정신의학에서는 다양한 정신 병리를 약물에만 의존할 수 없다고 한다. 이에 자신을 인지하고 반성하는 글쓰기치료나 문학치료를 권장하고 있다. 글쓰기치료를 통해 자존감을 회복하고 심리적·정신적 위안을 얻고, 글을 쓰는 과정에서 자신을 알아가며 내면의 상처를 치유할 수 있다고 본다.

본 연구는 명상을 통한 글쓰기를 병행함으로써 대학생을 포함한 일반인의 글쓰기치료의 예방적 효과를 입증하고자 한다. 이를 통해 글쓰기치료의 효과와 더불어 글쓰기가 일상에서 널리 활용될 수 있기를 기대한다.

2) 글쓰기치료의 실제

(1) 글쓰기치료의 구성

글쓰기치료는 다음과 같은 과정을 거친다. 회기 수는 4회, 회기 당 시간은 50-60분, 총 진행 기간은 12-15일로 정하여 실시한다.[5] 단계별 치료 과정과 소요시간은 다음과 같고, 매 회기마다 4단계의 과정을 실시한다.

<표 1> 글쓰기치료 단계별 치료과정

	단계별 치료 과정	소요시간(분)
1단계	도입 단계(과제 제시 및 웜업)	10
2단계	실행 단계(과제 해결 및 수행)	15
3단계	방향 설정 단계(격려 및 지지)	20-30
4단계	새 방향 설정 단계(삶의 전환 및 변화 시도)	5

회기 당 글쓰기치료의 주제와 내용은 다음과 같다.

<표 2> 글쓰기치료 회기별 구성 내용

회기	주제	내용
1회	자아 찾기 −나의 마음 알아가기 1	글쓰기치료 전의 감정 변화 체크하기 명상(국악명상음악<비움>−'바람의 길을 따라', 5:42) 글쓰기(산문) 참여자가 쓴 글에 대해 피드백 나누기 치료 일정에 대해 설명하기 자아 성찰 및 자기 정리시간 갖기
2회	그룹과의 신뢰형성하기 −나는 누구인가?(자기소개) −나의 마음 알아가기 2 −앞으로 나는 어떻게 살고 싶은가?	명상(국악명상음악<비움>−'공무도하가', 5:35) 글쓰기(일기) 참여자가 쓴 글에 대해 피드백 나누기 자아 성찰 및 자기 정리시간 갖기
3회	시 낭독 후 시 바꾸기 작업 −정호승의 '수선화에게' 낭독 나를 한 편의 시로 표현하기 −나를 '씨앗'으로 두고, 사계 절의 변화에 맞게 시 쓰기	명상(국악명상음악<비움>−'청도 가는 길' 4:57) 글쓰기(시) 참여자가 쓴 시에 대해 느낀 점 나누기 자아 성찰 및 자기 정리시간 갖기
4회	나에게 편지쓰기 −나의 마음 알아가기 3	명상(국악명상음악<비움>−'눈물꽃', 5:07) 글쓰기(편지) 참여자가 쓴 글에 대해 피드백 나누기 자아 성찰 및 자기 정리시간 갖기 글쓰기치료 마친 후의 감정 변화 체크하기

글쓰기치료 과정에서 연구자가 할 일은 다음과 같다(채현숙 2010: 69−72).

<표 3 > 연구자의 할 일

도입 단계	−치료 과정의 명료화 및 구조화 −참여자들의 현 상황 점검 −감각의 활성화 −편안한 분위기 조성

	−필요한 도구나 문헌 제시 및 소개(서적, 음악, 동작, 그림, 치료사, 공간, 치료 도구 등)
실행 단계	−참여자의 활동 및 감정 점검 −매체의 적절한 사용 −참여자의 자발성 및 창의성 독려
방향 설정 단계	−평가와 판단, 청찬은 금물 −지지와 독려의 활력 전하기 −그룹 역동 관찰하기 −금지된 것과 억압된 것의 재경험
새 방향 설정 단계	−경우에 따라 직면하기 −참여자 스스로 통찰하기 유도 −참여자 모두에게 공평한 기회 제공 −긍정적인 언어 공감

(2) 글쓰기치료의 실제

글쓰기치료는 실험에 참여하고자 하는 대학생 6명을 대상으로 하였다.[6] 이들은 특별한 질병을 앓거나 외관상 정서적인 장애가 없는 일반인이다. 이 실험은 글쓰기치료의 대상을 특정인에 두지 않고 일반 대학생을 대상으로 하여 그 효과와 발전 방향을 모색한다. 또한 글쓰기치료에 참여한 이들이 특별한 질병의 치료를 목적으로 한 것이 아니다. 이 실험에서 참여자들이 자신의 마음을 알아가고, 자신에 대한 이해를 통해 심리적인 안정과 미래에 대한 불안감을 떨치고, 삶의 질을 향상시키는 데에 의미를 둔다. 또한 글쓰기치료의 대학생에 대해 활용방향을 확대하여 글쓰기 수업 관련한 교과목 연구에 대한 과제를 남기고자 한다.

글쓰기치료에서 연구자는 참여자들에게 자신을 이해하고 자기의 마음을 알아가는 과정으로 정신과 마음을 집중할 수 있는 국악 명상 음악을 매회기마다 한 곡씩 듣게 하였다. 모든 치료의 과정에서 명상은 매우 중요하고 자신을 알아가는 과정의 하나이다. 현대인들은 외관상 장애가 없고, 건강한 모습을 갖고 있으면 정상이라고 생각한다. 그러나 정작 자기 내면의 상처는 타인에게 보이기도 싫어하고, 자신도 알아차리지 못하는 경우가 있다. 명상은 이러한 내면 깊은 곳의 보이지 않는 부분을 알아가고, 보이지 않는 상처를 치유하여 편안한 심리 상태를 유지할 수 있게 한다.

글쓰기치료 1회기에서 연구자는 참여자들에게 이 실험의 목적을 설명하고, 다음과 같이 실험을 진행하였다. 먼저 참여자들에게 눈을 감고 명상 음악을 5분정도 듣게 하고, 자신의 마음을 편안히 가지고, 마음에 집중하게 하였다. 내 마음이 지금 어떠한지, 내가 누구인지, 내가 지금 여기 왜 있는지를 질문하였다. 그리고 그러한 마음에 대해 글쓰기를 15분정도 실시하였다. 글쓰기를 마친 후 이 실험의 진행과정에 대해 설명하고, 자신이 쓴 글을 발표하도록 하였다. 이 실험은 일대일 치료가 아니라 6명의 인원이 함께 참여하는 집단치료이므로 시간적 소요를 고려하여 실시하였다. 한 명씩 자신의 글을 발표하면 참여자 모두가 그 글에 대한 생각을 한마디씩 하도록 하였다. 평가와 판단, 무조건적인 칭찬은 배제하고 참여자의 마음을 알아가는 데 집중하였다. 연구자는 참여자의 의견을 듣고, 참여자의 마음을 알아주고, 지지와 격려를 하였다. 다음은 글쓰기치료 1회기에서 참여자들이 쓴 내용이다.[7]

<표 4> 글쓰기치료 1회

글쓰기치료 1회		
이름	나는······ 원하는가?[8]	글쓰기 내용(산문)
가군	자아에 대한 깨달음	따뜻한 햇볕, 서늘한 바람이 기분을 좋게 만들어 주었고, 지나가면서 잠깐씩 마주친 아는 사람들과의 대화와 인사는 나의

		존재감을 확인시켜 주었다.⋯⋯하루하루를 집에 틀어박혀 다른 사람들과의 만남을 갖지 않은 채 오직 책과 컴퓨터로 하루를 보낸 적이 많았던 나에게 지금과 같은 바쁜 일상과 그 틈 사이에 좋은 사람들과의 만남은 나의 일상을 바꾸었고, 지루했던 인생이 재미있어졌다. 요컨대 인생이 바뀌었다.
나군	내 감정에 솔직해지고 감정을 잘 이해하는 것	약간의 긴장과 어색함. 고요하다. 엄숙해진다. 현재의 상황에 집중하려고 한다. 편안해지기도 하면서 생각이 많아지고 정리가 되지를 않는다. 밑에 글 적고나니 괜히 웃음이 난다. 내일은 오늘보다 더 나은 날이 되기를. 어제의 나와 오늘의 나, 내일의 나는 다르다. 너무 먼 미래의 일에 대한 걱정은 없었으면 한다.⋯⋯
다군	심리적 안정, 마음의 평온, 무념무상	나는 지금 아무생각이 없다. 심리적 안정 상태인 것 같다. 나의 마음속은 늘 고요한 호수와 같다. 허나 작은 행동에도 고요함은 깨진다. 따뜻한 햇살 아래 고요한 호수 위에 작은 나룻배에 누워있는 것 같다. 나른하다. 빨래하는 것을 잊어버렸다. 누군가 나에게 "수고했어", "고마워"라고 말해주면 좋겠다.⋯⋯ 어릴 때 친구들이 나의 이름에 '광'자를 미칠 '광'이라고 했던 것이 기분이 나빴다. 난 빛 '광'인데⋯⋯光.
라군	내가 하고 싶은 것을 확실히 정해 우유부단한 성격을 버리고 싶다.	나는 여러 가지 고민을 하고 있다. 이번주에 집으로 갈지 말지 또는 매일 한 끼를 무엇으로 채울지 같은 사소한 고민과 내가 미래에 어떤 직업을 가지게 될지 같은 고민을 가지고 있다. 그래서 가끔은 미래에 대한 걱정 때문에 약간은 심란하다.
마군	감정과 마음을 잘 추스릴 수 있는 방법을 터득하고 싶다.	현재의 나의 심정은 나쁘지 않고 그냥 편안하다. 지금 글쓰기 치료 프로그램을 한다는 게 약간 신기하고 어리둥절한 생각이 든다. 글쓰기가 과연 치료의 수단으로 가능한 건지에 대한 궁금함이 계속해서 맴돈다. 지금은 약간 피곤한 상태에 있다. 글을 쓰면서도 아무 잡념이 생기지 않아 약간 좋은 것 같다. 나는 내 자시의 의지를 좀 강하게 키우고 싶다는 생각이 든다. 항상 생각은 하지만 계획대로 이행을 하지 못하는 게 대부분이라 아쉽다. '나' 자신에게 계속해서 미루지 말고 직접 나서서 해보라는 말을 해주면 좋을 것 같다.
바군	정서적 안정	나는 딱히 별 생각없고 아무렇지도 않다. 이 글쓰기치료를 처음으로 시작하면서 예상 못한 과제에 조금 당황하긴 했지만 그렇다고 크게 놀란 것도 아니니 심정변화는 딱히 없다.

글쓰기치료 1회기에서 참여자들은 모두 이 글쓰기치료를 통해 무엇인가를 얻고자 하는 것이 있었다. 대부분의 참여자들이 마음의 안정을 얻고 싶다고 말하였다. 또한 자신에 대해 처음으로 깊이 생각하는 계기가 되었고, 자신을 이해하고 자신의 부족한 부분을 고치고 싶다고 말한다.

가군은 하루하루가 행복하다고 말한다. 지금의 이 행복함을 느끼기 전에 그의 생활은 컴퓨터와 책만을 보며 하루종일 방에 틀어박혀 있던 날들을 경험하였다. 그날들에 비해 지금 여러 동아리와 다양한 활동에 참여하는 바쁜 그의 생활은 점점 활기차고 있으며, 지금의 생활에 매우 만족한다고 말한다. 사실 처음에 가군의 이러한 말이 언뜻 보기에 너무 꾸며진 것이 아닌가라는 의구심이 들었지만 그의 지난 생활에 대한 내용을 보고 충분히 그럴 수 있다는 생각이 들었다. 가군은 암울한 과거보다 지금의 활기찬 생활에 만족한 것이다. 가군은 매사에 긍정적이고, 팀 활동에 적극적인 학생이다.

나군은 처음 음악을 듣고 명상을 하며 자신에 대해 깊이 생각해보았다며, 요즘은 자주 외롭다는 생각이 든다고 한다. 첫 시간이어서 처음에는 어색해하며 말을 시작했지만 막상 자신의 이야기와 다른 참여자들의 내용을 듣고는 가장 적극적으로 자신의 의견을 내보이면서 자신의 미래에 대한 고민하는 모습을 보여주었다.

다군은 아들 둘인 집안의 막내라고 자랑스럽게 말하였다. 명상 음악을 들으며 자신은 편안하다고 말한다. 그러면서 문득 빨래하지 않은 것이 생각났다고 한다. 누군가로부터 칭찬을 받으면 기분이 좋다고 한다. 어릴 때 친구들이 자신의 이름을 놀린 것이 지금도 생각하면 화가 난다고 한다.

라군은 외적으로 매우 조용하고 차분한 인상을 준다. 그러나 그의 글에서 사소한 일까지 고민하는 모습을 볼 수 있다. 내적으로 예민한 학생이다. 자신의 미래에 대해 매우 걱정한다. 라군은 학습이나 매사에 적극성이 미흡한 편이다. 참여자의 이러한 성격적 특성의 원인은 이 실험이 끝날 무렵에야 알 수 있었다.

마군은 본인 스스로 의지가 약하다고 생각한다. 친구들 사이에서 까칠한 편이라고 한다. 명상 음악을 들으니 마음이 편안해지고, 자신이 계획한 일을 미루지 않고 했으면 좋겠다고 한다. 마군은 체구가 상당히 큰 편이다. 참여자는 운동을 통해 몸의 활력을 키우고, 명상이나 다른 활동으로 마음의 치료가 병행되면 훨씬 나은 생활을 할 수 있을 것이다.

바군은 태도가 조금 불량한 편이다. 글쓰기 자체를 싫어하는 학생이어서 과연 끝까지 참여할 수 있을까 걱정했는데 마지막 회기까지 한 번도 빠지거나 지각하지 않았다.

참여자 모두 대학생이란 신분의 특성상 자신의 미래에 대한 불안감을 가지고 있었다. 겉보기에는 아무 고민 없고, 행복한 얼굴로 친구들과 웃고, 떠들고 있지만 정작 자신의 마음은 여러 가지 고민으로 가득차 있음을 알 수 있었다. 회기가 거듭될수록 참여자들의 마음과 태도의 변화가 조금씩 나타나기 시작했다.

글쓰기치료 2회기에서 연구자는 집단치료의 그룹에서 서로간의 신뢰를 형성하는 것이 치료에 도움이 된다는 것을 전제로 자기소개를 하였다. 먼저 1회기와 마찬가지로 명상 음악 한 곡을 들으며, 자신의 마음을 이해하라고 하였다. 그 다음 나는 누구이며, 내가 하고 싶은 것은 무엇이며, 지금까지 살아온 날들을 생각하고, 앞으로 어떻게 살고 싶은지에 대해 생각하게 하였다. 그리고 그것을 일기형식으로 쓰게 하였다.

15분간의 글쓰기 시간을 주고 쓴 글을 발표하였다.[9]

다음은 글쓰기치료 2회기의 내용이다.

<표 5> 글쓰기치료 2회

글쓰기치료 2회	
이름	글쓰기 내용(일기)
가군	'나'에게 물었다. 나는 누구냐고? '나'는 대답했다. 나는 '나'라고 ○○대학교 학생 혹은 김○○과 같은 수식어가 붙지 않은 그냥 '나'라고…… 나의 심정은 기쁨 그 자체이다. 오늘의 바쁜 일정은 나에게 활동성과 뿌듯함을 가져다 주었다. 몸은 조금 힘들지 몰라도 내 마음은 기쁘다고 말한다. 나는 지금 평온하다. 나의 심신은 그저 평화롭다. 나는 얘기하고 싶다. 다른 누군가와 얘기함으로써 다른 사람의 삶과 느낌을 들음으로써 나는 나의 자아를 느낄 수 있다.……
나군	나는 그저 나다. 가족에서 첫째라는 가족구성원이기도 하고 대학생이라는 구성원이기도 하고 나름 사회인으로 사회의 한 구성원이기도 하다. 그저 구성원이라는 '나'로 살아간다. 하지만 지금의 '나'가 이것 말고는 없는 걸까? 생각해보면 지금의 '나'는 지금을 맞이해가며 살아간다. 지금의 '나'라는 지금 속에서 나름의 만족을 찾아가고 어떻게든 지금을 벗어나려고 하는 존재인 것 같다.……
다군	나의 이름은 김○○입니다. 놀기 좋아하는 20살 남자이죠. ○○대학교를 다니고, 전공은 ○○○입니다. 전공과 관련된 일을 했으면 좋겠습니다. 너무 풍족하지 않아도 좋습니다. 그냥 평범하게 사는 것도 좋을 것 같습니다. 나중에 집이 생긴다면 방 하나에 컴퓨터, 침대, 그리고 책장 가득 책을 채우고 그 방에서 놀고 싶습니다. 언제나 느끼지만 오늘도 따분하고 즐겁습니다.……
라군	나는 낯가림이 심하다. 또한 소심하다. 그래서 그런지 새로운 것을 시도하는 것을 꺼려한다. 나는 키가 작아서 키 크고 싶은 욕구가 있다. 그래서 중·고등학교를 다닐 때 농구를 열심히 했다. 나는 어릴 때 이사를 많이 갔다. 잘 모르겠지만 아빠 직업 때문이었던 것 같다. 나는 다른 과목에 비해 수학을 조금 잘했다.……지금 나는 전공 숙제 때문에 어려움을 겪고 있다. 숙제가 어려울 뿐만 아니라 이제 중간고사 시험기간에 들어가니 좀 갑갑하다.
마군	이전과는 다르게 눈을 감고 명상을 하게 되어서 그러진 좀더 차분해지고 집중력이 높아진 느낌을 확실히 내 자신이 느낄 수 있었다. 명상하는 음악을 들으면서 이 음악이 마치 누군가에게 말을 하는 느낌이 강하게 들었다. 명상을 하는 도중 앞으로 곧 다가오는 중간고사 생각이 계속해서 들었다.……지금까

	지는 모든 일을 닥치는 대로 하여 결과가 좋을 때도 있었지만 안 좋을 때가 더 많아서 앞으로는 오랜 생각과 계획을 세운 후 일을 해나가고 싶다.……
바군	나는 부산에서 나고 부산에서 자란 ○○○이다. 2남 중 동생으로 형이 공부를 잘했기 때문에 예전부터 곧잘 비교되곤 했다. 형의 대학도 부산에 있어 가족이 전부 부산에 살고, 난 ○○ 기숙사에 살고 있다. 이번 주에 부산으로 가서 오랜만에 친구들끼리 만나기로 해서 기대된다.

가군은 지금의 자신의 모습과 활기찬 생활에 만족한다. 하고 싶은 것이 많아도 시작을 꺼리는 다른 학생들과는 달리 주저하지 않고 당당하게 자신이 하고자하는 일에 팀원으로 또는 리더로서 적극적으로 참여한다. 그런 자신의 모습과 생활에 행복해한다. 가군의 이런 행복한 모습을 다른 참여자들이 격려하고 지지하지만 혹시나 어떤 난관에 부딪히지 않을까 염려한다. 그러나 그럴 때 옆에 있는 다른 친구들이 우정으로 도와준다면 충분히 이겨나갈 수 있을 것이다.

나군은 자신의 생활에 어느 정도는 만족하지만 앞으로 닥칠 미래에 대한 준비나 여러 상황들은 자신을 고민하게 하는 요소라고 한다. 그러나 연구자가 보기에 이러한 고민은 지극히 정상적이고 더 나아지기 위한 발전의 가능성을 보여준다. 고민하지 않는 젊은이는 오히려 현재를 방탕하고 미래를 대비하지 않아 미래에 준비되지 않은 자신의 모습에 더 심각한 상황을 초래할 수 있다. 나군은 자신과 미래에 대한 건전한 고민을 안고 있는 우리 사회의 올바른 청춘들을 대표하고 있다. 이런 젊은이가 많다면 우리 사회는 안정되고 발전된 미래를 볼 수 있을 것이다.

다군은 지금 대한민국 대학생을 대표하는 지극히 평범한 대학생이다. 다수의 대학생이 지금의 현실에 안주하고, 큰 문제없이 이렇게만 살면 되지 않을까 생각한다. 지금까지 큰 문제없이 부모님 그늘에서 용돈 받아가며 애쓰지 않아도 적당히 살아 왔고, 그것이 소소한 행복이라고 느끼는 그런 젊은이다. 정말 그들의 미래도 지금처럼 아무 일이 없이 잘 살아갈 수 있을지 의문이다. 평범하게 사는 것이 쉽지 않다는 것을 깨닫기까지는 좀 더 오랜 시간이 걸릴 것이다. 지금까지의 삶이 평화롭다고 앞으로의 삶이 마냥 평화로울 것이라고 장담하기 어려운 현실이다.

라군은 낯가림도 심하고, 성격 또한 소심하다. 스스로 그렇게 생각하고 있다는 사실은 자신을 잘 알고 있다고 볼 수 있지만 타인에게 자신을 내보이기 싫어한다고도 볼 수 있다. 라군의 문제가 무엇인지는 아직 드러나지 않고 보이는 모습과 행동으로 성격상 그런가하고 느끼지만, 글쓰기치료가 끝나는 시점에서 연구자는 라군의 내적인 상처를 알게 되었고, 그의 내적 상처를 완전히 치유하기에는 시간이 부족하였다. 라군은 어린 시절 잦은 이사로 깊은 교우관계를 맺지 못했다. 또한 왜소한 체구로 친구들 앞에 나서기도 꺼려하였다. 어린 시절의 친구는 인격을 형성하는 가장 중요한 요소 중의 하나이다. 친구가 없다는 말은 결국 내면의 자아와 교류하면서 에고에 빠질 수 있으며, 내적인 고민과 외적인 고민으로 무의식중에 내면의 상처가 깊어질 수 있다. 라군은 어린 시절 경험한 내적인 상처를 치유할 기회가 없었던 것으로 보인다. 진정으로 라군의 마음을 이해하고 알아줄 치료가 필요하다. 라군은 다음회기에서 좀 더 깊이 다룰 것이다.

마군은 친구들에게 톡 쏘는 말을 잘한다고 한다. 그러나 집단치료 중 참여자들이 쓴 글에 대해 매우 진지한 조언을 하였다. 겉모습은 까칠해 보이지만 내면은 따뜻함을 보여 주었다. 자신에 대해 고민하고, 앞으로 미래에 대해 단단히 준비하여 후회하지 않는 삶을 살고 싶다고 한다. 회기가 거듭되니 동료에 대한 이해와 함께 신뢰도 커지는 것을 알 수 있다.

바군은 다른 참여자들에 대한 조언에서 한결같이 "오늘만 살자."라는 말만 해서 조금은 문제가 있다고 생각했다. 태도도 불량스럽고, 열심히 하려는 의도 또한 보이지 않아서 왜 이 실험에 참여하는지 의심이 갔다. 그러나 라군의 글을 보고 들으며 라군 또한 내적인 상처를 갖고 있음을 알 수 있었다. 어릴 때부터 형에게 비교당하며 지금까지 살아온 것이다. 학업, 외모, 성격에서 자신이 형보다 나은 것이 없고, 늘 형에게 눌려 살아왔다고 한다. 지금 대학을 멀리 와서 가족들과 떨어져 지내게 된 것이 너무 좋다고 말한다. 그의 말을 듣고 그가 왜 지금까지 친구들에게 "오늘만 살자."라는 말을 했는지를 이해할 수 있었다. 연구자는 바군에게 지금부터 조금만 더 열심히 살면 앞으로는 훨씬 더 당당하고 멋있게 살 수 있을 거라고 말했다. 다른 참여자들도 바군에게 "그래 앞으로 잘 살면 된다."고 말했다. 바군 또한 내적인 상처가 많아 치유가 필요한 친구이다. 바군은 항상 부정적인 말투이고, 태도도 좋지 않았는데 왜 그럴까의 의문은 치료 2회기에서 알 수 있었다.

글쓰기치료 1회기에서 참여자들의 절반정도가 마음의 문을 열고 치료에 참여하였다.[10] 2회기에서 참여자들은 모두 마음의 문을 열고 치료에 참여하였다. 그들이 쓴 글과 집단 토론에서 자신이 가지고 있는 고민에 대해 말하고, 다른 참여자들의 생각을 자유롭게 나누었기 때문이다.

글쓰기치료 3회기에서는 시치료를 실시하였다. 쓰기치료를 시치료에 소속시켜 고찰하는 이유는 Poetry Therapy의 Poetry가 원래 '글을 만들다', '창작하다'란 말, poietike에서 유래했기 때문이고, 결국 시치료는 듣기만하는 것이 아니라 그것을 통해 자신의 솔직한 감정을 글로 표현할 때 완성되기 때문이다. 집단치료에서 우선 산문을 쓰게 하고(글

쓰기), 그것을 시로 바꾸게(시쓰기)하는 과정이 곧 시/쓰기치료다. 쓰기
치료는 참여자가 자기의 삶을 객관적으로 살펴볼 수 있다는 장점이 있
다. 그리고 그 글의 내용을 바꾸어 가는 것이 곧 치료의 과정이다. 이
점에 있어서 이야기치료와 공유할 수 있는 부분도 있다. 쓰기치료는 주
체의 확실성이 요구되는 정신병, 도착증, 히스테리에 유용하다.(변학
수 2005: 245)

참여자들에게 정호승의 '수선화에게'라는 시를 들려주고, 시 바꾸기
작업을 하였다. 그후, 명상 음악을 들으며, 자신을 '씨앗'에 비유하고
사계절의 변화에 맞게 나무로 자라는 모습을 시로 표현하였다.

다음은 글쓰기치료 3회기의 내용이다.

<표 6> 글쓰기치료 3회

	글쓰기치료 3회	
이름	시 바꾸기 (정호승의「수선화에게」)	글쓰기 내용 (시-내가 씨앗이라고 가정하고)
가군	울지마라 (외로우니까) 사람이다 살아간다는 것은 (외로움)을 견디는 일이다 공연히 오지 않는 (전화)을/를 기다리 지 마라 눈이 오면 (눈길)을 걷고 비가 오면 (강변)을 걸어가라 갈대 숲에서 가슴 검은 (도요새)도 너 를 보고 있다 가끔은 (하느님)도 외로워서 눈물을 흘리신다 (새들)이/가 나뭇가지에 앉아 있는 것 도 외로움 때문이고 (내)이/가 물가에 앉아 있는 것도 외로 움 때문이다	어둡다 아무것도 보이지 않는다 외롭다 몸이 자라고 있다. 따스함이 가까워진다. 빛이 보였다. 행복하다 세상은 따스하고 초록빛이다. 행복이 가득하다. 쌀쌀하다 나는 이렇게 초록빛인데 친구들은 온통 가지각색이다.

	(산그림자)도 외로워서 하루에 한 번 씩 마을로 내려온다 (종소리)도 외로워서 울려 퍼진다	춥다. 친구들이 아파한다. 몸은 괜찮은데 마음이 너무 춥다.
나군	울지마라 (외로우니까) 사람이다 살아간다는 것은 (외로움)을 견디는 일이다 공연히 오지 않는 (기쁨)을/를 기다리 지 마라 눈이 오면 (눈길)을 걷고 비가 오면 (빗길)을 걸어가라 갈대 숲에서 가슴 검은 (갈대)도 너를 보고 있다 가끔은 (하느님)도 외로워서 눈물을 흘리신다 (해)이/가 나뭇가지에 앉아 있는 것도 외로움 때문이고 (달)이/가 물가에 앉아 있는 것도 외 로움 때문이다 (산)도 외로워서 하루에 한 번씩 마 을로 내려온다 (종소리)도 외로워서 울려 퍼진다	따뜻한 어둠이 보인다. 따뜻한 무언가가 나를 덮었다. 천천히 천천히 어둠을 빠져나와 따뜻한 빛을 맞이한다. 뛰어노는 아이, 행복한 가족 걷기를 좋아하는 노인까지 처음 보는 이 들이 지나간다. 말을 걸어도 아무리 말을 걸어도 찾아오기만 하지 아무도 알아주지 않는다 나를 함께 늙어갈 이들을 보며 나는 깨닫는다. 나는 그저 나이기에 이들이 찾아주고 나로 남아있기에 나를 만져준다고 나는 말하지 않는 나이다 나는 그저 나이다.
다군	울지마라 (나도) 사람이다 살아간다는 것은 (외로움)을 견디는 일이다 공연히 오지 않는 (만남)을/를 기다 리지 마라 눈이 오면 (밭)을 걷고 비가 오면 (숲)을 걸어가라 갈대 숲에서 가슴 검은 (도요새)도 너 를 보고 있다 가끔은 (하느님)도 외로워서 눈물을 흘리신다 (까치)이/가 나뭇가지에 앉아 있는 것	포근한 바람이 불어오는 날 너는 세상을 바라보겠지 허나, 너는 깊고 깊은 땅 속에 몸을 움크리 겠지 따사로운 봄 햇살, 아직은 아니야 뜨거운 태양의 여름 넌 빼꼼히 고개를 들 겠지 시원한 바람의 가을에 너는 자랄거야 알싸한 겨울 또다시 넌 웅크리겠지 올 해도 넌 조금씩 자랐어

	도 외로움 때문이고 (개구리)이/가 물가에 앉아 있는 것도 외로움 때문이다 (해)도 외로워서 하루에 한 번씩 마을 로 내려온다 (메아리)도 외로워서 울려 퍼진다	
라군	없음	없음
마군	없음	없음
바군	울지마라 (외로워야) 사람이다 살아간다는 것은 (외로움)을 견디는 일이다 공연히 오지 않는 (전화)을/를 기다 리지 마라 눈이 오면 (눈길)을 걷고 비가 오면 (빗길)을 걸어가라 갈대 숲에서 가슴 검은 (갈대)도 너를 보고 있다 가끔은 (그 어떤 누구라)도 외로워서 눈물을 흘리신다 (나뭇잎)이/가 나뭇가지에 앉아 있는 것도 외로움 때문이고 (물새)이/가 물가에 앉아 있는 것도 외로움 때문이다 (풀벌레)도 외로워서 하루에 한 번씩 마을로 내려온다 (종소리)도 외로워서 울려 퍼진다	나는 나는 산 속에 묻혔다 나는 홀로 묻혔다 나는 씨앗이다. 춥다 살짝 본 밖은 새하얗지만 나는 어둡다. 어둡고 춥지만 지금 나갈 순 없다. 나는 씨앗이다. 새하얗던 게 없어지고 빛이 뜨거워진다 이제껏 안보인 사람도 보이고 드디어 나왔지만 빛이 너무 뜨겁다 나는 새싹이다. 그 후 계속 같은 날이 지났고 춥고 덥고 먹히고 채였다. 하지만 나는 이제 커다란 소나무다.

시치료에서 시의 리듬을 반복하여 긴장을 완화시키는 것이 치료의
지름길이다. 리듬은 단어의 악센트, 박자, 셈─여림, 흐름 등을 포함하
고 있다. 이때 반복되는 리듬이 곧 최면효과를 가져온다. 프로이트가

분석치료에서 최면 대신에 연상을 치료수단으로 받아들인 것은 바로 이 반복 효과를 알았기 때문이다. 그는 참여자의 분석치료 시에 참여자가 억압된 자료를 기억하는 대신, 동시대의 경험으로서 그것을 반복한다는 것을 알았다. 참여자가 표현하는 것에는 그의 상처가 기록되어 있는 것이다. 우리는 시를 통해 내면으로 들어가고, 무의식으로 연결되며, 시적 정서가 솟아나고, 시의 의미를 말하게 된다. (변학수 2005: 223-224)

글쓰기치료 3회에서 라군과 마군이 결석하고, 가군, 나군, 다군, 바군이 참석하였다. 6명이 할 때와는 또 다른 분위기가 느껴졌다. 시치료여서 아늑한 분위기가 느껴졌다. 참여자들은 정호승의 '수선화에게'라는 시를 듣고, 빈 곳을 채우는 작업을 하였다. 이것은 참여자들을 우울하게 하는 대상을 전면에 드러내는 작업이다. 기억에 남지 않는다면, 자신의 생각대로 적도록 유도하였다. 그랬더니, 참여자들의 시에서 세상의 모든 자연물이 외롭다는 것을 알 수 있었다.

가군은 누군가의 전화를 기다리는 것이 외롭다고 한다. 그래서 누군가를 기다리고 있는 자신도 외로운 존재라고 느낀다. 가군은 만나고 헤어짐에 대한 기대와 두려움의 감정을 경험하고, 누군가를 만나는 것은 즐거운 일이지만 그와의 헤어짐을 두려워하는 전제된 감정은 스스로를 불안하게 하는 요소로 느낀다. 또한 지난 만남에서 헤어짐의 아픔을 겪고, 자신에 대한 후회의 감정을 억누르는 모습이 보인다.

나군은 아직까지 제대로 된 만남을 갖지 못해 누군가를 몹시 그리워하며 외로움을 절실히 느끼고 있다. 세상 무엇도 나군의 눈에는 다 외로운 존재로 여겨진다. 나군에게 좋은 만남이 시작된다면 세상은 훨씬 아름다운 곳으로 여겨질 것이다.

다군은 누군가와 만남을 기다리지 않고, 적극적인 자세로 만나야할

대상을 찾아간다. 그렇다면 다군에게 외로움은 모든 존재이면서 그 대상들을 즐긴다. 다군에게 외로움은 곧 즐거움도 된다.

바군은 모든 사람은 외로움을 견디어야 하고, 모든 사람은 외로워서 눈물도 흘린다고 한다. 바군은 누구에게도 무엇을 기대하지 않는다. 기대하지 않으니, 누군가에게 무엇도 하지 않을 것이다. 그는 정말 지독히 외로움을 즐기고, 스스로를 외롭게 한다. 그에 대한 해답은 다음 시에서 알 수 있다.

다음은 참여자들에게 자신을 하나의 '씨앗'과 동일시하여 자신의 성장과정을 사계절의 변화에 따라 시로 표현해보라고 하였다.

가군은 지난 시절의 어둠과 외로움 속에서 조금씩 자라나서 자신의 행복을 느낀다. 그리고 조금 더 성장하여 친구들의 모습을 돌아보며 친구들의 아픔을 이해하려는 현재 자신의 모습을 보여준다. 가군은 친구들의 아픔을 이해하고 보듬어 줄 수 있을 만큼 성장한 것이다.

나군은 자신의 성장에서 외로움을 많이 느낀다. 아직 다 자란 것이 아니고, 아직 자신의 존재를 알아주는 이가 없어서 외로움은 더욱 증가한다. 시에서도 나군은 여전히 스스로를 외로운 존재로 표현한다. 나군에게 자신을 알아주고 이해하는 이성 친구가 생기면 그 외로움은 훨씬 줄어들 것이다.

다군은 자신이 덜 자란 것을 안다. 아니 더 자라고 싶지 않은 것일지도 모른다. 자신을 씨앗에서 성장하는 모습을 표현하는데 자신은 사계절이 지나는 가운데 여전히 땅 속에 움크리고 나오기를 꺼리는 모습을 보여준다. 그러나 다군은 내적으로 조금씩 성장한다. 다군이 완전히 성장할 때까지 너무 오랜 시간이 걸리지 않을까 걱정하지만 조금씩 단단하게 성숙하는 시의 내용은 다군의 미래 모습을 짐작하게 한다.

바군은 평소 부정적인 태도와 불량한 모습에 걱정이 되었는데 오늘

시 치료에서 바군에 대한 걱정은 더 이상 하지 않아도 될 것 같다. 시에서 바군은 어린 시절 자신이 겪은 불합리한 어려움을 무사히 극복하고 세상에 자신을 조금씩 내보이는 여유를 찾았다. 그러한 자신의 작은 성장을 조금씩 반복하여 미래에는 아주 훌륭히 성장할 것이라는 믿음과 의지를 보여준다. 다른 참여자들이 바군의 시에서 감동받고 바군을 격려하였다. 연구자 또한 바군의 시에 지지하고, 멋진 미래를 기대한다고 하였다.

글쓰기치료 3회기 시치료에서 참여자들은 자신의 내적인 성장 모습을 뚜렷이 보여주었다. 참여자 모두 자신은 외로우며, 세상의 모든 사물도 외로운 존재로 보았다. 그러나 참여자들은 외로움을 극복하고 즐길 줄 아는 여유 있는 모습을 보여주었다. 또한 자신의 내적인 성장 과정을 보여줌으로 자신의 미래까지 볼 줄 아는 의지를 나타냈다. 무엇보다 가장 태도가 불량한 바군의 태도가 점점 바르고 의젓한 모습으로 변해가는 것이 보여진다.

글쓰기치료 4회기에서는 자신에게 편지쓰기를 하였다. 참여자 모두 그동안 자신에게 편지를 쓴 적이 없다고 한다. 그래서 좋은 기회라 생각하고, 명상 음악을 듣고 편지쓰기를 시작하였다.

다음은 글쓰기치료 4회기에서 쓴 내용이다.

<표 7> 글쓰기치료 4회

글쓰기치료 4회		
이름	나는…… 원하는가?[11]	글쓰기 내용(나에게 보내는 편지)
가군	편안함과 심 신의 조화	TO. 나 내가 나에게 묻는다. 행복하냐고?

		이런 질문을 왜 할지는 너도 알거라고 생각해.
		근래 들어 더욱 밝아진 너의 모습에 나는 기쁘지만 때때로 두렵기도 해. 행복해서일까……. 이 행복이 없어지면 어떻게 될까 생각도 해. 그래서인지 네가 하루하루를 더욱 재미있게 살았으면 좋겠어. 이 시간을 후회하지 않기 위해서 말이야.
		때때로 그런 생각이 들어. 너는 왜 이렇게 밝게 살아갈까……
		밤잠을 설치며 생각하던 그 때가 떠올라. 모든 것을 비판적으로 보던 때가 생각나. 그 때의 삶은 칙칙한 세계에 재미따윈 하나 없었지. 자기 최면 따위가 아냐. 세상을 밝게 그리고 바르게 본다면 누구라도 밝게 살 수 있을거야!
		from. 나
나군	나의 감정을 알아보고 생각해보지 못한 나를 봤으면 한다	안녕.
		잠시 후가 될지 언제가 될지 모르지만 이 편지를 읽을 나.
		잠시 후에 본다면 생각이 정리 됐을 수도 있겠고, 언젠가 나중에 보게 된다면 지금 보다는 성숙해져 있을 테지……. 지금 나는 이 편지를 나중에 보았으면 한다. 그 때는 지금의 나보다 현재 상황을 많이 좋게 바꾸고 잘 헤쳐나가고 있겠지.
		넌 너무 걱정이 많았어.……아무튼 이 편지를 읽고 있을 나는 앞일에 대한 불안한 걱정보다 현재의 나를 유지할 수 있고, 더 좋게 만들 수 있는 행복한 고민을 하고 행복한 행동을 했으면 한다.
다군	안정	나에게
		안녕, 나.
		잘 지내니? 밥은 챙겨먹고? 어디 아픈 데는 없니?
		물어보고 싶은 건 많지만 이거 하나만 물어볼게.
		"지금 행복하니?"
		이 글을 쓰고 있는 '나'는 나름 행복하단다.…… 게임을 하며 자유롭게 생활하는 '나'는 행복해.
		지금 이 글을 읽는 '너'는 "행복하니?"
		─○○○○년○월○일 김○○
라군	글씨를 잘 쓰고 싶다	반갑다 ○○야
		나는 평소에 내가 하고 싶은 것이 무엇인지도 잘 모르고 내가 무엇을 잘 하는지 몰라. 그래서 이번 기회에 나 자신을 잘 알고 싶어. 나는 어릴 때부터 딱히 부족함 없이 자라왔다. 하지만 어릴 때 이사를 많이 하고 부모님이 이혼했어. 그래도 아버지가 없다는 것이 그렇게 문제될 건 없었어. 그렇게 중·고등학교를 문제없이 자랐고, 지금까지도 잘 자라난 것 같다.

		그동안 나는 문제없이 자랐다고 생각되지만 알게 모르게 가족과 친구들에게 피해를 주었을지도 몰라. 지금이라도 잘 생각해서 주변 사람들에게 잘 대해보자.……
마군	치유 받기를 원한다.	자신에게 태어나서 처음으로 '나'에게 편지를 드디어 써보네. 20년 동안 살아봤는데 어떻게 잘 지낸 것 같다는 생각이 드니? 나는 솔직히 아직까지는 모르겠는데 이때까지 살면서 만족하기 보다는 아쉽거나 후회한 적이 더 많은 것 같다. 다시 돌아가서 다시 하고 싶은 일이 많아.…… 지금부터가 진짜 아마도 힘들거야. 군대도 가야하고 학교 졸업하고 취업도 해야 하니까.…… 앞으로 다가올 날에 더 열심히 하자. 그럼 안녕.
바군	심리적 안정	자신에게 시험이 이제 일주일도 안 남았는데 제대로 공부 좀 하자. 목요일엔 늦잠 잤다고 시험 바로 전 시간도 결석하고 놀았는데 하기 싫긴해도 어차피 해야 하는 건 한다. 아직 중간고사도 안쳤는데 결석이 너무 많은데 관리도 좀 하자. 지금 힘들어야 나중이 그나마 편하다.

글쓰기치료 1회기에서 한 질문을 4회기에서 다시 질문하였다. 글쓰기치료에서 무엇을 원하는지 질문하였다.

가군은 1회기에서 자아에 대한 깨달음이라고 말하고, 4회기에서 심신의 조화, 편안함이라고 말한다. 심신의 조화는 결국 자아에 대한 깨달음이 있어야 하며 그것은 곧 평안함과 같은 것이다. 가군은 처음부터 지금까지 한결같은 모습으로 치료에 참여했다. 편지에서 자신의 밝은 모습을 친구들이 거짓으로 볼까 염려하는 모습이 드러났다. 그러나 자신에게 그는 당당하게 말한다. 지금의 나의 밝고 행복한 모습은 과거의 어둡고 암울했던 모습에서 벗어난 최고의 모습이라고 한다. 지금 이 행복한 기분과 생활이 깨어질까봐 두려워하지만 그래도 지금의 행복함을 맘껏 누리고 싶다고 말한다. 가군은 정말 자신의 힘들었던 과거 시절을 당당히 극복하고 세상과 맞서 이겨낸 어린 왕자와 같은 모습을 하고 있다. 그의 행복을 의심할 이유는 없으며, 그의 삶을 지지하고, 다가오는 미래에 불안해하지 말고 당당히 맞서라고 말한다.

나군은 1회기에서 4회기까지 자신의 감정을 이해하고, 진정한 자아를 봤으면 한다. 자신에 대한 고민을 꾸준히 하는 친구이다. 자신에 대한 고민은 자아를 발전시키고, 더욱 성장하게 하는 원동력이 된다. 나군은 결국 1회기의 고민을 4회기에서 이제 고민은 그만하고 지금의 생활에 만족하고 행복하자고 한다. 스스로의 생활에서 불안감을 떨치고 만족감을 얻을 수 있는 나름의 방법을 찾은 것이다. 나군은 발전한 것이다. 나군은 지금 조금은 행복하다고 느낀다. 고민 많은 청춘이 고민의 늪에서 헤어나지 못하면 그것 또한 병이다. 그러나 이러한 과정을 거쳐 스스로 만족을 찾아 불안한 감정을 벗는 것이 바로 글쓰기치료의 효과이다. 스스로 고민하고 스스로 답을 얻은 것이다. 이러한 과정이 연구자가 얻고자하는 글쓰기치료의 과정이고, 효과인 것이다.

다군은 1회기에서도 4회기에서 심리적 안정을 원한다고 한다. 다군은 심리적으로 상당히 안정적인 참여자이다. 특별한 일탈 행위도 하지 않으며 적당히 모범적이고, 주어진 생활에 만족하는 지극히 평범한 대학생이다. 자신에게 쓴 편지에서도 자신의 행복에 대해 묻고, 자신이 행복하다고 말한다. 다군은 행복하다고 말하며, 스스로 행복에 대해 의심하기도 한다. 자신에게 행복한지를 묻는 행위는 스스로의 행복이 진실일 수 있고, 아닐 수도 있다. 또 지금의 행복이 얼마나 갈지에 대한 두려움의 표현일 수도 있다. 본 연구에서는 스스로의 행복을 묻는 것 자체가 자신을 알아가고, 마음을 이해하는 과정으로 이해한다. 자기를 알아가는 과정에서 일어나는 일은 자신의 행복을 위한 것이며, 결국 행복은 스스로 만족하는 것이다. 다군은 스스로가 만족하는 과정에 어느 정도 도달했다고 볼 수 있다. 평소에 별 생각없이 사는 젊은 대학생들이 이러한 글쓰기치료의 과정을 통해 자신을 이해하고 자신을 알아가는 과정은 삶에서 매우 중요한 일이다. 다수의 대학생들이 이러한 당위적인 삶에서 자신을 이해하고 알아가는 과정을 거쳐야 한다고 연구자는 생각한다. 이러한 과정을 통해 자신을 이해하고, 자신에 대한 깊은 이해는 내적인 성장을 이룰 것이다.

라군은 1회기에서는 자신의 우유부단한 성격을 고치고 싶다고 말하고, 4회기에서는 글씨를 잘 쓰고 싶다고 한다. 전혀 연관이 없는 듯하지만 심리학적인 측면에서는 나름의 이유가 있으리라 생각한다. 평소늘 조용하고 행동의 폭도 조심스러워 별로 눈에 띄지 않은 학생이다. 그의 편지에서 마음의 상처를 알 수 있었다. 어린 시절 잦은 이사로 친구가 없었다는 라군은 결국 부모님의 이혼으로 어머니와 단둘이 살아왔다. 경제적으로 큰 어려움은 없었지만 그의 남성성을 이끌어줄 아버지가 없다는 것은 그가 소심하고 내성적인 성격으로 자랄 수밖에 없는 환경이었음을 알 수 있다. 무엇이 그를 그늘지게 했는가의 의문이 풀리지만 이것을 치료하기 위해서는 시간이 필요하다. 주위 가족을 염려하는 마음과 잘해야만 한다는 강박은 그를 더욱 소심하고 내향적으로 만들었을 것이다. 라군에 대한 치료는 심층적인 치료 과정으로 진행되어야 한다. 이번 치료동안에 라군은 자신을 처음으로 되돌아보고 생각하는 기회를 가졌다고 한다. 그동안 주위 가족들에게 한번도 미안하다고 생각한 적이 없었는데, 생각해보니 자신으로 인해 어머니와 다른 가족에게 피해를 주었을 것이라고 반성한다. 라군은 늘 자신이 피해자라고 여기고, 지금까지 살아왔던 것이다. 이혼가정이 늘어가는 추세에서 이혼가정의 자녀들이 정상적인 사랑을 받고 자란 아이들에 비해 어떤 문제점이 있으며, 그에 대한 해결책이 무엇인지는 더 연구되어야 할 부분이다. 이혼가정의 자녀들은 부모의 이혼이 자신에게 큰 상처가 되고,

그 상처가 제대로 치유되지 않은 채 자신을 억압하는 요소로 잠재되어 성장하기도 한다. 이제 라군은 자신을 돌아보고, 자신의 상처를 온전히 치유해야 한다. 라군에게 그 상처는 치유되지 않았지만, 가족에 대한 배려의 마음이 생긴 것이다. 라군이 조금 성숙한 것이다. 글쓰기치료를 통해 자신의 상처를 드러내고, 앞으로 치유의 과정을 거치면 라군의 상처는 온전히 치유될 것이다.12)

마군은 1회기에서 자신의 감정과 마음을 잘 다스렸으면 한다. 4회기에서는 마음의 상처를 치유받기 원한다. 더 발전된 모습이다. 자신의 감정 조절에서 마음의 상처를 치유받기 원한다는 것은 자신을 알아가는 과정이고, 자신의 상처를 내보이겠다는 뜻이다. 치료관계에서 마음의 문이 활짝 열렸음이다. 마군은 스스로 참을성이 별로 없고, 답답한 것을 싫어한다고 말한다. 지금 현재 자신의 모습에 만족하지 않는다. 그래서 늘 후회되고, 실수한 과거의 일들에 화가 난다. 그래서 그러한 마음이 얼굴에 화가 난 표정으로 나타나 친구들과의 관계에서도 불만스럽게 보인다. 이것이 마군의 모습이다. 이러한 마군이 자신에게 편지를 쓰면서 스스로 반성하고 돌아보게 된다. 자신의 지금 모습에 만족하고 미래에 큰 실수를 하지 않기 위해 미리 실패를 경험한 것이고, 지금부터 잘 준비하면 훨씬 나은 미래가 올 것이라고 다짐한다. 자신의 마음을 이해하고 알아가는 과정에서 스스로를 위로하여 내적인 상처를 치유하는 것이다.

바군은 1회기에서 정서적 안정, 4회기에서 심리적 안정을 원한다. 정서적 안정은 곧 심리적 안정을 가져온다. 그럼 정서는 어느 정도 안정되어서 심리적 안정을 원하는 것인가. 바군은 글이 짧은 학생이다. 즉 글쓰기를 그다지 좋아하지 않고, 길게 쓰는 게 어렵다. 가장 중요한 것은 쓸 말이 없다고 한다. 아니 무엇을 써야 할지 잘 모르겠다고 한다.

글이 짧은 다수의 학생들이 생각이 깊지 않은 경우가 많다. 아니면 정반대로 생각이 너무 많아 글을 쓸 수가 없는 경우도 있다. 그렇지만 그런 경우는 드문 경우이고, 바군은 처음 글쓰기를 할 때 쓰기 수준이 상당히 낮은 학생이었다. 글쓰기치료에 참여한다고 했을 때 조금 염려되기는 하였지만 글 잘 쓰는 친구만을 대상으로 하는 것이 아니므로 크게 상관이 없다고 판단하였다. 글쓰기치료를 하는 동안 바군의 글은 전체적으로 짧고, 뭘 써야할지 몰라 내내 망설이는 모습이 눈에 보였지만 어차피 글쓰기치료를 통해 목표하는 것이 마음의 치료이므로 그의 마음을 치료하는 것이 우선이라고 생각하였다. 치료의 횟수가 거듭되면서 바군의 태도는 눈에 띄게 달라졌다. 본인은 잘 인식하지 못했지만 먼저 치료에 참여하는 태도가 조금씩 달라졌으며, 4회기 치료가 끝나고 수업시간에 만난 바군의 수업 태도와 학습 상태는 향상되어 있었다.

우리의 치료가 끝나면서 중간고사가 시작되는 주간이어서 치료에 참여한 학생들의 생활은 부담되고 바빴으리라 여겨진다. 그럼에도 치료에 빠지지 않고 참여한 학생들에게 매우 고맙게 생각하고 그들에게 글쓰기치료가 반드시 도움이 되었으면 하는 바람이 컸다. 그에 대한 해답은 바군에게 찾을 수 있다. 바군의 시험성적은 사실 낮은 편이다. 치료가 끝나고 본 중간고사의 성적은 상당히 향상되었다. 다른 과목의 성적은 연구자가 확인해보지 않아 알 수 없으나 연구자가 강의하는 글쓰기 수업에서 바군의 점수는 다른 일반 학생들의 우위에 있었다. 글쓰기 실습의 내용 또한 예전의 그의 수준에서 상당히 고무되었다. 바군은 사실 다른 모든 수업에 빠지거나 지각하는 불량한 학생이었다. 그러나 글쓰기치료 4회기의 '나에게 쓰는 편지'에서 바군은 자신의 불량한 생활 태도에 반성하고 이번 중간고사를 계기로 달라진 모습을 보여주겠다고 다짐한다.

얼마 전까지 바군은 지난 시절 가족에게 받은 상처가 전혀 아물지 않고 내적으로 외적으로 상처투성이의 모습을 보여주었다. 글쓰기치료 3회기에서 보여준 그의 시에서 그 상처를 밝혔을 때, 참여자 모두가 그의 상처를 공감하고, 앞으로 열심히 살면 좋은 날이 올 것이라고 위로했다. 연구자는 바군의 상황을 이해하고, 바군이 현실을 피하지 않고 직시하며, 상처를 치유할 수 있는 힘을 주는 것이 중요하다고 생각한다. 연구자는 바군 또한 심층치료를 통해 온전한 치유가 이루어져야 한다고 여긴다.

다음은 글쓰기치료 4회기를 마치고 나서 참여자들의 감정과 함께 이 치료에서 무엇을 얻었으며, 치료를 마친 소감을 한 마디씩 하라고 하였다. 내용은 다음과 같다.

<표 8> 글쓰기치료 후기

글쓰기치료(후기)		
이름	나는 이 글쓰기치료에서 무엇을 얻었는가?	글쓰기치료 후 나의 느낌 표현하기
가군	자아성찰, 내면의 생각, 친구들의 생각, 편안함	처음엔 떨렸다. 초조했다. 걱정됐다. 그렇지만 기쁘기도 했다. 치료를 마친 지금은 설레인다. 친구들의 생각을 읽었다. 행복하다. 숨을 쉬는 것 같다.
나군	걱정을 잠시 내려놓고 현재를 바라보고, 맞이하는 나를 보았다.	새롭다. 내 감정, 마음에 솔직하고 싶다. 내 감정, 마음을 더 알고 싶다. '나'라는 작가의 첫 작품. 처음이라 어색하기도 했지만 나름대로 마무리를 잘 지은 것 같다.
다군	즐거움, 삶의 만족감, 충족감, 나 자신에 대한 깨달음	어릴 적 나는 언제나 공허했지만 지금은 많은 사람들과의 만남으로 행복해졌다. 나는 언제나 멍한 사람이다. 깨달음. 가뭄에 단비를 만난 기분이다.
라군	글쓰기치료를 통해 나를 되돌아보는 시간을 가졌다.	나에 대해 고민해보는 시간을 가져서 마음이 편하다.

마군	친구들의 속마음에 대해 알아볼 수 있어서 좋았다.	나는 침묵을 싫어하고 답답한 걸 보면 못 참는 사람이다. 처음에는 어색했지만 지금은 좀 편안해진 것 같다.
바군	심리적 안정을 얻었다.	크게 달라진 건 없지만 마음은 편하다.

가군은 이번 글쓰기치료를 통해 자아를 성찰하고, 마음이 편안해졌다고 한다. 처음에는 떨렸지만 치료를 마친 지금은 친구들의 생각을 알게 되어 설렌다고 말한다. 연구자가 보기에 가군은 한결같은 학생이고, 자신을 잘 이해하고 있으며, 앞으로 어려운 일이 있더라도 잘 헤쳐나가리라 여겨진다. 자신뿐만 아니라 옆의 친구들도 돌아볼 줄 아는 여유를 가진 것이다.

나군은 자신의 감정에 솔직해지고 싶고, 마음을 더 알고 싶다고 한다. 지금은 잠시 걱정을 내려놓고 현재를 바라보고, 자신을 맞이하고 싶다고 한다. 또한 이 치료가 자신에 대해 생각할 수 있는 처음이라 기분이 좋으며 마무리를 잘한 것 같다고 한다. 연구자는 치료의 시작에서 마치기까지 나군이 보여준 진지한 태도는 자신을 이해하고, 앞으로의 삶에서 더욱 발전할 수 있을 것이라고 확신한다.

다군은 스스로 자신이 멍한 사람이라고 한다. 이번 글쓰기치료를 통해 자신에 대해 깨닫게 되고, 삶에 만족하고, 즐거움을 느낀다고 한다. 글쓰기치료는 '가뭄의 단비'이며, 깨달음을 주는 계기였다고 한다. 평범한 대학생인 다군이 글쓰기치료를 통해 자신에 대해 생각하고 자신을 이해하는 과정을 가지게 되어 다행이라 여겨진다. 앞으로는 사고하는 젊은 지식인이 되리라 생각한다.

라군은 글쓰기치료를 통해 자신을 되돌아보는 계기를 가졌다고 한다. 그리고 마음이 조금은 편안해진 것 같다고 한다. 연구자는 라군과 깊이 있는 대화를 하지 못해 안타까운 마음이다. 라군의 내적인 상처를 치유하기에는 시간이 더 필요하고 생각한다. 이제 마음을 열기 시작했는데 치료를 마치게 되어 안타깝지만 마음의 상처를 치유할 수 있는 기회를 가지도록 개인적인 노력을 요하며, 라군에 대한 치료는 다음 과제로 남긴다.

마군은 글쓰기치료를 통해 친구들의 속마음을 알게 되어 좋았다고 한다. 이 치료가 처음에는 어색했지만 지금은 많이 편안해졌다고 한다. 연구자는 조금 예민한 성격의 마군이 이제 마음의 문을 열게 되었는데 치료를 종료하게 되어 안타까운 마음이 든다. 마군의 온전한 치유는 다음으로 기약한다.

바군은 글쓰기치료를 통해 심리적 안정을 얻었다고 한다. 크게 달라진 것은 없다고 하는데 마음의 안정을 얻은 것이 바로 달라진 점이다. 바군의 내적인 상처에 대한 치유는 좀더 시간이 요하는 작업이라고 생각한다. 바군의 온전한 내적 치유도 다음으로 기약한다.

(3) 글쓰기치료 후 감정 변화 정도

연구자는 이번 글쓰기치료에 대한 개인적인 변화의 정도를 실험시작 전(1회기)과 실험을 마친 후(4회기) 2회를 실시하였다. 참여자 스스로가 느끼는 정도에 대해 수치 1에서 10까지를 두고 정도를 표시하게 하였다. 개인적인 느낌의 정도를 파악하여 그 변화 수치를 표와 그래프로 나타내면 다음과 같다. 수치가 높을수록 자아 만족도가 높은 것이다. 다만 불안감과 정서장애는 낮을수록 자아 만족도가 높은 것이다. 1회와 2회의 변화량을 중심으로 분석한다.[13]

① 가군

내용	학업 성적	자기 신뢰	태도 변화	교우 관계	불안감	자아 존중감	개인적 성취도	정서 장애
1회	7	9	9	9	1	10	8	0
2회	9	10	10	10	0	10	9	0

가군은 스스로 본인의 학업성적과 자기신뢰도, 교우관계, 자아존중감, 개인적 성취도를 매우 높게 측정하였다. 자존감이 매우 높은 학생이다. 불안감은 1회보다 2회에서 저하하였으며, 정서장애는 전혀 없다고 한다. 가군 스스로 자신에 대한 높은 평가와 글쓰기치료 후의 자신에 대한 평가가 조금씩 향상되었고, 전체적으로 높은 수치를 나타낸다. 이와 함께 불안감 수치의 저하는 글쓰기치료의 효과가 있음을 입증한 것이다. 따라서 글쓰기치료에 참여한 효과는 유의하다고 볼 수 있다.

② 나군

내용	학업 성적	자기 신뢰	태도 변화	교우 관계	불안감	자아 존중감	개인적 성취도	정서장애
1회	6	5	4	7	4	5	4	0
2회	6	6	6	7	2	7	7	0

나군은 1회보다 2회에서 자기신뢰와 태도변화, 자아존중감, 개인적 성취도에서 높은 변화량을 보여주었고, 불안감 또한 상당히 저하하였다. 나군은 글쓰기치료 전과 후의 변화량이 큰 편이므로 글쓰기치료의 효과가 크다는 것을 입증한다. 이로써 나군에게 글쓰기치료의 효과는 매우 유의하다고 볼 수 있다.

③ 다군

내용	학업 성적	자기 신뢰	태도 변화	교우 관계	불안감	자아 존중감	개인적 성취도	정서 장애
1회	5	9	3	8	5	9	5	1
2회	5	10	6	9	1	10	7	0.5

다군은 자기신뢰와 태도변화, 교우관계, 자아존중감, 개인적 성취도가 1회보다 2회에서 높게 측정되었다. 불안감 또한 1회보다 2회에서 상당히 저하하였다. 다군은 글쓰기치료 전과 후의 변화량이 큰 편으로 글쓰기 치료의 효과가 크다는 것을 입증한다. 이로써 다군에게 글쓰기 치료는 매우 유의하다고 볼 수 있다.

④ 라군

내용	학업성적	자기 신뢰	태도 변화	교우 관계	불안감	자아 존중감	개인적 성취도	정서장애
1회	5	5	4	5	5.5	5	4	3
2회	5.5	5	5	5	4	5	4.5	1

라군은 학업성적과 태도변화, 개인적 성취도가 1회보다 2회에서 높게 측정되었고, 불안감과 정서장애는 2회에서 변화량이 저하하였다. 라군은 글쓰기치료 전과 후의 변화량에서 불안감과 정서장애의 큰 변화량을 보여줌으로 글쓰기치료의 효과를 입증하고 있다. 이로써 라군에게 글쓰기치료는 유의하다고 볼 수 있다. 다만 자기신뢰와 교우관계와 자아존중감은 정체되어 있으므로 이것은 꾸준한 치료가 필요하다.

⑤ 마군

내용	학업 성적	자기 신뢰	태도 변화	교우 관계	불안감	자아 존중감	개인적 성취도	정서 장애
1회	7	5	5	7	6	6	6	2
2회	7	7	7	7	3	6	7	1

　마군은 자기신뢰와 태도변화, 개인적 성취도가 1회보다 2회에서 높게 측정되었고, 불안감과 정서장애는 1회보다 2회에서 크게 저하하였다. 마군은 글쓰기치료 전과 후의 변화량이 큰 편이므로 글쓰기치료의 효과를 입증하고 있다. 이로써 마군에게 글쓰기치료는 유의하다고 볼 수 있다. 학업성적과 교우관계, 자아존중감은 정체되어 있지만 낮은 수치가 아님으로 치료를 통해 충분히 나아지리라 예상한다.

⑥ 바군

내용	학업 성적	자기 신뢰	태도 변화	교우 관계	불안감	자아 존중감	개인적 성취도	정서 장애
1회	3	1	1	6	4	3	2	1
2회	2	1	2	5	2	4	2	1

　바군은 전체적인 개인 평가가 매우 낮은 수치로 측정되었다. 태도변화와 자아존중감은 1회보다 2회에서 조금 높게 측정되었고, 불안감은 2회에서 크게 저하하였다. 학업성적과 교우관계는 1회보다 2회에서 오히려 저하하였다. 자기신뢰와 개인적 성취도, 정서장애는 정체되어 있다. 바군은 글쓰기치료가 태도변화와 자아존중감, 불안감 해소에는 도움이 된다고 여겨지나, 학업성적과 교우관계에는 도움이 되지 않았

다고 여긴다. 바군은 자신에 대한 평가 수치가 낮은 것으로 보아 자신에 대한 존중감이 낮으며, 자신에 대한 신뢰와 자아에 대한 바른 인식이 필요할 것으로 보여진다. 앞서 글쓰기치료 내용에서 살펴 본 바 바군은 꾸준한 치료가 요구되는 학생이다. 바군에게 글쓰기치료의 효과가 스스로는 미미하다고 여기지만, 연구자는 바군에게 글쓰기치료는 유의하다고 판단되며, 이런 학생에게 치료는 더욱 절실하다.

3) 글쓰기치료의 효과와 개선점

이상으로 대학생을 중심으로 한 글쓰기치료의 효과를 연구하였다. 이 글쓰기치료의 목적은 치료의 대상을 치료가 필요한 특정인이 아니라 일반 대학생을 대상으로 하여 그 효과와 발전 방향을 모색하는데 있다. 실험에서 중요한 것은 참여자들이 자신의 마음을 알아가고, 자신에 대한 이해를 통해 심리적인 안정과 미래에 대한 불안감을 떨치고, 삶의 질을 향상시키는 데에 의미를 두었다. 이에 글쓰기치료에 참여한 참여자의 스스로 평가에서 살펴본 효과는 다음과 같다.

가군은 글쓰기치료 전과 후를 비교했을 때 자신에 대한 평가의 큰 차이는 없었지만 전체적으로 높은 수치를 나타냈다. 글쓰기치료를 통해 불안감과 정서장애 수치가 낮아짐으로 인해 자신에 대한 자존감이나 만족도가 높아졌다. 이로써 글쓰기치료에 참여한 효과는 유의하다고 본다.

나군은 글쓰기치료 전과 후를 비교했을 때 자기신뢰와 태도변화, 자아존중감, 개인적 성취도에서 높은 변화량을 보여주었고, 불안감 또한 상당히 저하하였다. 이로써 나군에게 글쓰기치료의 효과는 유의하다고 본다.

다군은 글쓰기치료 전과 후를 비교했을 때 자기신뢰와 태도변화, 교우관계, 자아존중감, 개인적 성취도가 높은 변화량을 보여주었고, 불안감 또한 상당히 저하하였다. 이로써 다군에게 글쓰기치료는 유의하다고 본다.

라군은 글쓰기치료 전과 후를 비교했을 때 학업성적과 태도변화, 개인적 성취도가 높은 변화량을 보여주었고, 불안감과 정서장애는 저하하였다. 이로써 라군에게 글쓰기치료는 유의하다고 본다. 다만 자기신뢰와 교우관계와 자아존중감은 정체되어 있으므로 이것은 꾸준한 치료가 필요하다.

마군은 글쓰기치료 전과 후를 비교했을 때 자기신뢰와 태도변화, 개인적 성취도가 높은 변화량을 보여주었고, 불안감과 정서장애는 저하하였다. 학업성적과 교우관계 자아존중감은 정체되었지만 낮은 수치가 아님으로 염려하지 않는다. 이로써 마군에게 글쓰기치료는 유의하다고 본다.

바군은 글쓰기치료 전과 후를 비교했을 때 전체적인 개인 평가가 매우 낮은 수치로 측정하였다. 그러나 태도변화와 자아존중감은 조금씩 높게 측정하였고, 불안감은 저하하였다. 학업성적과 교우관계에 대한 낮은 변화는 본인이 다가오는 중간고사에 대한 부담으로 준비가 부족한 자신에 대한 느낌을 반영한 것으로 보인다. 그러나 태도의 변화와 자아존중감은 높게 측정되고, 불안감이 저하되어 이 글쓰기치료에 대한 효과는 유의하다고 본다. 바군은 본인 스스로에 대한 자존감이 매우 낮은 편이므로 지속적인 치료가 필요하다.

참여자 모두 대학생이란 신분의 특성상 자신의 미래에 대한 불안감을 가지고 있다. 글쓰기치료를 통해 고민하는 젊은이들이 이를 극복하여 스스로의 만족을 찾아 불안한 감정을 벗어나는 것이 중요하다. 이것이 글쓰기치료의 효과이다. 글쓰기치료는 스스로 고민하고 스스로 답을 얻는 과정을 가르쳐 준다. 이것이 연구자가 얻고자하는 글쓰기치료의 목적이다.

전체적인 글쓰기치료의 실험결과로 보았을 때 대학생을 통한 글쓰기의 치료적 효과는 매우 유의하다고 여긴다. 이에 글쓰기 교과목으로 제안한 글쓰기치료는 글쓰기 교육의 역할을 더욱 고무시키는 결과를 가져올 것이다.

글쓰기치료 과정에서 살펴본 한계점과 개선점은 다음과 같다.

첫째, 글을 써야 한다는 부담감이다. 어릴 때부터 강압적인 글쓰기는 글을 잘 쓸 수 있는 능력을 부여하기도 하지만 글쓰기를 싫어하는 계기를 만들기도 하다. 글에 대한 부담감을 줄여야 하는데 대부분의 사람들은 글쓰기 싫어한다. 그래서 글쓰기치료라고 하면 글을 잘 써야하지 않을까 하는 두려움을 가지게 한다. 이번 실험에서 연구자는 참여자들에게 글에 대한 부담감을 줄이기 위해 글 쓰는 시간을 충분히 주면서 너무 길지 않게 하였다. 글을 못 쓰는 참여자들은 대다수 뭘 써야 할지를 몰라 시간만 낭비하기도 한다. 그래서 매 회기마다 글의 주제를 주면서 쓸 수 있는 내용을 질문하여 그에 대한 답을 적도록 유도하였다. 물론 잘 쓰는 참여자는 스스로 자신의 글을 써 내려가도록 했다. 또한 무조건 많이 쓴다고 좋은 것은 아니므로 적절한 분량만 쓰도록 제시했다.

둘째, 치료에 필요한 시간과 횟수의 조정이다. 여러 논문과 실험에서 제시한 시간과 횟수를 중심으로 실험을 하였는데 일부 참여자의 경우 치료에 더 많은 시간이 필요하였다. 글쓰기치료의 횟수와 시간은 더 연구되어야 할 부분이다. 연구자는 대학에서 교과목으로 글쓰기치료를 권장하고, 1차시와 2차시로 나누어 기본치료와 심층치료로 나누어 실시할 것을 주장한다. 1차시에서 실시한 기본치료에서 치료가 더 필요한 참여자들은 2차시에서 심층치료를 할 수 있도록 한다. 그에 따른 다양한 프로그램의 연구가 필요하다.

셋째, 글쓰기치료는 일상에서 모두에게 널리 활용되어야 한다. 글쓰기치료는 나이와 직업, 성별에 상관없이 널리 활용되어야 할 치료법이다. 사회가 발전할수록 현대인들이 받는 스트레스는 더욱 심화되고, 이는 내면의 상처로 남아 예상하지 못하는 행동을 일으키기도 한다. 특히 입시위주의 교육환경은 어린 시절부터 성인이 된 후에도 심리적인 불안감을 지속시킨다. 이러한 불안감을 해소하기 위해 어느 진료소를 찾는 것이 아니라 일상에서 장소와 시간을 가리지 않고 스스로 치료가 가능한 글쓰기치료가 실시되어야 한다. 그러기 위해서는 글쓰기치료의 장점을 일반인들에게 널리 알리고 활용할 수 있는 방법이 연구되어야 한다. 대학에서는 글쓰기 교과목과 연계한 치료과목의 연구가 필요하다.

넷째, 글쓰기치료를 일상화하기 위해서는 글쓰기치료를 지도할 수 있는 치료사의 확보이다. 까다롭고 엄정한 절차의 치료사 과정은 무분별한 치료사의 남발을 방지하지만 현 상황에서는 전문 인력을 양성하는 연구소와 인재가 매우 부족한 상황이다. 이에 절차를 좀더 체계화하고 실정에 맞게 간소화할 필요가 있다.

이상으로 연구자는 대학생을 통한 글쓰기의 치료적 효과와 그 한계점과 개선점을 제시하였다. 연구자의 바람은 두 가지이다.

첫째, 현대인들이 마음의 상처를 치유하는 것이다. 명상을 통해 자신을 알아가고, 글쓰기를 통해 자기 내면의 상처를 드러내고 치유하는 것이다. 이를 통해 일상에서 받는 스트레스와 불안감을 해소하고 삶의 질을 향상시키기 바란다.

둘째, 글쓰기치료가 대학에서 글쓰기 교과목으로 확대 실시하는 것이다. 대학에서 글쓰기의 위상이 높아지고 있는 시점에서 글쓰기의 단순한 쓰기 역할에서 치료적 효과까지 더불어 실시한다면 대학생들의 지적 역량의 확대와 심리적인 안정까지 추구하여 글쓰기의 위상은 더욱 커질 것이다. 또한 글쓰기치료를 통해 사회로 나아가기 전 대학생들의 내적 상처를 치유하고, 미래에 대한 불안감을 해소함으로 심리적인 안정과 긍정적인 미래를 제시할 수 있다.

대학생뿐만 아니라 나이에 상관없이 일반인 모두에게 글쓰기치료의 효과가 널리 알려지기 바라며, 더 많은 프로그램의 연구가 이루어지기를 기대한다.

4. 성찰적 글쓰기를 통한 글쓰기 교육의 효과 연구

급속하게 변화하는 시대와 넘치는 정보는 오늘날 현대인에게 삶에 대한 만족보다 불안하고, 지치게 하는 요소가 되기도 한다. 주변 환경에서 겪는 갈등과 스트레스는 삶을 황폐화시키고, 삶에 대해 고민하게 한다. 이러한 환경은 입시위주의 경쟁 속에서 자란 청소년들이 대학에 왔을 때, '대학이란 무엇인가?', '대학은 나에게 어떤 역할을 할 것인가?'라는 질문을 하게 한다. 또한 그들이 대학에 들어와 맞게 되는 여러 갈등 상황은 그들이 대학을 떠나게 하는 요소가 되기도 한다. 대학은 이러한 학생들의 요구를 만족시켜야 하며, 이를 위해 다양한 교과목을 개발하고, 변화하는 과정에 있다. 이에 각 대학에서 기초교양교육의 중요성은 더욱 커지고 있는 시점이다.

본 연구는 대학 교양교과목에서 중요한 위치를 차지하는 글쓰기 교육에서 '성찰적 글쓰기'를 현 상황을 고려한 대안적 교양교육의 한 방법으로 제안하고자 한다. 성찰적 글쓰기는 나에 대한 성찰에서 시작하여 자신을 객관화하는 기회를 가지고, 타자에 대한 배려와 이해를 가능하게 한다. 이것은 우리라는 공동체 의식으로 확장하여 사회 구성원 모두가 성찰하는 기회를 가지게 한다. 이러한 성찰의 기회는 현대를 살아가는 청년들에게 건전한 시민의식을 함양하게 하고, 그들이 미래 사회를 이끌어갈 인재로 양성하는데 기여할 수 있을 것이다.

지금까지 많은 연구에서 성찰적 글쓰기의 중요성을 입증하여 왔으나, 아직까지 대학에서 성찰적 글쓰기는 그 방법적인 면에서 구체화되지 못하고 있다. 이에 본고는 성찰적 글쓰기의 강의 계획 구성과 사례 연구를 통해 그 효용성을 입증하고, 이를 대학 글쓰기와 관련한 교과목 수업에서 한 방법으로 구체화시키는 데 목적을 둔다.

본고는 2017학년도 1학기 서원대학교 교양교과목 <사고와 표현> 수업 과정에서 학생들의 사고력 확대와 관련한 글쓰기 교육에서 성찰적 글쓰기를 중점적으로 실시하였으며, 그 사례 글을 중심으로 성찰적 글쓰기의 효과를 살펴보고자 한다.

서원대학교 <사고와 표현> 교과목은 종합적인 문제해결능력의 중요성을 자각하고 인문적 소양을 기르고, 창의적, 논리적 사고력과 표현 능력을 강화하기 위해 개설된 교과목이다. 1학년 신입생을 대상으로 한 교과목 <사고와 표현>은 1학기에 읽기와 쓰기 학습을 중심으로 하고, 2학기에 발표와 토론 중심으로 구분하여 실시하고 있다.

성찰적 글쓰기는 대학 글쓰기 교육에서 효과적인 교육 방법의 하나이다. 자기를 성찰하는 것은 일상생활 속에서 자신의 삶을 반성하고, 깊이 생각하는 과정으로 자신의 인격을 성장시키는 계기가 되기도 한다. 또한 대학 입시의 경쟁 속에서 자신의 정체성에 대해 깊이 고민하지 못한 다수의 학생들에게 성찰하는 시간은 매우 의미 있는 일이 될 것이다. 이에 자신에 대해 깊이 고민하는 시간을 가지고, 그에 대한 생각을 표현하는 성찰적 글쓰기는 학생들의 잠재력을 일깨우는 중요한 시간이 될 것이다.

자기 성찰에 대한 글쓰기 선행 연구를 살펴보면, 김민정은 대학에서 글쓰기의 평가 기준에 대한 문제의식을 가지고 수년간 실시해오던 중간 및 기말고사를 대신하여 '반성적 쓰기(reflective writing)'를 수업에 도입하였다.(김민정 2009) 글쓰기의 기존 평가 방식에서 잘못되었거나 부족했던 점을 '반성적 쓰기'를 통해 개선하고 보완할 것이라는 그의 논문은 대학 글쓰기 교육의 새로운 평가 방법을 시도하였다는 점에서 의의가 있다. 오태호는 '자기 성찰적 글쓰기'는 '나'가 '너'를 거쳐 '우리'와 '타자'의 문제의식을 공유하는 출발점으로 자기 성찰을 강조하였다.(오태호 2012) 이숙정은 대학생의 self-authorship(자기서사)의 성장과 발달에 효과를 미칠 수 있는 교양교육 프로그램의 개발과 지도방법을 모색하기 위해 성찰적 글쓰기 활동의 효과적인 지도를 목적으로 하였다.(이숙정 2014) self-authorship이라는 자기서사를 학생들의 글쓰기 과제 수행에 적극 수용하여 연구한 점은 글쓰기 교육의 좋은 시도라고 볼 수 있으며, 본 논문의 목적과 일정 부분 상통하는 것으로 여겨진다. 고혜원은 대학 글쓰기 교육에서 이루어지는 '자기 성찰적 글쓰기'의 교육 과정과 방법, 글의 효용성과 그 의미를 살펴보았다.(고혜원 2014) 김춘규는 자기 성찰적 글쓰기의 과정이 반성적인 자아의 개입을 통하여 보다 나은 삶의 의미를 사유하고, 이를 계기로 공동체와 함께 살기 위한 실천의 의미를 탐구하는 것이라고 하였다.(김춘규 2014) 이 논문은 자기소개서를 통한 성찰적 글쓰기를 시도한 것으로 의미가 있다. 한래희는 자기 성찰적 글쓰기를 '자기에 대한 탐구, 탐구를 통한 새로운 자기의 발견' 등을 가능케 하는 성찰을 위한 글쓰기로 정의하였다.(한래희 2014) 이 논문은 자기성찰에 대한 자기탐구의 이론적인 면을 강조하여 실제 글쓰기에서 나타나는 현상과 관련한 연구가 진행되어야 할 것이다. 서기자는 융복합적 방법으로 자기 성찰적 글쓰기 교육을 연구하였다.(서기자 2015) 이 연구는 성찰적 글쓰기를 철학, 미술, 문학,

무용 등의 방법을 통해 학제 간의 접근을 시도하였다는 점에서 의의가 있지만 사례에 대한 보완이 필요하다. 강민정은 대학 교양 글쓰기 교육에서 인문적 목적성을 실천하기 위해 시도한 적 있는 '자기 성찰적 글쓰기' 교육에 주목하였다.(강민정 2016) 자기 성찰적 글쓰기가 인성교육 방향에 상응하는 글쓰기 교육을 연구한 것으로 의미가 있다.

그 외에도 다수의 논문이 자기 성찰적 글쓰기의 사례를 연구하고 있지만, 그에 대한 구체적인 실천 사례에 대한 논의와 효과에 대한 입증은 미흡한 편이다. 이에 본 연구는 2017학년도 1학기 서원대학교 교양교과목 <사고와 표현> 수업 과정에서 실시한 성찰적 글쓰기 사례를 통해 성찰적 글쓰기 교육의 효과를 입증하고, 구체화하고자 한다.

1) 성찰적 글쓰기 과정

서원대학교 교양교과목 <사고와 표현>은 2017학년도 1학기까지 교수자의 역량에 따른 개별 강의계획서를 작성하고 있다.[14] <사고와 표현1>은 1학기에 실시하는 읽기, 쓰기 학습 중심의 15주 수업 과정으로 이루어진다. 15주 수업과정에서 본 교수자는 읽기와 쓰기 과정 중 쓰기 영역에서 성찰적 글쓰기를 실시하는 강의를 구성하였다. 이는 글쓰기 수업의 활성화와 학생들의 글쓰기 역량 확대를 목적으로 한 것이다. 15주 수업 과정에서 실시한 성찰적 글쓰기는 총 4회를 계획하였고, 그 사례를 통해 효과를 살펴보고자 한다.[15]

교수자가 계획한 성찰적 글쓰기 4회 강의계획안은 다음과 같다.

<표 1> '성찰적 글쓰기' 강의계획안

회차 (주차)	주제	목적	수업방법	기대효과
1 (3/15)	패러다임의 전환	평소 자신이 생활하는 모습을 고민해보고, 자신이 습관처럼 하는 행동과 사고에 대해 생각해보는 시간을 가진다. 자신이 습관처럼 하는 행동이나 사고에 대해 새롭게 바꾸었을 때 나타나는 효과에 대해 생각해본다.	·이론-PPT ·동영상-(지식채널e) '그걸 바꿔 봐', ·글쓰기-'하필이면' +긍정내용	자기 삶을 회고하고 대상화하여 진정한 자기를 이해하게 된다.
2 (4/15)	나를 소개합니다	자신을 소개하기 위해 자신이 좋아하는 것과 자신이 하고 싶은 것과 자신을 무엇으로 표현하고 싶은지에 대해 성찰하는 시간을 가진다.	·이론-PPT ·동영상-'이상한 건축가의 집짓기 원칙' ·개요작성 ·글쓰기-자기소개	자기 성찰을 통해 자신이 정말 원하는 삶에 대해 고민하고 자신에 대한 이해가 깊어진다.
3 (5/15)	내 인생의 주요 사건-인생그래프 그리기	자신의 인생 곡선을 통해 자기에게 소중한 경험과 힘들었던 경험 등을 회상하여 그 의미를 생각해본다.	·이론-PPT ·활동지-인생그래프 그리기 ·글쓰기-내 인생의 주요 사건	자기 삶의 서사를 통해 성찰하는 과정에서 자기 치유를 경험하게 된다.
4 (10/15)	10년 후 나의 모습	자기 성찰을 통해 미래에 대한 자신의 삶을 계획한다.	·글쓰기-'10년 후 나의 모습' 상상하기	자신의 삶을 계획하고 긍정적이고 미래 지향적인 삶을 다짐하는 계기가 된다.

15주 수업 과정에서 실시한 성찰적 글쓰기는 학생들이 자기 삶에 대해 진정으로 고민하고, 글쓰기에 대한 거부감을 줄이고, 글쓰기 능력을 향상시키고자 계획하여 실시하였다. 1회는 3주차, 2회는 4주차, 3회는 5주차에 연이어 실시하였으며, 마지막 4회는 15주 강의의 후반기라 할 수 있는 10주차에 실시하였다. 1, 2, 3회를 연이어 실시한 이유는 <사고와 표현1> 교과 과정에 따른 읽고 쓰기의 교과 목적에 부합하고, 15주 강의계획안 초반은 교재의 이론에 집중되어 있다. 이에 이론 학습의

지루함을 덜고, 주별 다양한 읽기 자료를 병행하였다. 그에 대한 간단한 생각하기와 강의계획안에 따른 성찰적 글쓰기를 집중적으로 실시하였다. 또한 자신이 쓴 글을 조별로 일정한 나눔의 시간을 주었으며, 이후 조별로 전체 학생들에게 발표할 기회를 주어 일부 학생의 글은 전체 학생이 공유하도록 하였다.16) 강의 일정 초반에 글을 쓰고, 발표하는 것은 글쓰기 수업에서 글쓰기 역량 확대의 목적을 실행하는 한 방법이기도 하다. 글쓰기 실습 초반에 글쓰기를 집중하면 일부 학생들이 쓰기에 대한 부담이 과중되기도 하지만, 강의후반에 글쓰기 부담을 줄이고, 사고의 시간을 늘리고, 사고에 대한 단락쓰기를 매시간 실시하였다. 이후 마지막 완성된 글을 쓰면 다수 학생의 쓰기 역량이 늘어나는 것을 볼 수 있었다.17)

마지막 4회의 성찰적 글쓰기는 후반부로 미루어 실시하였다. 그 이유는 학생들이 글쓰기를 통해 자기에 대한 이해와 글쓰기 수준의 질적 향상이 학기 후반에 어느 정도 강화되었는지를 파악하기 위해서이다.

2) 성찰적 글쓰기 사례 연구

(1) 패러다임의 전환

성찰적 글쓰기 1회에 실시한 '패러다임의 전환'은 서원대학교 <사고와 표현1> 교재에 있는 교과 내용이다. 교과 내용을 병행하는 과정에서 '패러다임의 전환'이라는 내용은 자신의 사고에 대해 성찰하는 시간을 가짐으로 성찰적 글쓰기의 목적에 부합하는 내용이라 판단하여 초기에 실시하였다.

스티브 코비는 성공하는 사람들의 습관을 7가지로 구분하고, 그것은 지속적인 행복과 성공의 근거가 되는 올바른 원칙의 내면화를 의미한다고 말한다.[18] 7가지 습관을 진정으로 이해하기 위해서는 자신의 '패러다임'이 무엇인지 알고 어떻게 하면 그 패러다임을 전환시킬 수 있는지 파악하는 것이 필요하다고 한다. '패러다임'이란 그리스어에서 유래된 말로 일반적인 의미로 보면 우리가 어떤 사물을 바라보는 '방식'을 말한다. 이때 '보는' 것은 눈으로 본다는 뜻이 아니라 지각하고 이해하고 해석하는 의미에서 이 세상을 '보는' 것을 말한다. '패러다임의 전환'이라는 용어는 토마스 쿤의 ≪과학 혁명의 구조≫에서 처음으로 소개되었다. 쿤은 과학연구 분야에서 지금까지 일어난 대부분의 중요한 업적은 연구자가 기존의 전통, 낡은 사고방식과 낡은 패러다임을 파괴함으로써 실현되었다고 한다.(스티브 코비 2009: 34−44)

이러한 관점에서 대학에 갓 입학한 신입생들이 '패러다임'의 의미와 '패러다임의 전환'에 대한 의미를 이해하고, 자신이 평소 생활하는 모습에 대해 고민하고, 자신이 습관처럼 하는 행동과 사고에 대해 생각하는 시간을 가지도록 하였다. 그리고 학생들이 의식하지 않고 습관처럼 하는 행동이나 사고를 새롭게 바꾸었을 때 나타나는 크고 작은 변화와 효과에 대해 진지하게 생각해보는 것이 이 수업의 목적이다. 신입생들은 이러한 기회를 통해 자기 삶을 회고하고 대상화하여 자신에 대한 진정한 이해의 기회를 얻을 수 있다. 이것이 '패러다임의 전환'이라는 수업이 의도한 기대효과이다.

실제 수업에서 학생들은 '패러다임'에 대한 의미의 이해가 부족하여 그에 대한 설명과 예시를 보여주었다. 교재에는 한 장의 그림을 놓고 다르게 볼 수 있는 내용이 수록되었으며, 이를 통해 같은 장면이라도 보는 사람의 이해와 시각의 차이로 충분히 다르게 해석할 수 있음을 이해하였다. '패러다임의 전환'의 예로는 교재에 장영희의 수필 '하필이면'을 적극 활용하였다. 장영희의 수필에서 어린 조카가 귀여운 팬더곰

인형을 선물한 이모에게 '이걸 왜 하필이면 내게 주는데?'라고 환한 미소를 지으며, 이모에게 이러한 뜻밖의 선물에 대해 고마움을 표현하였다. 미국에서 살다온 조카가 한국어에 대한 이해가 서툴러서 '하필이면+부정어'가 올 것이라는 우리의 편견을 깨트려 준 내용이다.19) 이러한 이야기를 통해 학생들이 자신도 모르는 사이에 습관처럼 생각하고 행동하는 것이 작은 사고의 변화로 큰 긍정의 의미를 가져올 수 있다는 것을 이해하도록 하였다.

학생들은 먼저 '패러다임의 전환'의 경험이 '있다'와 '없다'로 나누어 구분하였다. 학생들이 생각하는 패러다임을 평소 자신이 생각하는 사고와 행동의 변화로 표현하게 하였다. 일부 학생은 자신이 그러한 경험을 했는지 안 했는지조차 구분하지 못하여 패러다임 전환에 대해 고민하고 생각할 시간을 주었다. 패러다임의 전환을 경험했다면 무엇을 어떻게 했는지에 대해서도 생각하는 시간을 주었다. 학생들은 주어진 시간에 자신이 지금까지 어떤 일이나 행동, 사고에 있어 변화를 경험한 적이 있는지를 깊이 생각하였다. 이러한 시간은 다른 친구들과의 대화에 앞서 자신을 성찰하는 기회를 가지게 한다. 일정한 시간이 흐른 뒤, 자신이 경험한 것에 대해 쓰게 하고, 그것에 대해 조원들끼리 생각을 나누도록 하였다. 서로 경험한 것들에 대해 생각을 나누고, 조별로 한 명씩 발표하게 하였다. 발표는 조에서 발표하고 싶은 학생이나 특이한 경험이 있는 친구를 위주로 발표하였다. 각 조원들의 내용은 큰 테두리에서는 같은 의미로 분류할 수 있지만, 세부 내용은 모두 달랐고, 다양한 사고의 변화 내용을 소개하였다.

패러다임의 전환에 대해 경험이 있는 학생들의 사례를 살펴보면 다음과 같다.20)

<표 2> '패러다임의 전환' 경험 사례 글

성찰적 글쓰기 내용(1)

예시1) 나는 원래 느끼는 대로 비판했던 사람이었다고 생각한다. 그런데 나에게도 한 국인이라면 모두가 준비하는 수능을 준비하게 되었다. 당시 고등학교 영어 선생님께 서 매일 자습에 지쳐보이시던지 우리에게 팁을 주신다며 대학에 붙기 위해 긍정적으로 로 말하라고 하셨다. 앞으로 지우개가 떨어졌다고 하지 말고 지우개가 바닥에 붙었다라고 말하라고 하셨다. 그 후로 재미 때문에 영어선생님 말투를 따라하다 보니 저절로 긍정적이게 생각할 수 있었다. 물건이 떨어지면 대학에 떨어지는 것과 연관지어 불안해하던 우리에게 영어선생님이 아주 큰 도움이 되어주셨던 것 같다.

예시2) 나는 초, 중등 때 교사, 선생님이라는 단어를 부정적으로 생각했다. 초, 중등 때 봐온 교사는 마치 죄수를 관리하는 교도관 같은 느낌이었다. 왜냐하면 교무실이나 복도 등 여러 곳을 돌아다니다 보면 선생님께 일방적으로 혼나거나 말싸움하는 장면만 봤기 때문이다. 그러다가 고등학교 1학년 때 힘들 때마다 힘이 되어주신 선생님, 아이들에게 따뜻한 미소로 함께 정을 나누시는 선생님을 뵙고 선생님이라는 단어를 긍정적으로 바라보는 패러다임 전환이 일어났다. 그리고 내가 그 선생님을 꿈꾸고 있다.

예시3) 사실 청소년기의 나는 부정적인 학생이었던 것 같다. 공부나 연습 등 어쨌든 해야 할 일들인데도 미루고 불평하기 일쑤였다. 그러다가 고등학생 때, 잘 기억은 안 나지만 어떤 좋은 강의를 듣고 긍정적으로 살아야겠다고 느낀 이후부터는 어쩔 수 없이 해야 할 일이라고 생각하지 않고, 이 공부를, 이 과제를, 이 발표를 하게 되어 너무 기쁘고 내가 발전하는 계기가 된 것이라고 생각하며 살고 있다. 그렇게 생각을 고친 이후로는 모든 일에 좀 더 열정이 생겼고, 끝낸 후에는 더 큰 보람을 느낄 수 있었다.

예시4) 나는 평소에 패러다임의 전환을 많이 하는 편이다. 부정적인 생각을 긍정적으로 바꾸면 상황이 나아질 때가 많다. 예를 들어 동생이랑 싸웠을 때 혼자 방에서 화가 나 있다가도 '내가 동생이 있어서 외롭지 않다.'라는 생각이 든다. 그러면 동생에게 먼저 다가갈 마음이 생기고 다시 잘 지낼 수 있게 된다. 일상생활에서 패러다임 전환을 하는 것이 필요하다고 생각한다.

예시5) 나는 20년을 살아오면서 나의 삶을 변화시킬만한 패러다임의 전환을 한번 해 봤다. 나는 고2까지 뮤지컬 배우의 꿈을 안고 살아왔다. 그러나 역류성 후두염이 오면서 꿈을 잃었다. 중학교 2학년 때부터 가져오던 꿈을 어쩔 수 없이 버려야 한다는 생각을 하니 교차로에서 길을 잃은 듯한 느낌이었다.……내가 이렇게 힘들어 한다는 것은 내가 그만큼 뮤지컬을 좋아한다는 것이기에 공포감을 뚫고 희망과 용기가 솟아나기 시작했다.……불안해하지 말고 패러다임을 전환하면 더 많은 것을 더 넓게 보고, 적성에 맞는 것을 찾으리라 생각하고, 이게 끝이 아닐 거라 생각하려 한다.

예시6) 지금까지 저는 남자는 미용을 하면 안 된다는 추상적인 말을 들어왔다. 하지만 저는 그 생각을 바꾸어 나는 미용을 할 수 있다는 생각을 하였다. 주변인들에게 많은 비난을 받았지만 내가 당당히 하고 싶다는 마음이 더 강했기 때문에 꿈을 꾸게 되었다. 학원을 다녀서 기술을 익히면 되지만 전문지식을 쌓아 보다 높은 목표를 위해 대학에 입학하게 되었다.

예시1) 글에서 학생은 고등학교 수능 기간에 불안한 마음으로 학업에 매진하는 과정에서 영어 선생님의 긍정적인 말투로 인해 불안한 마음을 어느 정도 해소할 수 있었다고 한다. 예시2) 글에서 학생은 초, 중등학교 선생님에 대한 불신을 갖고 있었다. 그러나 고등학교 때 훌륭한 선생님을 만나 선생님에 대한 긍정적인 인상을 받고, 자신도 선생님이 되고자 하는 꿈을 가지게 되었다고 한다. 다수의 학생이 선생님으로부터 많은 영향을 받았다고 얘기한다. 다른 몇몇 학생은 부모님과 친구의 도움으로 자신의 사고에 큰 변화를 가져왔다고 한다. 이렇게 청소년기에는 주위 어른과 친구와의 관계는 학업뿐만 아니라 학생들의 인성에 중요한 영향을 미친다. 이에 학교와 가정과 사회는 학생들에게 학습만을 강요해서는 안 되고, 그들이 사회에서 원만한 인간관계를 형성하도록 긍정적인 사고와 가치관 형성에 기여해야 할 의무가 있다.

예시3) 글에서 학생은 평소 늘 부정적인 생각을 하며, 매사에 불평하는 학생이었다. 그러다가 어떤 강의를 듣고 긍정정인 사고로 바뀌게 되어 자신이 발전하는 계기가 되었다. 또한 모든 일에 더 열정적이고, 보람을 느낄 수 있었다고 한다. '머피의 법칙'에 의하면 '잘못될 가능성이 있는 것은 잘못 된다'고 한다. 이 말은 우리가 어떤 일을 하는 데 있어서 실패할 확률은 수학적으로 매우 높고, 성공할 확률은 낮다는 뜻이다. 우리가 성공할 확률보다 실패할 확률이 높으므로 우리는 어떤 일을 하는 데서 대부분 실패할 수밖에 없고, 실패하는 것은 당연한 결과이다. 그러므로 우리는 실패한 일에 대해 무리하게 부정하거나 자책할 필요가 없다는 것이다.

조셉 머피 박사는 '사람의 의식 속에는 현재의식(顯在意識)과 잠재의식(潛在意識)이 있으며, 현재의식은 의식하는 마음이고, 잠재의식은 사람의 본성 속에 내재하여 겉으로 드러나지 않는 의식'이라고 한다.(조셉 머피 1983: 11) 이러한 잠재의식은 모든 사람이 가지고 있으며, 사람은 자기 안에 내재하는 잠재의식의 무한한 힘을 이용하여 자기 변화와 자기 향상을 달성할 수 있다. 학생은 어떤 좋은 강의를 계기로 부정적인 사고에서 긍정적인 사고로 전환하는 기회를 가지고, 자신의 삶을 더욱 발전하는 계기가 된 것이다.

예시4) 글에서 학생은 동생과 싸우고 동생과의 화해를 위해 동생이 있어 좋은 점을 생각하고, 동생에게 먼저 다가가는 행동을 하는 선한 마음의 자기합리화를 실행하였다. 형제간의 사소한 다툼에서 먼저 사과하기는 쉽지 않다. 잘·잘못을 가리더라도 먼저 사과하려고 하지 않는다. 이것은 모든 인간관계에서도 나타나는 현상이다. 잘못을 떠나 먼저 사과하면 지는 것이라는 편견의 틀에서 벗어나지 못하는 인간의 단면을 보여주는 것이다. 이 글에서 학생은 형이지만 동생에게 먼저 사과하는 모습을 보이고, 자신은 형이므로 동생이 먼저 사과해야 한다는 편견을 깬 것이다. 그로인해 형제간의 우의는 더욱 좋아질 수밖에 없을 것이다.

예시5)와 예시6)의 글은 학생들이 대학 진학의 전공 선택에서 겪게 되는 어려움을 극복하는 과정에서 기존의 고정관념을 깨고, 패러다임 전환의 기회를 가짐으로 자신의 삶에 더욱 만족하고, 스스로 행복을 찾아가는 모습을 보여주고 있다. 예시5)의 학생은 자신이 20년 가까이 키워왔던 꿈을 포기해야 하는 시점에 방황하는 자신의 모습을 되돌아보며 지금 자신이 선택한 길이 자신의 꿈을 포기하는 것이 아니라 새로운 도전의 길임을 인지하고 당당하게 맞서 나아갈 것을 다짐한다. 이는 학생이 전공의 변화뿐만 아니라 더 큰 자아성장의 기회를 맞이하는 시점이 된 것이다. 예시6) 학생은 남자가 미용을 해서는 안 된다는 주위의 편견에도 불구하고 자신이 하고 싶은 일을 선택하고, 그 선택에 책임지는 모습을 보여주고 있다. 학생은 진로 선택에 대한 고민뿐만 아니라 자신이 나아가는 길에 대한 자아성장의 모습을 보여주고 있다. 이 두 학생의 전공 선택 과정은 전공 선택의 기로에서 방황하는 많은 친구들에게 새로운 것에 대한 두려움을 떨치고, 도전하는 긍정의 자세를 가질 수 있는 모범적인 사례가 될 수 있다.

패러다임의 전환을 경험한 학생(55명, 67%) 글에서 지금까지 살아오면서 자신의 성격이나 고정관념을 새롭게 변화하는 경험을 가지거나(20, 24%) > 자신의 생각을 긍정적으로 바꾼(17, 21%) 학생들이 다수였다. 그 다음은 자기합리화를 위해(6, 7%) > 전공 변경 과정(5, 6%) > 힘든 시기의 극복 과정(3, 4%) > 기타(4, 5%) 순으로 나타났다.

입시 위주의 교육현실에서 학생들은 대부분의 시간을 학교에서 보낸다. 학교에서 관계를 맺고 영향을 주고받는 대상은 선생님과 주위 친구들이다. 다수의 학생들이 학교에서 선생님의 조언과 가르침으로 자신의 미래를 결정하기도 한다. 그만큼 학교는 중요하고, 학생들에게 큰 영향을 주는 곳이다. 학생들의 사례를 보면 입시 위주의 불안한 경쟁은 스스로를 지치게 하며, 사소한 일에 극도로 예민하게 한다. 이러한 시기에 주위에서 자신을 바르게 이끌어줄 조언자는 선생님일 것이다. 학생들의 장래에 큰 영향을 주는 선생님의 말 한마디는 학생의 부정적인 사고와 그릇된 가치관을 충분히 변화시키고, 바르게 긍정하게 할 수 있다. 그것은 그들이 처한 환경이고, 그 상황에 따른 선생님의 역할이 크다는 것이다. 오랜 시간 학교에서 지내는 학생들의 사고를 부정에서 긍정으로 변화시킬 수 있는 선생님의 역할은 매우 중요하다.

그 외에도 학생들이 경험한 다양한 패러다임의 전환은 힘든 시기를 극복하는 힘이 되기도 하고, 자신을 성장시키는 기회가 되기도 한다. 중요한 것은 학생들이 지금 이 수업에서 지나온 자신의 삶을 회고하고, 자신에 대해 깊이 이해하며, 스스로에게 그러한 경험이 자신을 성장시키는 경험이 되었다고 고백하는 것이다. 이것이 성찰적 글쓰기가 지향하는 글쓰기 수업의 목적이다. 이 수업을 통해 학생들은 평소에 자신이 몰랐던 자신의 편견이나 습관, 고정관념에 대해 반성하고, 내적으로 더욱 성장하는 기회를 가지게 될 것이다.

지금까지 패러다임의 전환을 경험하지 않은 학생들(27명, 33%)도 이번 수업을 통해 자신의 삶을 되돌아보며, 자신이 가지고 있던 많은 편견과 고정관념을 바꾸고, 자신의 부정적인 사고를 앞으로는 긍정적인 사고로 바꾸어 생활하겠다고 한다. 학생들이 얼마큼 자신의 편견을 깨고, 고정관념을 바꾸며, 매사에 긍정적인 사고를 하며 살아갈지는 알수 없다. 그러나 이 수업을 함께한 학생은 분명히 패러다임의 전환을 시도하고, 자신에 대한 이해가 조금씩 성장할 것이다.

(2) 나를 소개합니다

성찰적 글쓰기 1회에서 자기 삶을 회고하고, 대상화하여 자기에 대한 이해가 시작되었다면, 성찰적 글쓰기 2회에서는 자기에 대한 심층적인 이해가 필요하다. 그것은 자기 성찰을 통해 자신이 원하는 삶에 대해 생각해보는 것이다. 이러한 의미에서 교수자는 성찰적 글쓰기 2회의 주제를 '나를 소개합니다'로 하였다. 성찰적 글쓰기의 근본적인 주제는 자기성찰이고, 자기성찰이 충분히 이루어진 후에 타인에 대한 이해가 이루어질 수 있다. '나를 소개합니다'라는 주제는 자기이해의 한 과정으로 타인에게 보여주기 위한 나가 아니라 나에 대한 이해를 강화하기 위한 자기탐구이다. 자기 성찰을 강화하기 위해 지금까지 입시 경쟁 속에서 자라온 학생들이 자신이 진정으로 좋아하는 것과 하고 싶은 일과 자신을 무엇으로 표현하고 싶은 지에 대한 다양한 성찰의 시간을 가지는 것이다. 그러한 성찰의 시간을 통해 자기에 대한 이해는 깊어질 것이다. 자기에 대한 이해가 깊어질수록 타인에 대한 이해도 충분히 고려할 수 있다. 자기이해가 어느 정도 진행되면 그것을 글로 쓰고, 타인에게 소개할 수 있도록 한다. 자기의 근본적인 것을 타인에게 소개하는 것은 취업을 위한 자기소개와는 분명히 구분하여야 한다.

이러한 의도에서 시작한 성찰적 글쓰기 2회에서 글에 대한 간단한 개요를 작성하였다. 개요작성이라는 말에 학생들이 조금 당황하는 듯하였지만 이 또한 글쓰기의 과정이라고 설명하였다. 개요작성에 대한 이론 수업을 하고, 지금 쓰는 글은 취업을 위한 자기소개가 아니라 자신에 대한 근본적인 것을 타인에게 소개하는 글이라고 설명하였다. 또한 타인에게 자기를 소개하기 위해 고민하는 것도 자기 성찰이 되며, 자기에 대한 이해가 이루어지는 것이라고 설명하였다. 학생들은 먼저 자신의 무엇을 쓸 것인지에 대해 고민하며, 교수자에게 개요작성에 대한 다양한 질문을 하였다. 교수자는 개별적인 질문을 통해 개요작성과 더불어 학생들이 자신에 대해 깊이 고민하는 모습을 볼 수 있었다.

학생들이 쓴 소개 글의 사례는 다음과 같다.

성찰적 글쓰기 내용(2)

예시1) <사고와 표현> 글쓰기 수업에서 자기를 소개하는 글을 쓰게 되었다. 자기 소개라는 말을 처음 들었을 땐 사실 조금 막막했다. 어떤 주제로 써야 할지도 잘 모르겠고, 입시준비, 취업 준비하는 자기소개서 생각이 나기도 했다. 그런데 교수님이 설명해주실 때, 그런 자기소개가 아니라고 말씀해 주셨고, 나는 자기소개라는 자칫하면 딱딱해질 수 있는 이 주제로 내가 좋아하고 관심 있는 것, 나의 생각이나 사상, 내가 꿈꾸고 있는 미래에 대해 써보아야겠다고 생각을 했다. 개요를 짜면서 나에 대해 깊게 생각해보는 계기가 되었다.
내가 요즘 가장 관심 있고, 흥미 있어 하는 것은 심리학이다. 솔직하게 말하면 전공과목보다 심리학이 관심이 더 많아서 전공책보다 심리학책을 더 많이 읽고 있다. 전공과 조금 연계시켜 음악치료에도 관심이 생겨 저번 방학에는 음악심리치료를 공부하고 자격증을 땄다. 심리학책을 읽으면서 불안해하는 나의 마음을 치유할 수 있었고, 다른 사람의 심리를 이해하는 능력이 조금 생긴 것 같다.……또 한 가지 좋아하는 것이 있다. 그것은 베이킹이다.……

예시2) '빛나는 옥돌처럼 출세하여 널리 알려지거라'
안녕하세요. 현재 ○○대학교 ○○과에 재학하고 있는 ○○○입니다. 경기도 수원에서 왕복 3시간 통학을 하고 있는 '통학러'입니다. 수원에서 청주까지 통학하며, 월, 수, 금은 강남에 있는 메이크업을 다니며 직업을 2가지 갖고 생활하고 있습니다. 지금부터 더욱더 구체적이고 흥미 있게 저에 대해 깊게 들어가 보겠습니다.
저는 현재 저의 꿈과 목표를 향해 그리고 이 두 가지를 위해 직업을 갖고 생활하고 있습니다. 먼저 저는 대한민국 상위 20, 즉 top20에 속하는 뷰티크리에이터가 되고, 동시에 아시아에서 이름을 날리는 메이크업 아티스트가 되는 게 꿈이자, 목표입니다.……그리고 대학교 3학년 또는 졸업 후 1년 동안 영어 등 유학 준비를 하여 영국에 있는 세계 top 대학인 'London College of fashion' 대학에 입학할 예정이고, 유학 후 더 구체적으로 메이크업을 할 계획입니다.……

예시3) 저는 '착함'이라는 단어를 싫어합니다. 보통 긍정적으로 느껴지는 그 단어를 싫어하는 이유는 저의 성격 때문입니다. 내성적인 성격 때문에 남의 부탁을 거절하지 못하고 시선을 두려워하던 저에게 '착함'이란 단어를 사용하며 이용하려는 친구들이 있었습니다. 친구들 때문에 힘들어하면서 저는 외향적인 성격을 갖고 있는 사람들이 부러웠습니다. 점점 이용당하고 싫은 내색도 하지 못하는 자신이 미워졌으며 눈물을 흘리는 날도 많아졌습니다. 계속 이런 상태로 지내다가 극단적인 생각을 하기도 했던 저는 차라리 성격을 바꿔보자는 생각을 하게 되었습니다.……몇 년 전 이후로 보지 못했던 한 친구를 최근에 다시 만나게 된 일이 있었는데 제에게 성격이 많이 바뀐 것 같다고 하는 말을 듣고선 성격 변화에 성공했다는 것을 완전히 알게 되었습니다.……

'나를 소개합니다'라는 주제로 학생들이 쓴 글을 살펴보니 다수의 학생이 자신의 특징과 장점, 단점에 대한 글(37, 45%) > 자신의 진로에 대한 글(25, 30%) > 일대기적 자기소개 글(16, 20%) > 자신에 대한 고민(4, 5%) 순으로 나타났다. 글을 쓰기 전에 취업을 위한 자기소개서가 아님을 말하고, 자신에 대해 성찰하고, 타인에게 말하고 싶고, 말할 수 있는 자신의 진정한 모습에 대해 쓰는 성찰적 글쓰기임을 분명히 하였다.

예시1) 글에서 학생은 자기소개라는 말에 막막했지만 교수자의 설명을 듣고 자신에 대해 깊이 생각하는 시간을 가지게 되었다고 한다. 지금까지 자신이 살아온 길을 바탕으로 현재 자신이 가장 관심 있는 심리학 분야와 연계하여 음악심리치료라는 분야로 발전된 자신의 미래를 설계하는 모습을 보여주었다. 자신이 관심 있는 분야를 그냥 막연하게 흥미로 넘기지 않고 자신의 전공과 연계하여 발전하는 모습을 글로 표현하는 것은 학생 자아계발에도 분명히 좋은 영향을 준 것으로 볼 수 있다.

예시2) 글에서 학생은 매일 3시간이 넘는 통학시간을 견디며 자신의 꿈을 향해 나아가는 모습을 보여준다. 지금까지 지나온 과정을 되돌아보며 앞으로 나아갈 길을 꼼꼼하게 계획하고 있다. 학업과 일을 병행하여 매일 힘들지만 힘들다는 생각보다는 자기가 하고 싶은 일을 함으로 얻는 성취감과 만족감에 행복해하는 모습을 보여주고 있다. 미래에 대한 긍정적인 설계는 학생의 현재와 미래를 연결시켜 더욱 발전하는 모습을 보여줄 것이다.

예시3) 글에서 학생은 '착하다'는 이유로 자신을 이용한 친구들에게 아픈 상처를 가지고 있다. 극단적인 생각까지 한 적이 있지만 그것을 견디어내고 자신의 문제점이 무엇인지 스스로 고민하고, 거절하지 못하는 자신의 성격을 고치는 것으로 지금까지 견디어왔다고 한다. 타고난 성격을 바꾸기는 쉽지 않다. 안 좋은 모든 일이 자신의 탓이 아님에도 자신의 잘못된 부분을 찾고, 잘못된 자신의 성격을 바꾸고자 하는 의지는 자신을 성찰하고 성장하는 계기를 갖게 한 것이다. 성찰을 통한 자기이해에서 시작한 변화의 노력은 자신에게 더 이상의 상처가 되지 않는 선에서 어느 정도 계발이 가능할 것이다. 이것은 그의 인생에 큰 패러다임의 전환을 이루는 계기가 될 것이다.

다수의 학생이 자신에 대해 어느 정도 이해하고 있는지 몰랐는데 이번 글쓰기를 통해 자기에 대해 깊이 생각하게 되었다고 한다. 그러면서 자기 성격의 장점과 단점, 자신의 꿈에 대해 진지하게 고민하고 글로 표현하며, '내가 이랬지'라는 자기이해의 시간을 갖게 되었다고 한다. 또한 앞으로 자신에 대한 이해와 꿈을 위해 더욱 노력하며 살아가겠다고 다짐한다.

성찰적 글쓰기 2회 주제 '나를 소개합니다'에서 교수자는 학생들의 글쓰기와 사고 역량이 확장되는 것을 알 수 있었다. 그 이유는 첫째, 학생들의 글 분량과 질적 수준이 자연스럽게 확장된 것이다. 글자 수를 제한하지 않고 시간만을 제한하여 자기고민과 글 쓰는 시간을 50분으로 제한하였다. 개요작성까지 해야 하는 상황에서 처음에는 당황하는 학생들의 모습을 보았지만 곧 학생들은 자기 성찰의 시간을 가지고 자기에 대해 써내려가기 시작했다. 90%이상의 학생이 1000자 이상의 글을 썼다. 또한 개요작성을 꼼꼼하게 하였고, 작성된 개요를 통해 글의 구성에 대한 고민의 흔적을 충분히 볼 수 있었다. 이것은 글의 질적 수준도 향상되게 하였다. 둘째, 자기에 대한 이해의 정도가 조금씩 깊어가는 것을 알 수 있었다. 82명 학생 글을 읽으며, 교수자는 학생들이 안고 있는 고민과 학생들 스스로가 자신에 대해 깊이 생각하고 내적인 성장을 이루어가는 것을 알 수 있었다.

교수자의 의도에 따라 학생들이 평소 자기에 대해 깊이 생각하는 시간을 가지지 못했는데 이번 수업을 통해 자신에 대해 성찰하고, 자신의 성격과 자신이 좋아하는 것과 싫어하는 것, 잘하는 것과 못하는 것, 자신이 진정으로 하고 싶은 것에 대해 진지하게 고민하는 시간을 가지게 되었다고 한다. 이를 통해 지금까지 살아온 자신의 삶을 되돌아보며 반성하고, 글쓰기의 향상뿐만 아니라 자기성장까지 이루는 계기가 될 것이다.

(3) 내 인생의 주요 사건 - 인생그래프 그리기

성찰적 글쓰기 1, 2회에서 실시한 글쓰기는 자기 이해의 심화 과정이다. 이를 바탕으로 성찰적 글쓰기 3회 글쓰기 주제는 '내 인생의 주요 사건 - 인생 그래프 그리기'이다. 지금까지 살아온 자신의 인생을 그래프로 그려보고, 자기에게 소중했던 경험과 힘들었던 경험을 회상하고, 자기를 노출 시키는 과정이다. 이것은 자기 삶을 성찰한 후에 자신의 삶을 객관화시키고, 자기 치유의 과정을 경험하도록 의도한 것이다. 학생들의 지난 시절에 대한 기억은 좋은 일도 있지만 상처가 되는 일도 있을 것이다. 지나온 일에 대해 기억하고 회상하는 시간은 자기 내면을 깊이 이해하는 시간이 될 것이다. 또한 조원들끼리 나눔의 시간을 통해 조원들 간의 친밀감도 높아지고, 타인의 상처를 위로하며, 자기 상처가 치유되는 경험을 하게 될 것이다.

글쓰기의 치료적 역할은 글을 쓰는 과정에서 일어나는 자의식을 강화하고, 마음을 다스리는 과정에서 병의 발생률을 감소시키는 예방의학에서 시작되었다. 글을 쓴다는 것은 내면의 정서를 언어로 표현하는 과정이고, 글을 쓰는 과정에서 자신과의 대화가 이루어지고, 자신과 대화를 하는 데서 자기반성이 일어난다.(박해랑 2015: 216) 이것이 글쓰기의 치료적 효과이다.

학생들에게 지금까지 자신이 살아온 삶에서 기억에 남는 일을 중심으로 인생 그래프를 그리고, 내 인생의 주요 사건과 자신을 변화시킨 일에 대해 서술하도록 하였다. 대부분의 학생들이 20세 전후인데 그래프의 끝점을 25세 이상으로 그려서 미래에 대한 약간의 설계도 가능하도록 하였다. 인생그래프는 자신의 전 생애를 회상하고, 자신의 삶을 전망하여 그에 대한 만족도를 표현함으로 미래에 대한 긍정적인 희망과 용기를 갖게 하는데 그 목적을 두었다. 이것은 성찰적 글쓰기 4회가 의도하는 '10년 후 나의 모습'과 연계되는 작업이기도 하다. 학생들이 지나온 과거와 현재에 대한 만족도를 점검하여 미래에 대한 긍정적인 설계를 하는 것은 성찰적 글쓰기의 궁극적인 목표가 될 것이다.

에릭슨은 인간 발달과정을 8단계로 나누었다. 1단계(0−1세)는 신뢰감 대 불신감의 시기이고, 2단계(1−3세)는 자율성 대 수치심의 시기이다. 3단계(3−6세)는 주도성 대 죄책감의 시기이고, 4단계(6−12세)는 근면성 대 열등감의 시기이고, 5단계(12−20세)는 자아정체성감 대 정체감 혼란의 시기이고, 6단계(20−40세)는 친밀감 대 고립감의 시기이다. 7단계(40−65세)는 생산성 대 침체의 시기이고, 8단계(65세 이상)는 통합감 대 절망감의 시기이다.(박아청 2010: 236)

에릭슨의 단계에 의하면 대학교 1학년은 5단계의 청소년기를 지나 6단계인 성인 초기 단계이다. 이 시기는 청소년기에 확립한 자아정체감을 바탕으로 타인과 상호관계를 형성하고, 타인에 대한 보살핌과 사랑을 넓혀가는 시기이다. 이 시기에 주위 사람들과의 관계를 확장하고 좋은 경험을 쌓아가는 것은 앞으로의 삶에 큰 영향을 미칠 것이다.

학생들이 경험한 인생의 주요 사건을 큰 틀에서 분류하면 학업과 진로에 대한 고민(31, 38%) > 가족이나 친구 등 주변 환경에 의한 것(25, 30%) > 어린 시절 내적 외적 상처(12, 15%) > 이성관계(7, 9%) > 여행 등 행복했던 일(5, 6%) > 기타(2, 2%) 순으로 나타났다. 여기에서 알 수 있는 것은 학생들의 기억에서 행복했던 경험보다 불행했던 경험이 더 깊이 기억되고 있다는 사실이다. 82명의 학생 중 5명(6%)의 학생만 행복한 기억에 대해서 서술하였고, 나머지 77명의 학생들은 대부분은 불행한 기억을 서술하였다.

프로이트는 심적 생활 속의 자극이 고도로 증대하여 정상적인 방법으로 그것을 처리하거나 처리하지 못한 결과로서 에너지의 활동에 지속적인 장해를 주는 것을 '외상적(外傷的)' 체험이라고 한다. 또한 과거 어느 시기의 어떤 충격적인 일이나 사건으로부터 자유롭지 못하고, 그 일 때문에 현재와 미래로부터 몸을 피하려는 현상을 '고착(固着)'이라고 한다. 정신분석에서 노이로제의 모든 증상은 무의식적인 심적 과정에서 존재하며, 이러한 증상은 무의식의 과정이 의식되면 모두 소실된다. 즉 이러한 증상을 소실시키는 방법은 인식하는 것이라고 한다.(S. 프로이트 2008: 282-285) 학생들은 자신이 과거에 경험한 외상적 체험에 고착되어 현재에서 자유롭지 못하고 미래에 대한 불안감으로 갈등하고 스트레스를 받는다. 이들이 성찰적 글쓰기를 통해 과거를 직면하고, 성찰하여 무의식에 잠재된 상처를 드러내고 인식함으로 치유의 과정을 경험하게 된다. 그것은 자신의 상처를 객관화하고 자신을 통찰하여 내면의 힘을 강화하는 것이다.

학생들은 3회의 성찰적 글쓰기를 통해 자신의 이런 불행한 기억을 되돌아보면서 앞으로는 행복하게 살고 싶다는 희망과 이러한 불행을 견디어냈으므로 지금의 나로 성장할 수 있었으며, 자신의 미래는 밝을 것이라는 긍정적인 방향을 제시하였다.

학생들이 쓴 인생의 주요사건과 자신을 변화시킨 사례를 살펴보면
다음과 같다.

<표 4> '내 인생의 주요 사건' 사례 글

성찰적 글쓰기 내용(3)	
예시1) 20살 입시에 실패했을 때 왜 남들 다가는 그 수많은 대학에 붙지 못했을까. 낙담과 자책으로 힘들어했다. 고등학교 3년 내내 남들보다 열심히 살고, 공부 또한 뒤쳐지지 않았다고 자신했기 때문에 재수에 대해 쉽사리 마음을 다잡지 못했다.…… 공주에는 마땅히 공부할 곳도, 재수할 학원조차 없었기 때문에 대전으로 왕복하며 재수를 시작했다.……	예시2) 제 인생의 주요 사건은 중학교 1학년 때 학교폭력에 휘말렸던 것입니다. 중학교 입학한 후 같은 반이 된 친구들과 차츰 어울리는데 다른 아이들과는 성격이 조금은 남다르던 친구가 있었습니다. 어린 나이에 저와 제 친구들은 그 아이를 놀리고 조금씩 괴롭히기 시작했습니다.……결국 그 친구의 부모님께서 어린 나이에 그런 것이라고 봐주셔서 끝나게 되었습니다.……
예시3) 8살 때 초등학교에 입학한 지 얼마 되지 않았을 때, 학교 길에 성추행을 당했었다. 그 때는 어리고 내가 나쁜 일을 당한 줄도 몰랐는데 엄마가 우는 모습을 보고 나도 조금 슬퍼했던 기억이 있다.……	예시4) 어린 시절에 일찍 동생의 죽음을 경험한 탓에 사춘기를 심하게 우울하고 극단적인 사고방식을 가지고 보냈습니다. 7살 때부터 동네 피아노 학원을 다녔는데 사춘기를 겪으며 모든 것을 그만두고 싶었습니다.……
예시5) 19살의 힘든 수험생의 길을 걸으며 가슴에 깊은 상처들을 많이 받았습니다. 하지만 고등학교(3) 겨울 방학 때 스키장에서 일을 하며 좋은 분을 만났습니다. 새벽에 함께 보드를 타며 저희는 사랑에 빠졌습니다.…… 그런데 남자 친구의 조언으로 인하여 저는 긍정적인 생각만 하게 되었고, 대학교 생활에 기대감이 높아졌습니다.……	예시6) 18살-20살까지 만나던 남자친구한테 뒤통수를 맞고 내 인생이 바뀌었다. 대구에서 대학을 다니고 있었는데 그 일이 있고, 학교를 그만두었고, 성격도 많이 변했다.……그 일 이후로 불면증이 생기고 겨우 잠들어서 일어나면 아침마다 명치가 너무 아파서 눈물이 잘 정도였다. 지금은 괜찮아졌다. 걔 때문에 더 현명한 사람으로 바뀐 것 같다.……
예시7) 내 인생에서의 주요사건 중 하나는 부모님의 이혼이다. 어머니의 이혼으로 나는 할머니에게 맡겨졌으며, 시골에서 행복한 나날들을 보내다가 어머니의 재혼	

으로 인해 도시로 가게 되었다. 시골에서 놀 줄만 알았던 나는 시골과는 다른 도시의 아이들에게 적응을 하지 못했고, 특히 공부 부분에서 많은 어려움을 겪었다. 어찌 보면 더 넓은 세상에 나가게 된 셈이지만 자신감을 잃게 되었고, 설상가상으로 재혼한 아버지와 어머니의 잦은 싸움으로 마음의 안정을 찾지 못했다.……그러다 마침내 어머니와 아버지가 이혼하게 되었고, 나는 다시 할머니 댁에 맡겨지게 되었다.……

10대의 대부분을 학교에서 보내는 교육현실은 거의 모든 학생들의 고민이 학업과 진로에 관한 것임을 분명히 시사하고 있다. 예시1) 글에서 학생은 입시에 실패하여 재수하면서 힘들었던 자신의 수능 기간을 되돌아보며 힘들었던 만큼 좋은 결과를 얻게 되었고, 힘든 경험을 통해 좋은 선배들과 좋은 경험을 하였다고 만족한다. 학생이 지금까지의 삶에서 가장 중요한 것은 학업과 진로이다. 학생들은 학교와 가정에서 학업에 관련한 것을 강요받고, 스스로 그것을 강요할 수밖에 없는 교육 현실에 살고 있다. 이러한 교육 환경에서 학생들이 가장 고통스러워하는 것은 수능이고, 자신의 진로에 관한 고민은 미래와 연결되는 것이므로 가장 중요한 사건이다. 이러한 시기를 극복한 학생이 지금 느끼는 감회는 매우 어려운 감정이고, 지금까지 인생의 가장 큰 사건일 것이다.

예시2) 글에서 학생은 학교폭력의 가해자로 자신을 되돌아보며 반성하는 모습을 보여주었다. 학창시절 어눌한 반 친구를 놀리는 등의 학교폭력은 학교에서 반드시 근절되어야 한다. 학교폭력의 가해자로 그런 잘못한 행동에 대한 어른들의 선처에 감사하고, 자신이 반성할 기회를 얻게 되었다. 이 학생은 이후 친구들과 좋은 관계를 형성하여 잘 지내고 있다.

예시3) 글에서 학생은 초등 1학년에 갓 입학한 어린 시절 성추행의 피해자임을 기억한다. 기억이란 참 지워지지 않는 것이다. 특히 좋았던 일보다 안 좋았던 일에 대한 기억은 잊히지 않는다. 이성적 판단이 어려운 어린 시절의 기억은 자신이 겪은 일도 큰 상처이지만 주위 어른들이 받는 상처는 2차 피해의 기억으로 남을 수 있다. 어린 피해자가 겪게 되는 아픈 기억은 주위 어른들의 현명한 대처가 중요하다. 어린 피해자가 그 상처를 극복할 수 있도록 다양한 치료의 방법을 적절한 시기에 실시하여야 한다. 학생은 말하기 힘든 자신의 상처를 글로 표현했다. 학생은 지금 잘 견디고 있으며, 현재 좋은 일들이 많이 생겨서 행복하다고 말한다. 자신의 상처를 글로 표현할 만큼 객관화 시킬 수 있다는 것은 그 정도의 치유가 이루어진 것으로 볼 수 있다.[22]

예시4) 글에서 학생은 어린 시절 어린 동생의 죽음을 경험하여 감당하기 힘든 감정을 가지고 살아왔다. 사춘기를 맞으면서 그러한 감정이 우울증으로 바뀌고, 극단적인 사고를 가지게 되었다고 한다. 그러나 부모님과 자신의 감정을 승화시킬 수 있는 여러 방법을 통해 그 시기를 극복하고 지금은 몸도 마음도 건강하다고 한다. 자신의 꿈을 찾아가는 길목에서 자신감을 얻고 밝고 당당하게 나아갈 것을 다짐하였다.

예시5) 학생은 복잡한 가정환경과 수능이라는 힘든 길을 걸어오면서 지친 자신을 남자친구를 통해 위로와 긍정적인 생각을 갖게 되었다고 행복해 한다. 그와 대조적으로 예시6) 학생은 남자친구의 배신으로 대학을 그만두고, 그동안 걸어왔던 미술학도의 꿈을 접고 새로운 대학에서 새로운 꿈을 향해 나아가는 모습을 보여준다. 또한 그러한 경험은 앞으로의 삶에서 후회할 일은 하지 않고 현명하고 강한 사람으로 거듭나겠다고 다짐하였다. 두 여학생의 반대되는 사례를 통해 두 학생이 내적으로 성숙하는 기회를 가지게 된 것을 알 수 있었다. 남학생의 사례도 있지만 여기서는 생략하겠다. 남녀 간의 관계는 그들을 내적 외적으로 성장시키는 기회가 되기도 한다.

예시7) 학생은 부모님의 이혼과 재혼, 다시 이혼이라는 아픈 경험을 통해 사춘기를 힘들게 보낸 자신의 상처를 고스란히 드러내고 있다. 어린 시절 부모에게 받은 상처를 시골 할머니 댁을 오가며 자연과 친구로부터 건강하게 치유한 것으로 보인다. 밝고 건강하게 성장한 자신을 되돌아보며 앞으로 더욱 잘 성장할 것을 다짐한다.

학생들이 작성한 인생그래프의 사례를 살펴보면 다음과 같다.

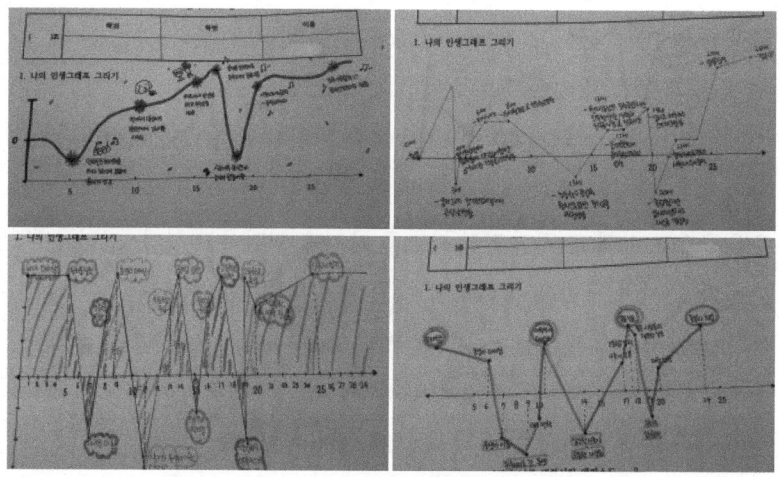

<그림 1> '나의 인생그래프 그리기' 사례

예시1) 학생은 어린 시절 인라인 스케이트를 타다가 넘어져서 얼굴에 흉터가 생긴 일과 수능으로 실기시험을 준비하는 시간이 가장 힘든 시기로 표현하고 있다. 또한 자신의 진로를 선정하는 과정에서 우수한 성적을 유지하여 상을 받은 기억을 가장 행복한 시기로 기억하고 있으며, 앞으로 자신의 꿈을 실현하는 미래도 긍정적으로 표현하고 있다.

예시2) 학생은 3세 때 플러그에 젓가락을 넣어 큰 사고를 겪을 뻔한 기억과 원치 않은 중학교를 배정받은 기억과 수능의 실패로 재수를 한 시기가 자신의 가장 힘든 시기로 표현하고 있다. 원치 않는 중학교를 배정받았지만 좋은 친구를 사귀고, 만족한 학교생활로 행복하였다고 한다. 음악 전공자로 음악중점 고등학교를 진학하여 그 시기는 행복한 시기로 기억하고 있다. 수능 실패로 좋았던 고교시절에 대비해 힘든 재수 시절을 겪었지만 지금은 그 행복감이 어느 정도 상승하고 있는 시점이다. 앞으로의 생활은 더욱 만족하며 살 것이라고 그래프에서 나타내고 있다.

예시3) 학생은 인생그래프의 굴곡을 매우 가파르게 표현하고 있다. 지금까지 인생에서 자신의 삶이 매우 힘들었음을 나타낸다. 유치원부터 초·중·고교의 입학 시점은 행복했지만 학교를 다니는 기간 동안은 계속 힘들었다고 표현한다. 입학 순간에는 앞으로의 날들이 좋을 것이라 예상했지만 학교생활은 기대에 미치지 못했을 것이고, 그에 대비한 학교생활에 대한 만족도는 낮을 수밖에 없다. 동생이 태어나서 매우 기뻤지만 사춘기로 인한 동생에 대한 스트레스도 많았던 것으로 기억한다. 수능을 준비하는 기간은 힘들었던 기간으로 기억하지만 대학교에 입학함으로 앞으로의 삶은 계속 행복할 것이라고 높은 만족도의 기대감을 표현하고 있다. 이 학생은 수능에서 수학만 높은 점수를 받아서 뜻하지 않게 수학교육과를 오게 되어서 자신의 인생에서 가장 큰 영향을 준 사건이 수능이라고 서술했다.

예시4) 학생은 동생들이 태어난 시점을 가장 행복한 순간으로 기억하고, 자신의 꿈을 찾은 고교 시절을 행복한 순간으로 기억한다. 그러나 먼저 어린 시절 동생의 죽음을 경험한 학생은 어린 시절내내 우울한 시기를 보내다가 새로운 동생이 태어나면서 다시 행복한 시기를 경험한다. 그러나 사춘기를 겪으면서 우울한 시기를 다시 맞지만 자신의 꿈을 찾고, 주변의 좋은 사람들과 관계를 맺음으로 행복한 시기를 맞게 된다.

82명의 학생들 중에서 45명에 해당하는 55%가 인생 곡선의 최하점을 수능시험과 수능준비 기간으로 표현하였다. 그만큼 학생들에게 입시는 매우 큰 스트레스이다.[23]

내적이든 외적이든 학생들의 글에서 모두 자신의 크고 작은 상처를 기억하고 있었다. 기억이란 신기하게도 좋은 일보다 아프거나 나빴던 일을 더 생생히 기억하고 있다. 학생들이 자신의 삶을 되돌아보며 자신이 어떻게 살아왔는지 성찰하고 기억을 통해 상처를 드러내고 그 상처를 스스로 치유하면서 성장하는 모습을 성찰적 글쓰기 3회에서 뚜렷이 볼 수 있었다. 학생들은 내적으로 조금씩 성장하고 있는 것이다. 3회 성찰적 글쓰기의 목적은 학생들이 글을 쓰면서 자기를 노출하고 글을 통해 치유를 경험하는 것이다. 학생들은 글을 통해 자신이 가지고 있는 상처를 노출시키고, 지금 현재 그 상처가 어느 정도 치유가 이루어졌는지를 글을 통해 경험하고 있다. 이로써 3회 성찰적 글쓰기의 목적과 기대효과는 충분히 이루어졌다고 볼 수 있다. 교수자의 피드백보다 자기 성찰의 글쓰기를 통해 이루어진 효과라고 할 수 있다.

글을 쓰는 과정에서 과거의 일을 현재의 시점에서 바라보고, 쓴 글은 과거를 기억하게 하지만 지금 이 순간에 존재하는 것이다. 글은 우리의 미래를 지향하기도 한다. 글 속에 과거, 현재, 미래가 공존하는 것이다. 우리는 글을 쓰면서 과거를 회상하고, 현재에서 미래를 다짐하고 설계할 수 있다. 이것이 성찰적 글쓰기의 치유적 효과라고 볼 수 있다.

(4) 10년 후 나의 모습

성찰적 글쓰기 4회의 주제는 '10년 후 나의 모습'이다. 1, 2, 3회에서
실시한 자기 성찰적 글쓰기 과정을 통해 자신의 내면을 점진적으로 성
찰해 왔다. 마지막 글쓰기 과정인 '10년 후 나의 모습'은 지금까지 살아
온 자신의 모습을 되돌아보며 앞으로 자신이 나아갈 방향을 제시하고,
과거보다 나은 미래를 계획하여 긍정적인 삶을 살아가도록 다짐하는
계기를 만들고자 한 것이다.

학생들이 작성한 '10년 후 나의 모습'에 대한 사례는 다음과 같다.

<표 5> '10년 후 나의 모습' 사례 글

성찰적 글쓰기 내용(4)
예시1) 내 꿈을 위해 처음으로 한 발짝 디뎠을 때가 벌써 10년 전이다. 나는 나의 오랜 꿈이었던 중등 수학교사를 꽉 잡고 열심히 노력했다. 결국 나는 3년 전인 27살에 중등임용을 합격하였고, 인천에 있는 00중학교에 온지도 올해로 3년차이다.……주중에 나는 학생을 가르치는 수학교사이다. 하지만 다른 교사들과는 다르다. 나는 학생들을 가르치고 나서 방과 후가 되면 나의 일상생활을 시작한다. 내가 학교를 오래 다녀서 그런지 학생들과 여가시간을 갖는 것을 매우 좋아한다. 나는 우리 3학년6반의 종례를 마치고나서 항상 하는 질문이 있다. "오늘 시간 있는 사람?" 과 "오늘 상담하고 싶은 사람?" 이다. 나와 시간을 같이 보내고자 하는 학생들이 있으면 학교가 끝나면, 같이 노래도 부르고, 같이 게임도 하며, 상담도 해주고 저녁을 같이 먹고 집에 데려다 준다. 이 행위들이 내가 어려서부터 가졌던 꿈을 넘은 비전이었다. 왜 선생님들은 가르쳐야만 하는가? 왜 선생님들과 학생들의 관계는 학교 안에서만 이루어져야만 하는가? 이런 의구심들이 항상 들었고, 결국 나는 학생들과 노는 선생님이 된 것이다. 같이 놀아본 적도 없는 선생님이 어떻게 학생을 이해하고, 어떻게 자기반 학생들의 교우관계를 좋게 할 수 있을까 이것은 모순이다.……나는 가족들과 같이 교회를 갔다 와서 일요일 오후에 가족들과 함께 시간을 보낸다. 이것은 우리가족의 오래된 규칙이다. 아무리 바쁜 나날을 보내도 일요일은 가족들과 함께 있어야 한다. 나는 이렇게 일주일을 보낸다. 내가 원하는 직업을 갖게 된 나는 오늘도 행복한 나날을 보낸다.
예시2) 10년 후 32살의 나는 음악교사가 되어 학교에서 아이들과 음악공부를 하고 있을 것이다. 담임을 맡아 한 학급을 이끌어가고 있을 것이다. 한 학년의 음악을

담당하고, 항상 웃는 얼굴로 긍정적인 마음으로 학생들을 대하고 있을 것 같다. 2027년 5월 어느 날, 아침 7시에 기상해서 아침밥을 든든히 챙겨먹고 8시에 학교에 도착하여 교무실이 아닌 교실에서 등교하는 우리 반 학생들을 맞이하였다. 늘 그랬듯이 조례를 하고 학생들은 교실에서 수업 준비를 나는 교무실로 이동해 수업 준비를 했다. 점심시간이 된 지 얼마 지나지 않아 우리 반 학생이 상담을 요청해왔다. 진로문제로 고민이 많은 학생이었다. 내가 보기엔 누구보다도 긍정적이고 성실하고 총명하고 사랑스러운 학생이었는데 상담을 해보니 자신감이 없고 상처가 많은 아이였다. 그렇게 예쁘고 똑똑하고 긍정적인 것 같은 아이가 이런 이야기를 털어놔줘서 고맙기도 했다. 그 아이에게 네가 얼마나 소중한 사람인지 알지 못했던 가치를 깨닫게 해주고 싶었다. 자신을 좀더 사랑하는 방법을 알려주고 싶어서 진심어린 마음으로 이야기를 해주고, 들어주었다. 나를 처음 찾아왔을 때보다 표정이 한결 가벼워진 것이 보여 나의 마음도 좀 더 편해졌다. 10년 전, 대학시절 관심 있어 하던 심리학이 학교 현장에서 여러 방면에서 도움이 되고 있다. 나는 이렇게 학생들에게 음악을 가르치는 선생님 그 이상을 넘어 조금이나마 마음의 짐을 덜어주고 치유할 수 있는 선생님이고, 앞으로도 그런 선생님으로 남고 싶다. 학생들과 하루를 보내고 퇴근 시간이 되어 나는 10년 전부터 즐기고 있는 취미생활을 하러 마카롱 가게에 왔다. 이곳은 10년 전 인연이 닿아 내가 베이킹을 배우고 있는 곳이다.……

10년 후를 일기 형식으로 써보았습니다. 현재 심리학과 베이킹에 관심이 있어 음악교사가 된 이후에는 심리 상담을 하며 더 공부할 것이고, 취미생활을 즐기고 있을 것 같습니다.

예시3) 지금 나는 20살이다. 청주 ○○대학교를 다니고 있고 1학년 뷰티학과를 다니고 있다. 나는 다른 친구들보다 미용을 조금 늦게 시작한 편이다. 미용을 하고 싶다는 생각은 어렸을 때부터 했지만 막상 배우려니 어린 마음에 놀고 싶고 뭘 어떻게 시작해야하는지 막막해서 늦추다보니 늦게 시작하게 됐다. 나는 나 자신을 꾸미고 다른 사람을 꾸며주는 것을 좋아하고 예쁜 것들을 좋아한다. 어떻게 생각하면 다른 사람들보다 유독 예쁜 것을 더 좋아한다고도 생각한다. 그래서인지 더 미용을 배우고 싶었고 미래도 미용 쪽으로 생각하게 된 것 같다.……10년 뒤 나는 30살이다. 정말 어른이 되는 것이다. 열심히 배워서 학교를 졸업하고 열심히 경력을 쌓을 것이다. 밑에서 더욱 열심히 배우고 배워서 꼭 메이크업 아티스트가 될 것이다. 그리고 열심히 해서 샵을 차릴 것이다. 내가 차린 하나뿐인 샵에서 직원들과 친구들과 일을 할 것이다. 정말 행복할 것 같다.

예시1) 글에서 학생은 자신이 되고 싶은 중등 수학 교사가 되어 자신이 학창 시절 선생님과 하고 싶었던 일을 말한다. 학교에서 선생님과

학생들이 공부만하는 것이 아니라 상담도 하고, 놀고, 저녁도 먹고, 집에 데려다 주기까지 하고 싶다고 한다. 이 학생은 선생님과 함께 하고 싶었던 것이 많았던 것 같다. 지금의 교육 현실에서 공부만 하라는 선생님보다 공부뿐만 아니라 학생들과 무엇이든 함께하는 선생님을 희망하는 것이다. 그래서 미래에 자신은 선생님이 꼭 될 것이고, 선생님이 되면 학생들과 함께 웃고, 울며 즐기는 그런 선생님이 될 것이라고 표현하고 있다. 학생이 희망하는 훌륭한 선생님 상은 우리의 교육현실이 바뀐다면 충분히 가능할 것이다. 이런 학생의 미래 모습은 지금은 그렇지 못하지만 미래는 꼭 가능할 것이라는 것과 자신은 그렇게 할 것이라는 이상적인 모습을 보여주고 있다. 그러면서 친구들과 가족들과 함께하는 시간을 가지는 긍정적인 미래상을 제시하고 있다.

예시2) 글에서 학생은 음악선생님이 되어서 음악으로 학생들의 마음의 상처까지 치유하는 선생님이 되고 싶다고 한다. 이 학생은 현재 자신이 관심 있는 분야를 적극 살려서 미래에 적절하게 활용할 수 있는 그런 삶을 구상하고 있다. 앞서 이 학생은 자신을 소개하는 글에서 자신이 좋아하는 것과 하고 싶은 일과 관심 분야에 대해 적극적으로 표현하였다. 또한 자신이 받은 상처에 대해서 성찰적 글쓰기에 숨김없이 표현하며, 지금은 어느 정도 치유되었고, 앞으로는 밝은 미래를 살아갈 것이라고 하였다. 4회 글쓰기에서 앞서 표현한 자신의 글과 연결하여 자신의 미래 모습을 긍정적으로 묘사하고, 훌륭한 선생님이 될 것을 다짐하고 있다.

예시1)과 예시2)의 학생은 자신의 미래 어느 하루를 글로 표현하고 있다. 학생들이 살고 싶은 10년 후 자신의 모습이다. 자신이 되고자 하는 훌륭한 선생님의 모습을 뚜렷하게 묘사하고, 자신의 긍정적인 미래 생활모습을 현재 하고 싶은 일과 연결하여 구체적으로 표현하고 있다.

이러한 학생의 모습은 자신의 미래에 대해 바르게 인식하고, 꿈을 실현하기 위해 노력하고, 긍정적인 자세로 살아가는 것을 충분히 기대할 수 있다.

예시3) 글은 뷰티학과 학생의 미래에 대한 글이다. 자신은 지금 당장에 어떤 특별한 실력을 갖추고 있지 않지만 앞으로 열심히 노력해서 메이크업 아티스트가 되고, 숍을 차려서 즐겁게 일하고 싶다고 한다. 이 학생은 글이 길지 않은 학생이고. 매번 글쓰기를 할 때마다 뭘 써야 할지 몰라서 망설이다가 시간이 다가오면 급히 써내려가는 학생이다. 그러나 처음 몇 번을 자신에 대해 고민하고, 이러한 글쓰기 과정을 거쳐서 성찰적 글쓰기 4회 차에서 글의 분량과 내용에 관한 사고 역량이 늘고 있음을 알 수 있었다. 또한 자신이 꿈을 향해 고민하고 노력해 나가는 모습을 사실 그대로 표현하고, 이제는 글쓰기가 어렵지 않음을 스스로 얘기하였다. 10년 후 미래 모습에 대해 구체적으로 묘사하지는 못했지만 현재 자신의 모습을 잘 이해하고 있으며, 자신이 지금부터 어떻게 살아가야 할지에 대해 진정으로 고민하고 앞으로의 계획을 꼼꼼히 설명하고 있다. 그리고 10년 후 자신의 모습에 대해 행복한 생활을 상상하며 서술하고 있다.

'10년 후 나의 모습'에 대한 글쓰기는 주어진 시간에 다른 읽기 활동과 짧은 쓰기 활동을 병행하여 진행했으며, 남은 시간 30−40분 정도에 자신의 미래에 대해 쓰도록 하였다. 그런데 대부분의 학생들이 자신의 미래 모습에 고민하고 쓴 글의 분량이 1000−1500자를 초과하였다. 학생들은 성찰적 글쓰기 4회에서 자신의 미래에 대해 꼼꼼하게 설계하고, 재미있게 설정하였다. 학생들의 글쓰기 역량은 상당히 성장한 것이다.

교수자는 학과별 특성을 고려하여 3개 학과의 사례를 한 개씩 들었다. 학과의 특성상 한계는 있지만 모든 학생들이 자신의 삶을 긍정적으로 계획하고, 미래지향적인 삶에 대해 다짐하는 글을 썼다. 이것은 성찰적 글쓰기 4회가 지향하는 긍정적인 미래상을 제시하는 목적과 부합하고, 그에 대한 기대효과도 충분히 달성한 것으로 보인다.

3) 결론

본 연구는 학생들의 수업 사례를 중심으로 성찰적 글쓰기를 통한 글쓰기 교육의 효과를 살펴보고, 구체화하는 데에 목적을 두었다. 성찰적 글쓰기를 4회로 구성하고, 각 주제별 결과를 정리하면 다음과 같다.

첫 주제 '패러다임의 전환'에서 67%에 해당하는 학생들이 패러다임의 전환을 경험하였고, 경험하지 않은 33%의 학생은 앞으로 자신의 부정적인 사고를 긍정적인 사고로 바꾸어가겠다고 다짐하였다.

두 번째 주제 '나를 소개합니다'에서 학생들은 평소 자기에 대해 깊이 생각하는 시간을 갖지 못했는데 이번 수업을 통해 자신에 대해 성찰하고, 자신이 진정으로 하고 싶은 것에 대해 진지하게 고민하는 시간을 가지게 되었다. 지금까지 살아온 자신의 삶을 되돌아보며 반성하고, 글쓰기의 향상과 자기성장의 모습을 볼 수 있었다.

세 번째 주제는 '내 인생의 주요 사건 — 인생 그래프 그리기'이다. 지금까지 살아온 자신의 인생을 그래프로 그려보고, 자기에게 소중했던 경험과 힘들었던 경험을 회상하였다. 여기서 자기 삶에 대해 성찰하고, 자신이 경험한 일들을 객관화하여 기억 속에 남아 있는 상처를 치유하는 과정을 경험할 수 있었다. 95%에 해당하는 학생들이 행복했던 기억보다 불행했던 기억을 회상하였고, 이러한 경험을 통해 앞으로의 삶은 행복하고 싶다고 하였다. 또한 불행한 경험은 자신을 성장시켰다고 한다.

네 번째 주제는 '10년 후 나의 모습'이다. 1, 2, 3회 차에서 실시한 자기 성찰적 글쓰기 과정을 통해 학생들은 조금씩 성장하는 모습을 볼 수 있다. 마지막 성찰적 글쓰기 과정 '10년 후 나의 모습'은 지금까지 살아온 자신의 모습을 되돌아보며 앞으로 자신이 나아갈 방향을 제시하였다. 과거보다는 나은 미래를 계획하고, 긍정적인 삶을 살아가도록 다짐하는 계기를 만들었다.

4회 차에 실시한 성찰적 글쓰기의 주제별 사례를 살펴본 결과 성찰적 글쓰기는 대학 글쓰기 교육에서 효과적인 글쓰기 교육 방법임을 입증하고 있다.

그 이유는 첫째, 학생들은 성찰적 글쓰기를 통해 자기의 삶을 반성하고 자기를 이해하는 기회를 가지게 한다. 입시 위주의 경쟁 속에서 자신의 정체성에 대해 깊이 고민하지 못한 다수의 학생들이 자신에 대해 깊이 고민하고 성찰하는 시간을 가지게 한다. 둘째, 성찰적 글쓰기를 통해 자신의 삶을 돌아보며 자신의 상처를 드러내고 치유의 효과까지 기대하게 한다. 글 속에는 과거, 현재, 미래가 공존한다. 성찰적 글쓰기는 과거 속 나의 아픈 기억을 회상하고, 현재에서 바라보며 미래를 다짐하게 한다. 이러한 과정은 과거 속의 아픈 나를 현재에서 객관화하여 치유의 과정을 경험하게 한다. 셋째, 성찰적 글쓰기는 자기성찰과 치유의 과정을 거쳐 미래의 삶을 제시하는 원동력이 된다. 이는 미래에 대한 긍정적인 삶의 방향을 제시하게 한다. 넷째, 성찰적 글쓰기는 글쓰기의 질적 양적 확대와 사고 역량을 확장시킨다. 성찰적 글쓰기는 자신을 성찰하고, 글로 표현하고, 자신에 대해 이해하는 과정을 경험하게 한다. 자기를 표현하는 과정에서 학생들은 글에 대한 부담이 사라지고, 자연스럽게 자기를 글 속에 노출시키고, 한 편의 자기 이야기를 서술하게 한다. 이러한 성찰적 글쓰기의 반복적인 경험을 통해 글쓰기의 질적 양적 향상과 사고 역량의 확대는 자연스럽게 이루어진다.

대학 글쓰기에서 성찰적 글쓰기는 다양한 실험적 방법과 연구를 통해 글쓰기와 사고의 역량을 확장하고 나아가 치료의 효과까지 가능함을 시사하고 있다. 또한 성찰적 글쓰기는 학생들의 글쓰기에 대한 부담감을 줄이고, 글쓰기에 대한 즐거움을 느끼고, 자기계발의 효과까지 기대할 수 있을 것이다.

5. 글쓰기 사례를 통한 인성교육 방안 연구

현대 사회는 핵가족화와 맞벌이 부부의 확대와 결손 가정, 다문화 가정 등으로 인해 급속하게 변화하는 시대에 살고 있다. 이러한 사회 변화 현상은 출산율을 저하시키고, 가정에서 소수 자녀에 대한 교육의 양을 확대시키는 현상과 더불어 교육의 질에 대한 개선책이 심각히 요구되는 상황이다. 소수 자녀에 대한 애정은 무한 경쟁심을 조장하고, 자녀의 충동성과 이기심을 확대하는 요인으로 자리한다. 이는 자기조절의 문제와 타인에 대한 배려의 부족과 공동체에서 협동성의 부족 등을 초래하여 학교와 사회에서 심각한 문제를 야기하기도 한다. 또한 학생들 간의 집단 따돌림과 신체적·언어적 폭력 행위와 인터넷 게임의 중독과 자살 등으로 사회 부적응을 초래하는 문제를 일으키고 있다.

인성교육은 이러한 사회 문제 현상을 예방하고 미래 사회가 요구하는 인재를 구현하는 한 방법으로 매우 중요한 시기에 이르렀고, 그 필요성이 강하게 요구되고 있는 실정이다. 교육부는 '인성교육진흥법'을 2014년 12월 29일 제정하였고, 학교·가정·사회가 유기적으로 협력하여 실시하는 법적 토대를 마련하여 2015년 1월 20일 공포하였다. 이어 6개월 후인 2015년 7월 21일부터 '인성교육진흥법'은 각 기관에서 시행되고 있다. 이것은 인성교육을 의무로 규정한 세계 최초의 법이다. 인성교육진흥법은 입시와 성적 중심 교육에서 인성교육 중심으로 패러다임의 변화를 요구하고, 전 세계적으로 미래세대의 주역인 학생들의 전인적인 성장과 공동체적인 인성을 함양하는 것을 목표로 한다(글로벌교육문화연구원, 2015: 447−454). 이에 발맞추어 각 대학은 교양학부에 인성교과목을 두어 대학생들의 인성교육에 힘쓰고자 다양한 교육 프로그램을 연구하여 실시하고 있다.

본 연구는 성신여자대학교의 인성교과목 '성신인'을 중심으로 실시한 글쓰기 사례를 통해 인성교육의 방안을 제시하고자 한다. 교과목 '성신인'의 글쓰기 사례를 통해 학생들의 인성교육에 영향을 미치는 것과 대학 인성교육의 방안을 모색하는데 목적을 둔다.

교과목 '성신인'은 프로그램의 목적인 인성교육의 실현에 중점을 두고 계획되었으며, 교육 실행 과정에서 다양한 활동과 더불어 'Reflection Paper'라는 글쓰기 과제가 매회 진행되고 있다. 교육과정에서 실시한 글쓰기 사례를 통해 인성교육의 다양한 방법과 연구의 틀이 확대되기를 기대한다.

대학 인성교육에 대한 연구는 MBTI 검사를 통해 에너지 방향과 정보수집 방법과 판단 및 결정 방식과 생활양식의 측면에서 학생들의 인성유형을 양분화하여 분석한 것(지은림, 1995: 155−171), 우리나라 인성교육의 문제점을 지적하고, 그 해결방안으로 창의·인성교육의 필요성으로 주장한 것(최준환 외, 2009: 89−112), 인성교육에서 뇌의 중요성을 강조하여 다중지능에 적용한 독서프로그램을 개발하여 그 효과를 입증한 것(최영임, 2011), 인성교육과 교과교육의 상관성에 대해 연구한 것(박종덕, 2014: 177−194), 삶의 치유(Lebenstherapie) 프로그램을 개발하여 이를 인성교육에 적용가능성을 찾는 것(손승남, 임배,

2015: 117－144), 인문학을 활용한 대학의 인성교육과정의 운영실태를 분석하고 개선방향을 제시한 것(이하준, 이서인, 2015: 45－72), 대학생 인성과 시민성 함양을 위한 글로컬 프로그램 개발에 관한 것(민춘기, 2016: 447－486) 등 다양한 분야의 연구가 활발히 이루어지고 있다.

우리나라에서 인성교육은 1990년대 중반부터 관심이 고조되어 다양한 연구 결과물과 교육 프로그램이 계발되어 각 기관과 학교에서 시행되어 왔다. 하지만 아직까지 인성의 개념은 명확하게 정립되어 있지 않으며, 인성교육의 방향 또한 흔들리고 있는 실정이다. 우리 사회를 이끌어갈 21세기형 인성은 성인(聖人)과 같은 완벽한 인간의 관점에서 이해하는 것이 아니라 지구촌이라는 세계 안에서 더불어 살아가는 공동체적인 삶을 실천하고 노력하는 진정한 실천인(實踐人)으로 이해되어야 한다.

1) 인성교육의 개념

인성은 어원적인 관점에서 볼 때, 영어는 'Personality' 또는 'Character'로 표현한다. 'Personality'는 고대 희랍의 무대 연극에서 배우가 쓰던 가면(persona)에서 유래된 것으로 사람이 갖고 태어나는 특성을 말한다. 이는 선천적으로 타고난 성격으로 후천적으로 바꿀 수 없는 고유의 성격임을 뜻한다. 반면에 'Character'는 희랍의 '조각된 표시, 인장'의 의미를 갖는 'character'에서 나왔다. 이는 사람이 공을 들여서 만들어내고 이루어 낸 것으로 후천적으로 획득할 수 있음을 말한다. 여기에서 인성교육은 후천적인 교육에 의해서 가능한 'Character'의 의미로 쓰인다고 할 수 있다.

인성교육의 개념은 사용하는 사람에 따라 달라질 수 있으므로 한마디로 규정하기는 어렵다.

인성교육은 정의적이고, 인간의 본성과 관련한 것으로 학습자로 하여금 건강하고 전인적인 민주시민으로 성장하고 생래적인 본성을 실현하여 자유로운 삶을 살 수 있도록 하기 위한 교육적 경험을 제공해주는 것이다. 바람직한 인성의 토대로서 덕(德)에 대한 철학적·윤리학적 논의는 전통적으로 매우 중요한 학문적 탐구 대상으로 간주되어 왔으며, 최근에는 심리학적 논의도 활발하게 전개되고 있다.

서양 철학 및 윤리학적 관점에서 덕(virtue) 개념은 아리스토텔레스의 윤리설에 그 뿌리를 두고 있다. 아리스토텔레스의 윤리학에 기초한 덕 개념은 인간을 선하게 만드는 성품의 상태를 말하며, 용기, 절제, 온화와 같은 인성 특질(character traits)을 덕으로 본다. 반면, 무모/비겁, 무절제/목석같은, 성마름/화낼 줄 모름은 악덕으로 간주한다. 아리스토텔레스에게 있어 덕을 지닌다는 것은 어떤 종류의 상황에서 적절한 방식으로 행동하는 것을 말한다. 소크라테스와 플라톤, 아리스토텔레스 모두 정의, 용기, 절제, 지혜의 덕을 강조하였다. 매킨타이어(MacIntyre, 1984)는 덕을 '특정한 역사적 맥락과 사회적 실천 속에서 요구되는 바람직한 인성'으로 규정하였고, 하스트하우스(Hursthouse, 1996)는 '덕은 인간이 행복을 위해, 번성하고 잘 살기 위해 필요로 하는 인성 특질(character traits)'이라고 한다.

동양에서 덕(德)은 ①인간의 행동을 통한 실천의 의미를 지니고 있다. 작은 걸음 [彳]으로 하늘과 관련된 마음을 실천하도록 하는 것이 덕의 담겨진 의미이다. 이와 관련된 모습은 생활에서의 예(禮), 정치에서의 덕치(德治) 등을 생각할 수 있다. ②덕은 하늘[天]과 관련을 지니고 있으며 그 의미에 있어서 오름[升]과 함께 위로부터의 내려옴 [丨]의 의미를 지닌다. 천(天)은 '초월적 존재, 일자(一者), 신(神)' 등으로 이해한다. ③하늘[天]이 보는 눈으로 만물의 본성을 보는 것이 덕에 담긴 의미이다. 이는 자연, 우주와의 관계와 그 본성을 이해하는 것을 통해 덕을 실현할 수 있다는 의미이다.

유교적 전통에서 동양의 윤리 사상과 정치사상의 덕은 핵심 개념이다. 공자 사상의 두 축은 덕(德)과 예(禮)이다. 예는 문화적이고 형식적인 표준을 말하고, 덕은 인격적 탁월성을 말한다. 유교에서 덕목은 오상(五常)이 대표적이다. 오상은 인(仁)·의(義)·예(禮)·지(智)·신(信)의 다섯 덕목을 말한다. 공자는 그의 가르침에서 인간의 덕목으로서 인(仁)을 중시하여 지(知)·용(勇)과 아울러 그 소중함을 설명하였고, 맹자는 인에 의(義)를 더하고, 예(禮)·지(智)를 넣어 인·의·예·지를 인간의 4개 덕목이라 했다. 그리고 한(漢)의 동중서는 오행설(五行說)에 바탕을 두고 여기에 신(信)을 더해 오상설(五常設)을 확립했다.

1990년대에 한국국민윤리학회에서는 한국 사회가 당면하고 있는 도덕적 혼란을 극복하기 위해 한국민족정신의 요체를 발굴하여 제시한 바 있다(한국국민윤리학회, 1993). 이러한 한국민족정신의 요체에는 경천사상, 조화사상, 생명존중 사상, 평화애호정신, 선비정신, 장인정신, 공동체의식, 경로효친사상, 풍류정신이 포함되어 있다.

최근 도덕 심리학에서 랩슬리(Lapsley, 1996:213)는 인간 행위를 설명하는 데 있어 인성 특질의 역할을 강조해 왔다. 그는 인성 특질을 '서로 다른 상황 간의 유의미한 정도의 일관성을 보여주는 안정적이고 포괄적이며 지속적인 경향'으로 이해하고, 용기, 비겁, 정직, 부정직 등의 덕과 악덕들은 전형적으로 인성 특질에 해당되는 것이라고 한다.

블라지(Blasi, 2005)는 도덕적 인성(moral character)이란 개인이 지닌 덕과 악덕, 즉 어떤 감정을 경험하고 정도의 차이는 있지만 특정한 상황에 반응하여 윤리적으로 의미 있는 행동을 하는 경향성과 전형적으로 동일시된다고 주장한다. 그러면서 덕을 일반성(generality)의 정도에 따라 낮은 수준(lower-order)과 높은 수준(higher-order)으로 분류한다.

리코나와 데이비슨(Lickona & Davidson, 2005)은 '수행적 인성(performance character)'과 '도덕적 인성(moral character)'을 상호 구분하면서 인성 개념을 정교하게 기술한다. 인성을 구성하는 이 두 가지 개념은 근본적이면서 상호 연결된 특성을 지닌다.

미국 인성교육의 이론적 토대를 구축하고 실천적 지침을 제공해 온 리코나는 지혜, 정의, 불굴성, 자기통제, 사랑, 긍정적 태도, 근면, 성실, 감사, 겸손이라는 10개의 덕목을 강조하고 있으며(Lickona, 2004), 인성교육 및 인성심리학 연구자인 버코위츠(M. Berkowitz)는 자기통제, 감정이입, 사회적응, 자존감, 사회적 기술, 순종, 양심, 도덕추론, 정직, 이타심을 강조한다(Berkowitz & Grych, 2005:55-72). 또한 미국의 대표적인 인성교육 기관인 조셉슨 연구소(Josephson Institute)에서는 '여섯 기둥 덕목'(6 pillar virtues)을 제시하고 있다(글로벌교육문화연구원, 2015,16-25).

이러한 인성에 대한 이론을 바탕으로 인성교육은 이론적인 강의를 통해서 이루어지는 것이 아니고, 어떤 상황에 대한 정의로운 경험을 통하여 자신의 진정한 가치로 체화되어야 한다. 인성의 형성은 선천적, 유전적, 생득적인 영향이 있지만 후천적, 환경적, 학습적인 영향을 통해 그 변화의 중요성이 커지고 있다. 인성교육은 올바른 가치관을 형성하고, 긍정적인 감정을 가지고, 도덕적 동기를 부여하고, 실천적인 행동 습관을 기르는 것으로 정의할 수 있다. 정해진 규칙 안에서 실시되는 인성교육보다는 다양한 경험적 상황을 통해 학생들이 자기에 대한 올바른 가치관을 형성하고, 긍정적인 자세로 활동에 적극적으로 참여하고, 자신이 하는 일에 도덕적 동기를 부여하고, 공동체 사회에서 나눔을 실천하는 교양인으로 성장하는 것을 목표로 두고자 한다.

2) 교과목 소개 및 연구방법

성신여대 인성교과목 '성신인'은 2015년 7월 21일 시행된 '인성교육 진흥법'에서 강조하는 핵심 덕목인 예(禮), 효(孝), 정직, 책임, 존중, 배려, 소통, 협동의 가치를 체험하고 실천하는데 그 목적을 두고 있다. 수업을 통해 1학년 학생들이 자신의 강점과 가치를 알고 인생의 목표와 계획을 세워 실천하도록 한다. 학교에 대한 정체성을 함양하고 성신 vision 2025의 목표인 '꿈, 행복, 감동'을 이루는 대학 생활로 공동체사회와 미래에 기여할 수 있는 사회인으로 성장할 수 있도록 교육하고자 한다.

15주 강의 내용은 강의실에서 진행되는 기본 수업 외에 3가지 Mission을 직접 체험하고 수행하는 프로그램이 포함되어 있다. 중간고사와 기말고사는 없으며, 수업은 2시간이며, 2학점 P/F로 진행된다. '성신인'은 매회 수업시간에 Activity Paper와 Reflection Paper를 활용한다. Activity Paper는 매주 수업시간에 사용하는 활동지로 주어진 주제에 대한 개인 의견을 작성하고, 조별 토론 후에 발표한다. 매주 주어진 주제와 관련한 내용으로 수업시간에 다양한 활동을 제시하고 있다. Reflection Paper는 매시간 마칠 때 다음 시간 과제로 제시된다. Reflection Paper는 매 수업 시간 앞부분에 써온 내용을 조별로 토론하는 나눔 시간을 가지고, 일부 학생의 발표를 유도한다. 각 학생들에게 균등한 발표 기회를 주고, 연구자는 페이퍼 작성에 신경 써 주기를 강조하였다. 각 학생들이 매주 주어지는 과제에 대한 부담감보다는 인성교육이라는 취지에 맞게 자신에 대해 깊이 생각하는 시간을 가질 수 있는 방법

으로 이해하도록 하였다.[24)]

2016학년 1학기에 실시한 1학년 신입생 인문계열반 55명, 자연계열 54명 총 109명을 대상으로 인성교육에서의 글쓰기 사례를 분석하였다. 이 결과는 메타분석이나 통계치를 분석한 것이 아니라 학생들이 쓴 글을 중심으로 학생들의 다양한 생각을 인성이라는 관점에서 분석한 것이다. 학생들의 글을 통해 그들의 인성에 영향을 미치는 것들이 무엇인지 살펴보고, 인성교육의 방향을 제시하고자 한다.

연구 방법은 1주차 Activity Paper의 주제와 Reflection Paper의 3가지 주제를 활용하여 분석한다. 선정한 주제는 집단 인성지도의 회차별 성격을 참조하여 교과목 '성신인'과 공통되는 목표를 가지고, 인성교육의 목표에 적합한 글쓰기 주제 4가지를 선정하였다. '성신인' 교과목에 해당하는 다른 글쓰기 사례와 주제에 대한 연구는 후속 과제로 남기고자 한다. 집단 인성지도의 회차별 성격과 선정한 4가지 주제는 다음과 같다(이춘·공병호, 2015: 248-249).

<표 1> 집단인성지도 성격

회차	주제	목표	기대효과
1	친밀감 형성	자기소개를 통한 집단원 간 친밀감 형성	긴장감 해소, 자신이 갖고 있는 생각을 말로 표현하고, 친밀감을 형성한다.
2	자기개방	자기개방을 통한 신뢰감 형성	자기노출 경험으로 정화작업, 빈 의자 기법을 통해 실제 직면한다.
3	기억의 개방	초기 기억의 개방을 통해 자기노출	경험을 공유하면서 서로 깊이 이해하고 마음을 나눔, 집단의 응집성 높인다.
4	소망에 대한 각성	소망에 대한 욕구를 표현하고 나눔을 통해 격려와 지지	자신의 소망을 구체적이고 현실적인 것으로 말하고, 피드백을 통해 자각할 수 있다.
5	생애 설계도	삶의 의미와 목표 설정, 생애 설계의 중요성을 인식, 긍정적인 결과	자신의 미래에 대해 구체적으로 설계하고 생애 목표의 중요성을 인식한다.

6	비전의 명료화	자신의 미래 모습에 대해 상 상하고, 꿈 실현을 다짐, 교정	자신의 미래에 대해 인식하고, 꿈을 실 현하기 위해 노력하고, 긍정적인 자세 를 가진다.
7	현재 가치의 명료화	자신의 가치관을 명확하게 인식하고, 다른 사람의 가치 관도 이해	내적 욕구를 객관화시키고, 가치관을 명료화하고, 다른 사람의 가치관을 비 교하여 자신의 것을 검증한다.
8	나의 꿈 찾기	자신의 삶의 모습을 이해하 고, 비판보다는 위로하고, 앞 으로 삶을 설계	내면세계의 갈등, 희망과 기대, 위로의 말을 통해 자신에게 힘을 주고, 스스로 를 사랑하도록 인식한다.

<표 2> '성신인'에서 선정한 주제

회차	주제	목표	기대효과
1	나를 소개합니다.	자기소개를 통한 친 밀감 및 신뢰감 형성	자기소개를 통해 팀원 간 친밀감을 형성 한다.
2	먼 훗날 나를 아는 이들에게 기억되고 싶은 나의 모습	자기개방을 통한 친 밀감 및 신뢰감형성	자기가 살아오며 가장 되고 싶어 하는 궁 극적인 자신의 진정한 모습을 알려주고, 진정으로 자신이 원하는 모습에 대해 인 지할 수 있는 계기를 마련한다.
3	나의 대표 성격 강점	비전의 명료화	자기이해의 시간으로 자신의 대표 성격 강점에 대해 알아보고 자신의 강점을 살 릴 수 있는 방안을 모색하고, 자기에 대 한 이해가 자기개발로 이어지는 계기를 마련한다.
4	내 인생의 주요 사건 -나의 인생 그래프	자기노출, 나의 꿈 을 찾는 과정	나의 인생 곡선을 통해 힘들었던 지난 시 절의 경험이 지금의 나에게 어떤 의미인 지에 대해 생각하고, 미래를 설계한다.

대학에서 인성교과목은 집단 인성지도이다. 집단 인성지도를 통하여 자기이해와 자기수용, 자기개방의 과정을 경험하고, 이를 통해 삶에 대한 태도를 변화시킨다. 또한 자기관리 능력과 대인 관계 기술을 증진하도록 한다. 교우들과 함께 하는 인성지도는 먼저 내면의 자기를 만나 자신을 이해하는 과정에서 출발하여 타인을 이해하고 공동체 생활의

목표를 달성하도록 한다. 이러한 과정 속에 자신의 꿈을 찾아가는 여정이 될 것이다.

각 주제별 학생들의 공통된 글의 비율을 먼저 제시하고 각 주제별 사례를 살펴보겠다. 109명의 학생 글 중 소개하는 글은 주제별로 다수의 공통된 내용이나 주제에 가장 적합한 내용과 학생의 고민이 드러난 내용을 중심으로 일부 또는 전체를 소개한다. 학생들의 글은 수정하지 않고 그대로 기재하며, 학생의 신분은 밝히지 않는다.

<표 3> 주제별 비율

구분	세부항목	총계(명)	비율(%)	단계비율(%)
1주제 '나를 소개합니다'	① 나, 부모, 환경	96	88.08	94.50
	② 물건에 비유	7	6.42	
	③ 단순 소개	6	5.50	5.50
2주제 '먼 훗날 ~기억되고 싶은 나의 모습'	① 닮고 싶은 훌륭한 사람	82	75.23	95.41
	② 자기 발전	22	20.18	
	③ 개성적인 글	5	4.59	4.59
3주제 '나의 대표 성격 강점'		.	.	.
4주제 '내 인생의 주요 사건'	① 학업과 진로	48	44.04	94.50
	② 주위환경(친구 등)	38	34.86	
	③ 어린 시절 상처	17	15.60	
	④ 가족 간의 갈등, 기대	6	5.50	5.50
주제별 총계		109	100	100

3) 글쓰기 사례 분석

(1) 나를 소개합니다.

첫 번째 주제 '나를 소개합니다.'는 자기소개를 통한 교우간의 친밀감과 신뢰감 형성을 목표로 한다. 교과목 첫 시간에 조별 구성을 이루고, 조별 별칭을 만들고 난 후, 조원들끼리 자기소개를 한다. 처음 시작하는 집단에서 긴장감을 해소하고 편안한 분위기를 만드는 것은 중요하다. 자기소개를 통해 참가자 각자의 개성이 존중받는 경험을 하고, 처음 만나는 참가자들의 마음이 열리는 시간을 갖는다. 자신이 가지고 있는 생각을 말로 표현함으로 자신의 생각을 확실하게 한다. 이를 통해 집단에서 상대에 대한 이해가 시작되며 친밀감을 느끼게 한다. 다음시간 활동으로 자기소개글을 작성해오도록 하였다. 첫 시간에 학생들이 말로서 자기소개를 할 때 다수의 학생들이 자신의 학과와 이름만을 말하고, 그 외에 무엇을 말해야 할지를 망설이다가 시간을 보냈다. 두 번째 시간에 적어온 내용을 바탕으로 조원들끼리 먼저 나눔의 시간을 가진 뒤 몇몇 학생의 발표를 유도했을 때, 다수의 학생들이 자기에 대한 다양한 이야기로 소개하였다. 학생들이 쓴 글을 살펴보면, '나, 부모, 환경'(96명, 88.08%) > '물건 비유'(7명, 6.42%) > '단순소개'(6명, 5.5%) 순이다. 109명 학생들 중 96명(88.08%)에 해당하는 학생들이 자신이 관심 있는 것과 부모와 자라온 환경에 대해 얘기하였다.

예시1) 저는 경남 진해에서 올라왔습니다. 진해를 짤막하게 설명하자면 해군의 도시이며, 군항제라는 벚꽃축제로 매우 유명한 곳입니다. 요즘 저의 큰 고민이자 목표는 "나 자신은 어떤 사람이고, 무엇을 좋아하고, 하고 싶은지"입니다. 그렇기 때문에 이 성신인 교양 수업이 제겐 너무나 의미 있고, 행복한 수업이 될거라 생각합니다. 한 학기동안의 조원들과 활동도 무척이나 기대됩니다. 제가 조장을 지원했을 때 조원 모두가 흔쾌히 동의해주어서 고마웠습니다. 그리고 조장으로서 부족한 점들이 있겠지만 더 노력하고 부조장과 조원들과 소통하며 모두가 A+로 통과하는 아침조를 만들겠습니다. 저는 전시회, 박람회, 포럼, 런웨이 등을 기획하는 데 조금 관심이 있습니다.

예시1) 학생은 자신이 살아온 곳을 소개하며, '자신은 어떤 사람이고, 무엇을 좋아하고, 무엇을 하고 싶은지'에 대해 고민한다. 자신에 대한 이해의 시간을 가지고, 자신에 대해 진지하게 생각하는 글로 시작한다. 자신이 20년 동안 살아온 곳을 떠나 낯선 곳에서의 대학생활에 대한 두려움과 기대감을 가지고 있다. 대학이라는 새로운 사회와 학문의 장에서 자신을 이해하고, 동료들로부터 인정받는 팀의 조장으로 공동체 목표를 온전히 달성하고자 하는 목표의식을 분명히 드러내고 있다. 예시 글로 소개하지는 않은 다른 학생은 자신이 읽은 '송곳'이라는 책을 읽고 깊은 감동을 받았으며, 자신이 선택한 법학이라는 전공에 대해 강한 자부심을 가지고 있었다. 책을 통해 노동법에 대해 관심을 가지게 되었고, 미래에 사회적 약자인 노동자를 도울 수 있는 사람이 되고 싶다는 의지를 표현하였다. 스스로가 공동체 과제에 대해 큰 흥미를 느끼지는 못하지만 우리 사회가 지향하는 공동체 사회에 대한 바람직한 구성원으로 살아가기 위한 방법으로 자신을 스스로 깨우치며, 공동체에 동참하는 인물로 거듭나겠다고 다짐하였다. 이 두 학생은 자신이 좋아하는 것과 자신에 대한 이해를 깊이하고 있으며, 자신에 대한 이해를 바탕으로 타인에 대한 배려의 감정까지 충분히 고려하고 있다.

예시2) 저는 부모님의 직업 때문에 꽤 긴 시간동안 캄보디아에서 살아왔습니다. 그 곳에서 위치한 CIA FIRST 국제학교를 다녔었는데 항상 저를 소개할 때마다 나온 대표 수식어는 "머누 마옹 삐 꼬레(한국에서 온 애)"였습니다. 동아시아계 학생이 많지 않았던 관계로 '한국인'이라는 수식어는 단번에 저를 표현할 수 있는 소개말이었던 것 같습니다. 아이들 사이에 "○○이가~"로 대화가 시작하면, "아~ 그 한국에서 온 아이?"로 대화가 이어졌기에 저의 잘못된 행동이 혹시나 아이들에게 한국인에 대한 선입견으로 굳혀질까 하는 염려에 언사와 태도에 더욱 신경썼던 것 같습니다.

올해 저의 목표는 장학생이 되는 것입니다. 저희 부모님은 제 학비를 부담할 여력이 되지 않는 것을 잘 알고 있습니다. 주어진 하루하루에 최선을 다하여 노력하고 공동체 속에서 빛나는 수정같은 성신인이 되어 알차고 보람되는 시간들을 보낼 예정입니다. 그 후 교직 이수를 하여 훌륭한 고등학교 교사가 될 것입니다.……

예시2) 학생은 부모님의 직업으로 어릴 적에 낯선 외국으로 이민하여 그곳에서 받은 문화적 충격과 한국인이라는 선입견에 자신을 방치하지 않기 위해 애쓰며 살아왔던 자신을 회상하고 있다. 대학생이 되어 다시 고국으로 돌아온 감회와 아직 안정되지 않은 부모님의 경제적 상황을 염려하여 자신이 장학금을 받기 위해 애쓰며, 학과 공부에 충실하여 교사가 되고자 하는 자신의 꿈에 대한 강한 의지를 표현하고 있다.

다른 학생은 군인이라는 부모님의 직업으로 이동이 많았으며, 이로 인해 초등학교, 중학교, 고등학교 동안 9번의 전학을 경험한 학생이었다. 이 학생은 학교에서 친구들과 친해지려는 시점에 늘 전학하여 만남과 이별에 대한 상처를 고스란히 안고 있었다. 그로인한 성격은 점점 소극적으로 변해가고, 학업에 대한 흥미도 잃어 어려운 학창시절을 보낸 기억을 가지고 있었다. 그러던 중 지역의 특성화고등학교에 입학하여 처음으로 높은 성적을 얻게 되었다. 이를 계기로 학업에 대한 자신감을 찾고, 주위의 만류에도 불구하고 자신이 원하는 대학과 전공을 선택하여 합격하는 기쁨을 누리고, 지금 대학생활에 높은 만족감을 느끼고 있다. 이후 친구들과의 관계도 적극적으로 개선하여 교우관계도 원만해지고, 자신감을 가지고 생활하고 있다.

이 두 학생은 어려운 시절을 보냈지만 부모님을 원망하기보다 스스로 그러한 상황을 극복하고 자신과의 싸움에서 강한 정신력을 키운 것으로 보인다. 자신이 몸소 경험하고 부딪혀 봄으로써 얻은 결과에 대해 도전하는 정신과 어떤 실패에도 좌절하지 않는 용기는 값진 경험이고, 강점이 될 것이다. 어린 시절 가졌던 부모님에 대한 원망이 성장하면서 부모님의 마음을 이해하고 스스로 환경을 극복하는 지혜와 용기를 가진 성인으로 성숙한 것이다.

글로 쓴 자기소개는 말로써 표현할 수 없는 자기에 관한 많은 얘기를 표현하게 한다. 바로 앞에서 자신을 소개하라면 다수의 학생들이 자신의 전공과 이름만을 말한다. 그러나 자기소개를 글로 쓰게 하면, 먼저 '나는 누구일까?'라는 생각을 하게 되고, 타인에게 '나를 어떻게 소개하지?'라는 질문을 스스로 하면서 자신에 대해 처음으로 깊이 생각하는 시간을 가지게 된다. 이를 통해 자기이해가 이루어지는 것이다. 학생들은 말보다 글로 자신을 더 잘 표현하는 것이다.

다수의 학생들이 자기소개에서 본인들이 자라온 환경에 따른 자신의 성장 과정을 얘기하고 있다. 자신의 성장과정은 자기이해 뿐만 아니라 타인에 대한 이해를 충분히 고려할 수 있는 부분이다. 타인의 성장과정을 들으면서 나의 성장과 비교할 수 있고, 타인에 대한 이해를 더욱 높일 수 있는 계기를 얻게 된다. 이를 통해 인성교육의 목표인 타인과의 친밀감과 신뢰감을 형성하는 계기를 만들게 된다. 많은 사례를 통해 학생들은 대부분 가정환경과 부모님의 영향에 대한 결과로 자신을 소개한다. 이것은 인성 형성에 가정환경을 포함한 주위의 환경과 더불어 부모님과의 관계가 큰 영향을 준다는 것을 입증한다. 이에 따라 부모가 자녀를 양육하는 과정에서 나타나는 태도 및 행동은 자녀의 인지적·정서적 발달과 자녀의 성격형성에 큰 영향을 준다. 부모의 자녀 양육태도는 개인의 사회화 과정과 과거 경험을 통해 형성되고, 가족구성이나 가정의 분위기, 가정의 사회 경제적 수준, 사회문화적 배경, 그리고 부모와 자녀의 개인적 요소 등과 깊은 관계를 가진다.

정상적인 부모의 양육 태도를 장기적으로 연구한 새퍼(Schaefer, 1959)는 부모의 양육 행동을 애정－거부(적대)와 자율－통제라는 개념모형으로 제시하였다. 새퍼의 분류로 연구한 학자들의 연구결과는 다음과 같다. 첫째, 애정적－자율적 태도(affectional-autonomic attitude)는 가장 바람직한 민주형 양육 태도로서 이러한 영역에 속하는 부모가 가장 바람직하다. 이러한 부모에게 양육되는 아동은 능동적, 외향적, 독립적, 사교적, 창의적이고 자신이나 타인에 대해 적대감이 없다. 둘째, 애정적－통제적 태도(affectional-controling attitude)는 과보호형의 양육 태도로서 자녀에게 애정을 주면서도 자녀의 행동에 제약을 많이 하는 태도이다. 애정적이면서 자율성을 부여하는 가정에서 성장한 아동보다 애정적이면서 통제적인 가정에서 성장한 아동들은 더 의존적이고 사교성, 창의성이 적은 편이다. 셋째, 거부적－자율적 태도(rejecting-autonomic attitude)는 방임형의 양육 태도로서 자녀에게 무관심하며 자녀가 자신의 인생을 방해한다는 생각으로 자녀를 수용하고 받아들이지 못하는 동시에 자녀 마음대로 행동하도록 하는 태도를 말한다. 이러한 태도를 지닌 부모에게서 성장한 아동은 공격적이고 자신의 행동을 조절하지 못하게 된다. 넷째, 거부적－통제적 태도(rejectingcontroling attitude)는 독재적인 양육 태도로서 자녀를 용납하지 않을 뿐 아니라 처벌 또는 심리적 통제로 자녀의 행동을 규제하는 태도를 말한다. 이러한 부모에게서 성장한 아동은 자아에 대한 분노가 발생하며 내면화된 갈등과 고통을 갖고 있다(글로벌교육문화연구원, 2015: 72－73).

이에 따른 가장 바람직한 부모의 양육 태도는 수용적이고 민주적인 양육 태도이다. 민주적인 가족의 부모는 일관적이고 합리적이고 애정적이고 존경할 만하다. 이 과정에서 자녀들은 가족의 의사결정과정에 적극적으로 참여하고 나이에 적절한 힘과 책임감을 가진다. 또한 이들은 자기 확신감과 자기 신뢰감, 자발성을 갖고 자신의 감정과 사고를 분명히 할 수 있다. 수용적인 양육 태도는 자녀에게 긍정적인 자아상을 확립하게 한다.

가족 분위기는 부모에 의해 만들어지는 특징적 패턴이며 사회생활을 위한 기초가 된다. 또한 자녀가 자신과 타인, 세상을 보는 방법에 영향을 미치게 된다. 자녀 성격 형성에 큰 영향을 주는 부모의 양육 태도는 바른 부모교육을 통해 실시되어야 할 기본적인 교육방안으로 제시되어야 한다.

(2) 먼 훗날 나를 아는 이들에게 기억되고 싶은 나의 모습

두 번째 주제는 '먼 훗날 나를 아는 이들에게 기억되고 싶은 나의 모습'이다. 이 주제의 목표는 자기개방을 통한 친밀감과 신뢰감을 형성하고, 서로가 다름을 이해하는 것이다. 먼 훗날 나를 아는 이들과 나를 사랑하는 이들에게 기억되고 싶은 나의 모습은 학생들에게 보다 진지하게 수업에 임하는 계기를 만들어 준다. 자신이 작성한 글을 읽으며, 자신이 지금까지 살아오는 동안 가장 되고 싶은 자신의 진정한 모습을 알게 된다. 조원들과 나눔의 시간을 통해 타인의 감정과 진지한 모습을 보게 되어 타인에 대한 이해와 다름에 대해 고민하는 시간을 갖게 한다. 이 주제에서 가장 많이 나온 공통된 내용은 '닮고 싶은 훌륭한 사람'(82명, 75%) > '자기발전'을 이룬 사람(22명, 20%) > '개성적인 글'(5명, 5%) 순으로 나타났다. 다수의 학생들이 평소에 존경하고, 닮고 싶은 사람과 인성이 훌륭한 사람으로 기억되기를 바랐다. 그리고 자기발전에 대해 고민하는 모습이 드러났다. 학생들이 기억되고 싶은 자신의 모습에서 자신의 근본적인 인성이 드러나는 것을 볼 수 있다.

긍정 심리학의 창시자인 셀리그만(M. Seligman)과 피터슨(C. Peterson)은 인간의 인성 강점(character strengths)과 덕성에 대해 연구하였다. 이들은 인성 강점을 덕과 같은 의미로 사용하면서, 자료를 체계화하였는데 이것이 'VIA 인성 강점과 덕목의 분류 체계'이다. 지혜와 지식, 용기, 인간애, 정의, 절제, 초월성과 영성이라는 6개 덕목과 24개의 인성 강점과 세부요소로 분류한다(글로벌교육문화연구원, 2015: 21 – 22).

> 예시1) 지금의 엄마처럼만, 그저 부모님처럼만 살 수 있었으면 한다. 목표한 바를 이루고, 꿈을 이루고 내 일에 최선을 다하며 딸이 대학에 입학할 나이가 되어도 여전히 열정을 가지고 내일, 내후년, 그 뒤를 준비하며 살고 싶다. 어떤 관계에서도 건실한 사람이었다. 성실한 사람이었다. 그렇게 기억되었으면 한다.

VIA 인성 강점과 덕목을 중심으로 학생들의 글에 나타난 그들의 인성 강점을 살펴보면, 예시1) 학생은 부모님과 같은 삶을 기대한다. 학생이 존경하는 대상은 부모이고, 부모님이 살아온 길을 지켜본 자녀로서 자녀에게 최선을 다하고, 자신의 일도 열정을 가지고 생활하는 부모님은 닮고 싶은 가장 좋은 대상일 것이다. 부모님의 성실성은 자신의 삶에 큰 영향을 주었고, 자신도 부모님처럼만 살고 싶다는 학생의 바람은 훌륭한 인성교육이 절실히 필요한 현 시점에서 가정교육의 중요성과 인성교육의 가장 근본적인 방법을 제시한다. 바른 부모에게 바른 자녀가 성장할 수 있다는 부모교육의 지표를 보여주는 것이다. 부모를 존경하며 자란 학생은 자신이 목표한 꿈을 위해 열정을 가지고, 성실하게 최선을 다한 사람으로 기억되기를 바란다. 이 학생은 용기 영역에서 성실과 최선이라는 끈기의 강점과 열정이라는 생명력의 강점을 가지고 있다. 인간성 영역에서 부모님의 양육에 대해 공감하는 친절과 사랑이라는 강점도 가지고 있다. 학생은 끈기와 열정, 친절과 사랑이라는 자신의 강점을 가장 잘 살릴 수 있는 일을 찾아 최선을 다하여 부모님의 삶을 넘어서는 인생을 살아갈 것이다.

예시2) 저는 성공한 사람보다는 가치 있는 사람이 되고 싶습니다. 대한민국 대부분의 청년들처럼 치킨을 좋아하고 자기 전에 드라마를 챙겨보며 다른 사람을 배려할 줄 아는 사람이라고 기억되는 것도 좋지만 저를 아는 사람들만큼의 스스로의 생활에 만족하고, 스스로에게 부끄럼 없는 생활을 했던 사람이었다고 기억해주었으면 좋겠습니다.

예시2) 학생은 성공한 사람보다는 가치 있는 사람으로 기억되기를 바란다. 이 시대를 살아가는 평범한 젊은이로 누구보다 뛰어난 사람이 되기보다는 스스로의 삶에 만족하고 부끄럽지 않은 삶을 살아간 사람으로 기억되길 바란다. 물질이 정신을 지배하는 현대사회에서 부끄럽지 않은 삶을 산다는 것은 쉽지 않다. 스스로의 삶을 보장 받기 위해 다른 사람에게 피해를 주며 살아가는 많은 현대인들에게 무엇이 바른 삶인지를 생각해 보게 한다. 과연 나만 잘 살면 그만인지, 주위에 내가 모르는 누군가는 추위에 배고픔에 쓰러지지 않는지, 내 주변에 좀 더 관심을 보이고 더불어 살아가는 공동체 의식이 있어야 하지 않을까라는 고민을 하게 한다. 다른 사람에게 피해주지 않고, 스스로의 삶에 만족하며 살고 싶다는 학생의 강점은 절제 영역에서 스스로의 삶을 통제하고 조절하는 자기조절이라는 강점을 가지고 있다. 삶에 있어서 성공보다는 진정성 있는 가치를 중요시함으로 용기 영역의 통합성이라는 강점도 가지고 있다. 절제와 용기라는 강점을 지닌 학생의 강점을 살려 주위의 어려운 다른 사람들의 삶을 함께 돌아보며 더불어 살아가는 방법을 모색한다면 학생의 삶은 가치 있고, 정신적으로 넉넉한 삶을 살아 갈 수 있을 것이다.

예시3)
- 자신의 삶을 멋있게 개척한 여자로 기억되고 싶다.
- 누군가의 아내, 누군가의 엄마로 기억되는 것이 아니라 나 자체로 기억되고 싶다.
- 주체적인 인생을 살았던 사람
- 한 분야에서 최고로 인정받은 사람
- 밝고 긍정적인 사람, 주어진 일에 최선을 다하는 열정적인 사람……

예시3) 학생은 자신의 삶이 주체적이고 열정적인 자기발전을 이룬 사람으로 살아가고 기억되기를 바란다. 누구의 아내이거나 엄마이기 전에 자신으로 인정받는 최고의 사람이 되고 싶다고 한다. 이 학생은 지혜와 지식 영역에서 창의성이라는 강점과 용기 영역에서 열정에 속하는 생명력이라는 강점을 가지고 있다. 초월 영역에 속하는 종교에 대한 신앙으로 영성이라는 강점도 가지고 있다. 창의성과 열성, 영성이라는 강점을 지닌 이 학생은 자신의 강점을 살려 자기발전을 이루고, 자기 분야에서 최고의 위치에 도달하여 자신이 가진 영성의 힘으로 자신을 필요로 하는 곳에 인재로 성장할 수 있을 것이다.

그 외에도 학생들이 기억되기 바라는 모습은 곰처럼 우직하고 맡은 일을 묵묵히 수행하고, 다양한 활동에 관심을 가지고 다재다능한 사람으로 기억되기를 바라는 학생, 안정된 삶에 만족하여 꿈을 포기하는 사람보다 항상 발전하고, 후회하지 않는 삶을 사는 파도와 같은 사람으로 기억되기를 바라는 학생, 모든 사람에게 기분 좋은 은은한 향기와 같은 사람으로 기억되기를 바라는 학생 등이 있다. 다수의 학생들이 기억되기 바라는 모습에서 학생들은 창의성과 호기심, 끈기, 용기, 생명력, 친절 등의 다양한 강점을 나타내고 있다. 그러나 아직 학생들은 자신의 강점이 무엇인지, 이것을 어떻게 강화시켜야 하는지에 대해 이해하지 못하고 있다. 이를 위해 긍정 심리학의 인성 강점과 덕목을 중심으로 강점의 특성을 분석하고, 이후 세 번째 주제에서 만나게 되는 '나의 대표 성격 강점 검사'를 통해 자신의 강점을 인식한다. 자신의 강점에 대한 이해를 바탕으로 강점이 자기개발의 밑거름으로 활용될 수 있도록 유도한다.

(3) 나의 대표 성격 강점

세 번째 주제는 '나의 대표 성격 강점'에 대한 느낌이다. 이 주제는 자기이해를 바탕으로 자신의 대표 성격 강점을 알아보고 자신의 강점이 자기개발로 이어질 수 있는 방안을 모색하는 것이다. 설문지를 통해 자신의 성격 강점을 알아보고, 주위 친구들에게 자신의 강점에 대해 서로 조언해주는 시간을 가진다. 자신이 알게 된 성격의 강점을 중심으로 앞으로 삶의 목표와 의미를 설정하는 계기를 가지게 한다.

리코나와 데이비슨(Lickona & Davidson, 2005)은 '수행적 인성(performance character)'과 '도덕적 인성(moral character)'을 구분하면서

인성 개념을 정교화 시킨다. 인성교육의 핵심 개념으로 간주되어 온 도덕적 인성은 '관계 지향적(relational orientation)'이고, 정직, 정의, 배려, 존중, 협력 등과 같이 성공적인 관계형성과 윤리적 행위에 필요한 자질로 이루어진다. 도덕적 인성은 타인과 우리 자신을 존중하고 배려하는 동시에 우리의 윤리적 삶을 위해 진실성을 가지고 행동하도록 한다. 수행적 인성은 '과업완수 지향적(mastery orientation)'이고, 노력, 근면, 인내력, 강력한 근로윤리, 긍정적 태도, 창의성, 그리고 자기규율과 같은 자질로 이루어진다(글로벌교육문화연구원, 2015: 22-23). 수행적 인성은 그 자체만으로 훌륭한 사람(good person)이 되는 데 부족하다. 올바른 인성을 기르기 위해서는 도덕적 인성과 수행적 인성의 고른 함양이 필요하다. 학생들의 글을 '긍정 심리학의 24가지 인성 강점'과 '수행적 인성과 도덕적 인성'과 'Holland의 직업적 성격유형론' 검사 자료를 토대로 분석한다.

예시1) 일단 내 성격을 정의하자면 나는 외강내유형인 것 같다. 생긴 거는 걱정도 없고 겁도 없을 것 같이 생겼고, 또 내가 평소 하는 행동을 살펴보면 밝고 다른 친구들과 잘 어울려서 다른 친구들은 나를 낙관적이거나 밝은 성격으로 생각하는 것 같다. 하지만 내가 봤을 때 나는 사소한 것도 남들보다는 백배 천배 더 걱정하고 혼자 고심하는 성격이기 때문에 낙관적이라기보다는 오히려 소심하고 걱정이 많다. 근데 다른 사람들을 웃기거나 다 같이 웃고 즐기는 걸 좋아해서 '유머'라는 강점에 공감할 수 있었다. 또한 어떤 행동을 하기 전에는 꼼꼼하게 다 따져보고 생각한 후에 결정을 내리기 때문에 '판단력' 부분에서도 공감할 수 있었다. 그리고 나는 거짓말을 잘 못하고 표정을 잘 숨기지는 못해서 아닌 것에는 아니라고 표현하고 맞는 것에는 맞다고 내 의견을 확실하게 표현하기 때문에 '진정성' 부분에서도 맞는 것 같다. 대표 성격 강점을 해보면서 내가 아는 내 성격에 대해서도 다시 생각해볼 수 있었고, 다른 친구들이 보는 내 성격에 대해서 알 수 있어서 내 성격을 파악하는 데에 도움이 된 것 같다.

예시1) 학생의 강점은 유머와 진정성과 판단력이다. 자신이 겉으로는 강하게 보이지만 내적으로는 아주 고민이 많은 소심한 성격이라고 생각한다. 친구들과 있을 때는 유머를 주도하는 성격이지만 혼자 있을 때는 외로움을 많이 느끼는 학생이다. 학생은 자신과 다른 사람들에게 도움이 될 만한 정보를 객관적이고 이성적으로 가릴 줄 아는 능력이 있다. 이러한 학생은 세심하고 꼼꼼한 성격으로 자신의 물건 관리가 철저하고, 문서와 자료를 잘 정리하는 성격을 가지고 있다. 또한 약속을 반드시 지키고, 다른 사람들에게 웃음을 주는 성격이다. 이 학생은 과업 완수 지향적인 수행적 인성보다는 타인에 대해 배려하고, 존중하고, 정직한 관계지향적인 도덕적 인성의 자질을 충분히 가지고 있다. 이러한 학생의 직업적 성격 유형은 관습형(Conventional)으로 경제분석가, 공인회계사, 은행원, 문서작성과 편집 등의 일이 적합하다. 학생이 자신의 강점과 성격을 이해하고, 깊이 생각해 보는 시간을 가짐으로 긍정적인 삶의 방향을 설정하여 수행적 인성과 도덕적 인성이 고르게 함양되는 기회를 가지게 될 것이다.

예시2) 가장 높은 점수인 10점을 받은 부분은 사회적 지능과 감사이다. 생각해보았을 때, 이런 부분에 영향을 준 것은 성격과 가정 배경인 것 같다. 나는 어렸을 때부터 활발한 편에 속했고, 처음 본 사람이어도 쉽게 말을 걸 수 있었다. 놀이터나 목욕탕을 갔을 때, 또래에게 먼저 다가가 놀이를 제안했고, 그러다보니 혼자 있는 시간보다 남들과 어울리는 시간을 많이 보냈다. 그래서 커서도 어떠한 장소나 단체에 가서도 잘 적응하고 적극적인 활동을 할 수 있었다. 또한 그렇게 남들과 보내는 시간이 많다보니 남들의 성격 파악은 물론 성향까지 파악하여 남들의 기분에 맞춰 그에게 알맞은 행동을 할 수 있게 되었다.

또한 우리가족 모든 사람들, 특히 엄마께서 감사하다는 말의 중요성을 어렸을 때부터 강조하여 가르쳐주셨다.……

예시2) 학생의 강점은 진정성과 사회적 지능과 감사이다. 지금까지 수업을 들으며 자신에 대해 생각해보는 시간을 가지게 되었고, 여러 검사를 통해 자신이 몰랐던 부분까지 알게 되었다. 이 학생은 DISK 검사에서 사교형(Influence)에 속한다. 이 학생은 정직하고, 다른 사람들의 감정을 잘 알아채고, 그에 맞게 반응할 줄 안다. 또한 주변 상황에 대해 감사하게 생각한다. 다른 사람들과 이야기를 나누는 것이 편안하고, 자신이 함께 하는 어떠한 곳도 즐거운 곳이라고 생각한다. 수행적 인성보다는 타인과의 관계를 중요시하고, 자신의 행동에 진정성을 가진 도덕적 인성의 자질을 가지고 있다. 이러한 학생의 직업적 성격 유형은 사회형(Social)으로 교사, 상담가, 간호사, 성직자 등의 일이 적합하다. 이 학생은 자신이 몰랐던 자신의 강점을 알게 되어 자신에 대해 새로 인식하고 발전하는 계기가 될 것이다. 적절한 근로윤리와 창의성을 함양하여 수행적 인성과 도덕적 인성의 고른 함양이 이루어지기를 기대한다.

예시3) ……'인사이드 아웃'과 같은 영화처럼 저 또한 저를 구성하고 있는 제 성격들이 굉장히 궁금했습니다. 상황에 따라 바뀌는 생각들처럼 다양한 성격들 중 저의 성격에 대해서도 의문을 가지던 제게 이번 성신인 수업은 이전에는 미처 알지 못했던 저의 성격과 저에 대해 알아볼 수 있는 시간이 되었습니다. 우선, 저의 대표 성격 강점을 나타내는 키워드는 '진정성'과 '신중'이었습니다. 처음에 이 단어들을 접했을 때는 이전에 경험해보지 못했던 경험이기도 했으며, 쉽게 와 닿지 않는 느낌에 혼란스럽기도 했습니다. 하지만 평소에 여러 상황을 마주했을 때의 저의 모습을 차근차근 되짚어보고, 그 상황들과 단어들을 함께 연결지어 생각해보는 것을 통해 조금 더 깊게 저에 대해 생각해보고 알아갈 수 있었습니다. 또한 저는 저희 조원들이 생각하는 저의 모습에 대한 단어들이 적힌 종이를 통해 타인이 바라보는 저의 이미지에 대해서도 알아갈 수 있었습니다.……

예시3) 학생은 자신의 대표 성격 강점에 대한 자신의 느낌을 영화 '인사이드 아웃'을 통해 표현하고 있다. 자신이 몰랐던 자신의 강점을 알고 진정으로 와 닿지 않아 혼란스러웠다고 한다. 상황에 따라 자신의 성격도 영화처럼 달라질까 고민하던 학생에게 진정성과 신중이라는 강점을 알게 되고, 스스로에게 질문하고 고민해보는 시간을 갖게 되었다. 자신이 경험한 일에서 자신의 강점과 관련시켜보며 자신의 강점으로 인식하고, 자신에 대해 조금씩 이해하는 계기가 된 것이다. 타인이 바라보는 자기에 대한 이미지를 알게 되어 자신이 미처 깨닫지 못했던 부분까지 알게 되어 이 시간들이 개인적으로 매우 뜻 깊은 경험이었다고 한다. 이 학생은 정직하고, 진실하고, 나중에 후회할 말이나 행동을 하지 않는 신중함을 가지고 있다. 타인과의 관계에서 존중하고, 협력하는 도덕적 인성과 근면하고, 인내력 있는 수행적 인성이 골고루 함양되어 있다. 타인을 통한 자기이해를 긍정적으로 바라보고, 고민하는 모습에서 탐구적인 자세를 충분히 가지고 있다. 이 학생의 직업적 성격 유형은 관습탐구형으로 건물검사관, 연구실기술자, 회계사, 재무분석가

등의 직업이 적합하다. 자신의 강점이 자기개발로 이어질 수 있는 계기가 될 것이다.

다른 학생은 어릴 때부터 한 가지 일에 집중하는 성향을 가지고 있었다. 학생의 강점은 강한 학구열과 끈기이다. 그 학생은 정신적, 물질적으로 외적인 보상이 없어도 한 분야에 대해 집중하면서 새로운 것에 대해 갈망한다. 한번 시작한 일은 끝까지 해내는 열정을 가지고 있었다. 이 학생은 예술에 대한 감정도 풍부하고, 땀을 흘리는 신체적 활동에도 적극적이다. 일을 끝낸 뒤에 찾아오는 허탈감과 무기력함으로 우울함을 느끼기도 하여 일에 대한 적절한 조절이 필요하다. 학생은 타인과의 관계보다는 업무에 대한 강한 추진력을 가진 과업완수 지향적인 수행적 인성의 자질이 충분하다. 이 학생은 타인과의 관계를 배려하고, 존중하고 협력하는 도덕적 인성의 자질을 함양할 필요가 있다. 이러한 학생의 직업적 성격 유형은 탐구형(Investigative)으로 학자나 교수, 의료기술자 등의 직업이 적합하다. 이 학생은 자신의 성격에 대한 강점과 단점에 대해 스스로 조절이 필요하다고 의식하고 있다. 이번 기회를 통해 자신에 대한 적절한 조절이 이루어기 바란다.

다수의 학생이 자신이 몰랐던 자신의 강점을 알게 되고, 자기에 대해 깊이 이해하게 되었다. 타인의 시선에서 보이는 자기 모습에 대해 새로운 관점에서 자신을 인식하는 계기를 갖게 된 것이다.

(4) 내 인생의 주요 사건(나를 변화시킨 내 인생의 주요 에피소드
......?)

네 번째 주제는 '내 인생의 주요 사건-나를 변화시킨 내 인생의 주요 에피소드는?'이다. 이 주제는 지금까지 살아온 시간동안 학생들의 기억 속에 남아 있는 일들을 회상하여 자기를 노출시키는 것이다. 어린

시절에 대한 기억은 좋은 일도 있지만 상처가 되는 일도 있다. 좋든 싫든 지나온 시간을 생각하며 기억나는 일을 적어봄으로 자신의 내면을 들여다보는 시간을 가지게 된다. 자신의 과거를 타인에게 드러냄으로 조원들 간에 친밀감은 더욱 깊어지고, 타인의 상처를 위로하며, 자기 상처가 치유되는 경험을 가지기도 한다.

에릭슨은 인간 발달과정을 프로이트의 심리성적 발달에서 출발하여 심리사회적 발달을 추가하여 인간발달 단계를 8단계로 나누어 설명하고 있다(박아청, 2010: 236). 그의 이론에 의하면 제1단계(0-1세)는 신뢰감 대 불신감의 시기이다. 이 시기에 어머니와 신뢰감이 형성되고, 이 신뢰감은 세상에 대한 신뢰감으로 확장된다. 제2단계(1-3세)는 자율성 대 수치심의 시기이다. 이 시기에 아이는 어머니에게 의존하기는 하지만 자율성이 시작되는 시기이다. 아이가 스스로 무엇인가 하려고 시도하는데 혼자 할 수 있도록 도와주고, 아이의 자율성을 존중해주어야 한다. 제3단계(3-6세)는 주도성 대 죄책감의 시기이다. 이 시기는 아이의 활동수준이 높은 시기이다. 아이가 주도권을 가지고 활동하려는 것에 대해 처벌하기보다는 아이의 마음을 표현하게 하고 들어주는 것이 중요하다. 제4단계(6-12세)는 근면성 대 열등감 시기이다. 이 시기는 아이의 지적능력이 개발되는 시기이다. 이 시기에 근면성이 완성되면 어른이 되어서도 근면하게 된다. 제5단계(12-20세)는 자아정체감 대 정체감 혼란의 시기이다. 이 시기는 정체성이 형성되는 시기이다. 정체성은 평생을 통해서 일어나는 것이지만 이 시기에 어느 정도 형성되는 시기를 갖지 못하면 정체성 혼란을 초래할 수 있다. 제6단계(20-40세)는 친밀감 대 고립감의 시기이다. 이 시기는 5단계에 형성된 정체성을 바탕으로 친밀감이 형성되는 시기이다. 친밀감의 형성은 타인과의 관계 형성이고, 이 시기에 인생을 함께 할 동반자를 찾고, 사랑하고, 결혼하는 시기이다. 제7단계(40-65세)는 생산성 대 침체 시기이다. 6단계에서 친밀감의 과제를 성취하고, 결혼했다면 자녀를 낳아서 잘 기르는 단계이다. 생산성을 가지지 못하면 자기 침체에 빠지게 된다. 제8단계(65세 이후)는 통합감 대 절망감 시기이다. 이 시기는 나이가 드는 시기라서 소외되기 쉬운 시기이다. 자신의 인생을 되돌아보면서 잘 살아왔다고 평가할 수 있으면 통합감을 성취한 것으로 볼 수 있다.

대학교 1학년은 5단계의 청소년기를 갓 지나온 6단계의 성인초기 단계이다. 이 시기는 청소년기에 확립한 자아정체감을 바탕으로 타인과 상호관계를 형성하고, 타인에 대한 보살핌과 사랑을 넓혀가고 심화시키는 시기이다. 이 단계의 주요한 덕목은 사랑이며, 이 시기에 발생할 수 있는 심리사회적 위기는 친밀감 대 고립감이다. 이 시기에 주위 사람들로부터 우정과 협력, 경쟁을 경험하고, 사랑으로 관계를 확대시켜 나간다. 그러나 이 시기에 경험하는 사회적 위기를 성공적으로 극복하지 못하면 그의 삶은 배타성을 발달시키게 되고, 고립되며 타인과 원만한 관계 형성에 어려움을 겪게 된다. 그러므로 대학교에 입학한 학생들의 교우관계와 다양한 경험은 앞으로 그들의 삶에 지속적인 영향을 미치게 된다.

예시1) 나를 변화시킨 내 인생의 주요 에피소드는 진로, 우정, 학업 세 가지입니다. 첫째, 꿈꾸었던 피아노와 운동을 포기했을 때 슬프고 우울했지만 시간이 조금 흐른 뒤 재능이 남들에 비해 부족하고, 내가 노력하더라도 천부적인 재능을 타고난 아이는 이길 수 없다는 어리석은 생각을 했습니다. 그 후로 모든 분야를 접할 때 최선을 다하면 결과 또한 그러하리라는 마음을 가지게 되었습니다. 둘째, 현재 13년 지기 친구와 10년 지기가 되었을 때 처음으로 다투게 되었고, 2년 반 만에 화해를 했습니다. 이를 통해 가까운 사람일수록 배려와 이해가 더 필요하다는 걸 알았습니다. 셋째, 저는 고 2때 가장 열심히 공부했습니다. 정말 머리에 오로지 '공부'만을 담은 채 살아갔던 그 1년은 어떤 일이든 자신 있게 시작하고 완성도 높게 해낼 수 있다는 확신을 주었습니다.

예시1) 학생은 자신의 진로와 우정과 학업에 대한 것을 주요 사건으로 기억한다. 어린 시절 자신이 좋아했던 피아노와 운동을 진로 선택에서 포기한 기억은 후에 자신의 재능이 없음으로 오해하는 결과를 만들었다. 그러나 어느 정도 성장한 후 모든 일은 최선을 다하면 그만큼의 좋은 결과를 가져온다는 것을 깨닫게 된다. 13년 동안 사귀어온 친구와 싸우고 화해하는 과정에서 친할수록 더 배려하고 이해하는 마음이 필요하다는 점도 깨달았다. 가장 열심히 학업에 열중한 고등학교 2학년의 시간은 자신의 인생에서 가장 소중한 경험으로 앞으로 어떠한 일도 자신 있게 할 수 있는 용기를 주었다. 학생은 자아정체감이 형성되는 청소년기에 진로에 대해 고민하고, 친구와 우정에 대해 갈등하고, 학업에 열정을 쏟아 자아성취감을 이루었다. 이러한 경험은 학생의 정신적 성장에 큰 영향을 주어 바른 정체성을 형성하고, 자신에 대해 깊이 이해하고, 올바른 가치관을 형성하게 한다.

예시2) 지금 돌이켜봤을 때, 22년 동안 살아오면서 가장 힘들었던 순간은 아마도 7살 때였던 것 같다. 처음 외국에 나가 낯선 환경에 적응하는 것은 쉽지 않았다. 말이 통하지 않아 사람을 좋아하는 성격임에도 불구하고 사람들과 쉽게 친해지지 못했기 때문이다. 그래도 차츰 적응하며 즐거운 생활을 하기 시작했다. 한국에 돌아와서도 다행히 마음이 맞는 친구들을 사귈 수 있었으며 별다른 고민을 갖지 않고 생활했지만 학년이 올라갈수록 색다른 고민들을 하기 시작했던 것 같다. 17살에 다시 외국에 갔을 때도 항상 즐거운 생활을 하는 것처럼 보였으나 마음 속 고민은 지울 수 없었던 것 같다. 그래서 18살 때부터인가 여행을 많이 다니기 시작했다. 가리지 않고 이곳저곳 다녔었던 것 같다. 여행을 구체적으로 설명하기는 어렵지만 변화된 나를 발견할 수 있는 충분한 계기가 되었던 것 같다.

예시2) 학생은 7살에 외국으로 이민 가서 겪은 일들이 지금까지 마음에 상처로 남아 있는 경우이다. 이 시기의 아이는 많은 것에 호기심을 가지고 있으며, 자기가 주도권을 가지고 활동하려고 한다. 말도 통하지 않는 낯선 외국에서 어린 아이가 주도권을 가지고 할 수 있는 것은 없었을 것이다. 조금씩 성장하면서 그 생활에 적응하고, 나름 즐기려고 애쓰며 살아온 학생의 모습이 보인다. 성인이 된 지금 스스로를 위로하며, 이제는 괜찮다고 생각하고 있지만 한 곳에 안주하지 못하고, 여러 곳을 여행하며 즐거운 척하는 학생의 태도는 유아기에 안정적으로 확립되지 못한 불안감이 지금도 여전히 지속되고 있음을 보여준다. 이 학생은 유아기에 비롯된 불안한 심리 상태를 극복할 지속적인 심리치료가 필요한 것으로 보인다.

불안(anxiety)은 부정적인 결과가 나타날 수도 있는 위험한 상황에서 경험하게 되는 불쾌하고 고통스러운 정서적 반응이다. 이러한 반응은 자극조건에 의해 유발되고, 이러한 반응이 지속적으로 이루어질 경우 일반화 원리에 의해 비슷한 상황에 처한 경우에 동일한 불안이나 긴장이 일어나게 된다. 이러한 경우 불안이나 긴장을 둔감시키는 방법을 단계적 둔감화라고 한다. 단계적 둔감화의 구체적 방법은 먼저 점진적 이완훈련을 통해 몸을 편안히 하고, 신체의 각 부분을 긴장과 이완이 반복하도록 한다. 이완훈련을 한 뒤, 불안 유발 자극의 목록을 만들어 각 장면에 대해 둔화훈련을 실시한다(이춘·공병호, 2015: 136－137). 이 학생은 단계적 둔감화를 통해 불안감을 둔화시켜 극복하고, 자아 정체 감을 확립할 수 있는 기회를 만들어 주어야 한다.

예시3) 어렸을 적부터 소극적이고 부끄러움이 많은 아이였는데 유치원을 다닐 때 선생님께서 앞에 나와서 발표를 하라고 하셨습니 다. 단지 발표 하나였지만 저는 너무 떨리고 무서운 마음에 발표를 못하겠다고 울어버렸습니다. 선생님께서는 달래주지 않으시고 저 보다 어린 아이들이 듣는 반으로 데려가서 수업을 듣게 했습니다. 그 후로 남의 앞에 서는 게 힘들고 자리를 피하게 되었습니다. 그런 데 중학교 때 저에게 학생회 활동을 같이 하자는 제의가 들어왔고, 자신감 없는 저를 바꾸고 싶어서 활동에 참여하게 되었습니다. 많 은 학생들도 만나면서 내 의견을 말할 수 있고, 적극적으로 어떤 일 도 참여할 수 있게 되고 일에 대한 자신감이 생겼습니다.……

예시3) 학생은 어린 시절 유치원에서 겪은 일로 오랜 시간동안 주도 성을 상실하고 수치심을 가지고 성장하게 되었다. 이 시기의 아이들은 모든 것이 호기심과 탐구의 대상이 되어 부모님을 긴장시키기도 한다. 아이의 활동에 처벌보다는 마음을 표현하게 하고 들어주는 것이 중요 하다. 이러한 시기에 상처받은 아이는 열등감을 가지고 자라게 되며, 아이의 지적능력에도 영향을 미친다. 아이들에게 결과보다는 과정 중 심의 교육이 중요하며 지나친 결과에 대한 집착은 인성에도 나쁜 영향 을 준다. 정체감이 형성되는 청소년기에 이르러 자신의 성격과 태도가 변화하는 계기를 갖게 되고, 자신이 하고 싶은 의지를 가지고 학급 일 에 적극적으로 참여하여 학급일과 교우 관계에 자신감을 가지게 되었 다. 유아 시절 소극적인 학생의 성격을 선생님이 배려하여 지도하였다면 학생은 좀 더 빠른 시기에 일에 대한 주도성과 자신감을 찾을 수 있었을 것이다. 청소년기는 자아에 대한 인식이 시작되는 시기로 자신의 좋은 부분은 더욱 발전시키고, 자신의 부족한 부분을 보완하려는 의지가 나타나는 시기이다. 학생은 자신이 변화하고자 하는 의지와 주위 친구들의 도움으로 자신의 정체성을 잘 형성해 온 것으로 보인다.

예시하지 않은 다른 학생은 특성화고등학교를 졸업하고, 직장생활을 경험한 뒤에 학업에 대한 열망을 가지고 대학에 들어온 학생이다. 어린 나이에 사회의 냉혹함을 경험하고, 다하지 못한 학업에 뜻을 이루고자 대학에 들어와 젊은 시절에 많은 경험을 하겠다는 새로운 인생 목표를 설정하기도 하였다.

청소년기에 학생들은 '나는 누구인가, 나는 무엇을 하며 살아가야 하는가, 내가 이룰 수 있는 일은 무엇인가?'라는 끊임없는 질문과 의심으로 자신의 정체성을 찾아간다. 이 시기에 이러한 현상은 당연한 것이고, 이러한 자기 고민을 함께하고 이끌어줄 수 있는 친구나 선생님 같은 좋은 멘토가 있다면 이들은 올바른 가치관과 정체성을 확립할 수 있는 적절한 시기가 될 것이다.

학생들이 지금까지 살아오며 기억하는 주요 사건들은 '학업과 진로'(48명, 44%) > '주위환경(친구 등)'(38명, 34.86%) > '어린 시절 상처'(17명, 15.6%) > '가족 갈등'(6명, 5.5%) 순이다. 가장 많이 기억하는 사건은 자신의 학업과 관련한 진로에 대한 것이다. 자신이 하고 싶은 일에 대한 욕구와 그에 미치지 않는 현실에 대한 갈등이다. 학생들은 지금까지 입시위주의 교육체계 속에서 자신이 진정으로 하고 싶은 일이 무엇인지 모르고 살아왔다. 대학은 이러한 학생들이 삶에 대한 목표를 설정할 수 있는 계기를 만들어 주어야 한다. 두 번째는 친구들과 관계에서 발생하는 문제에 대한 것이다. 유아기를 제외한 초·중·고교

시절을 학교에서 보내는 학생들에게 친구들과의 관계는 매우 중요하다. 이 시기에 형성한 인간관계는 성인되어서 형성하는 새로운 인간관계에도 많은 영향을 준다. 세 번째는 어릴 때 받은 주위 사람과 상황에 대한 상처이다. 다수 학생들이 유아 시절 경험한 상처가 성인이 되어가는 지금까지 치유되지 않고 고스란히 기억에 저장되어 있다. 유아기에 상실한 아이의 주도성은 회복하기에 오랜 시간이 걸리며, 회복하지 못할 수도 있다. 그러므로 유아 교육의 중요성은 강조될 수밖에 없다. 네 번째는 가족에게 대한 기대와 갈등에 대한 것이다. 가족에 대한 사랑은 태어날 때부터 지금까지 학생들에게 영향을 주지 않을 수 없다. 부모님의 직업과 관련한 잦은 이동과 경제적 상황은 학생들이 고스란히 안고 가는 자신의 몫이 되고 있다.

청소년기는 자아에 대한 정체감이 형성되고, 이 시기에 위기를 잘 극복하지 못하면 정체성의 혼란으로 위기를 맞게 된다. 정체성의 혼란은 청소년의 일탈을 초래할 수 있으며, 이 시기의 일탈은 그들의 장래를 위협하는 요소로 작용할 수 있다. 청소년기의 좋은 멘토는 학생들의 위기 극복과 가치관 형성에 큰 영향을 줄 것이다.

109명의 학생들에게 가치 측정 설문지를 통해 자신의 직업과 관련된 가치관을 알아보았다. 40개의 질문을 체크하여 8개의 가치관으로 나누어 측정한 결과를 앞선 순으로 정리하면, 삶의 질(28명, 25.7%) > 안전성(20명, 18.3%) > 전문성(18명, 16.5%) > 독립성(15명, 13.8%) > 봉사/헌신(12명, 11%) > 도전력(8명, 7.3%) > 경제력(5명, 4.6%) > 리더십(3명, 2.8%)으로 나타났다. 학생들이 가장 중요하게 생각하는 가치관은 '삶의 질'이다. 자신의 삶에서 자신과 가족과 일이 균형을 유지할 때 인생에서 성공했다고 느끼며, 자신이나 가족문제에 지장을 주지 않는 직업을 선호하는 경향이 가장 많다고 볼 수 있다. 2위는 '안정성'으로 학생들은 직업에 있어 안정성과 고용의 장기적 보장이 확립된 조직에서 일하고 싶어 한다.

다수의 학생들이 직업에 관련한 가치관에 대해 개인적인 삶을 보장받고, 고용의 안정과 전문성을 유지하는 일을 원하고 있다. 일부 학생들이 직업에서 독립성과 봉사의 기회를 얻기 바라며, 도전적인 일을 원하기도 한다. 가장 많은 순위를 차지할 것이라고 예상했던 경제력은 7위로 낮은 순위에 머물렀지만 질문의 내용을 보니 경제력의 정도를 개인 사업을 꿈꾸는지에 대해 맞추어 있었다. 불안한 경제 상황에 위협받고 싶지 않은 요즘 추세와 안정적인 직업을 선호하는 경향 때문에 질문지에 낮은 점수를 주어 경제력이 낮게 나온 것으로 예상된다. 가장 낮은 순위를 차지한 '리더십'은 소수의 학생들만 조직에서 리더가 되기를 바라는 경향을 나타낸다. 요즘 팀별 작업을 진행할 때, 성별을 떠나서 팀에서 리더를 정하기가 쉽지 않다. 팀에서 리더 하기가 쉽지 않음은 사실이지만 작은 팀에서 리더가 되어봄으로 더 큰 팀에서의 리더를 잘 할 수 있다는 긍정적인 효과보다 책임감을 떠안기 싫어하는 요즘 사회 경향을 반영한 것 같다. 학생들이 쓴 글에서 그들이 지금까지 살아온 이유와 앞으로 어떻게 살아갈 것인지에 대해 고민하는 모습을 지켜보며 그들이 내적·외적으로 성장하는 모습을 볼 수 있었다.

4) 인성교육 방안

대부분의 학생들이 대학에 오기까지 '대학'이라는 목표만을 위해 살아왔다. 대학에 오니 이제부터 무엇을 해야 할지 몰라 방황하고 불안한 나날을 보내고 있다. 지금 자신이 잘 살고 있는지 어떤지에 대해 학생 모두가 고민하고 있다. 대학에서 즐거움을 만끽하고 있는 순간에도 그 시간이 지나면 학생들은 자신의 공간에서 자기와의 싸움이 다시 시작되는 것이다. 삶의 목표를 잃은 학생들에게 대학은 그들이 지금까지 쌓아 온 것과 앞으로 쌓아가야 할 것들을 제시하는 등불이 되어야 한다. 학생들은 자신의 글에서 자신의 고민을 진심으로 말하며 자기를 노출시키고 있다.

교과목 '성신인'의 글쓰기 사례를 통해 학생들의 인성에 영향을 준 것을 몇 가지로 나누어 보면 다음과 같다.

첫째, 부모님과 가정환경의 영향이다. 부모의 양육방식은 학생들의 인성과 심리상태에 가장 큰 영향을 주는 것으로 나타났다. 부모에 의해 만들어지는 가족 분위기는 자녀의 사회생활에 기초가 되고, 자신과 타인, 세상을 보는 방법에 영향을 준다.

둘째, 어린 시절의 내적 상흔이다. 신뢰감과 자율성과 주도성이 확립되는 어린 시절의 아동은 이 시기에 외부로부터 받은 내적 상흔이 평생을 갈 수 있다.

셋째, 학교의 영향이다. 학령기와 청소년기의 학생들은 집보다 학교에서 머무르는 시간이 많다. 이에 학교 교육은 매우 중요하다.

넷째, 청소년기의 내적 고민과 방황이다. 청소년기는 정체감이 형성되는 시기로 내적으로 고민이 많은 시기이다.

학생들의 인성에 영향을 주는 것을 바탕으로 인성교육이 나아갈 방안을 제시해보면 다음과 같다.

첫째, 부모의 바른 양육태도에 대한 부모교육이 실시되어야 한다. 가정에서 실시되는 부모의 바른 양육 방식은 학생의 인성에 가장 큰 영향을 준다. 부모의 인성교육에 대한 바른 이해와 자녀에 대한 양육태도를 교육하여 가정에서 근본적인 인성교육이 이루어져야 한다. 바른 양육태도에 대한 부모교육은 학교와 공공기관에서 현실적으로 실시되어야 한다.

둘째, 입시위주의 교육현실이 개선되어야 한다. 결과보다는 과정중심의 교육이 실시되어야 한다. 입시위주의 교육정책으로 인해 학생 개인의 인성교육보다 성적위주의 평가로 인성을 침해하는 심각한 교육현실이 초래되고 있다. 학교 폭력과 청소년 자살은 입시위주의 교육현실이 개선되어야 함을 강력히 시사하고 있다.

셋째, 학교 교육 과정에서 학생들의 성격 강점을 찾아 자기개발로 발전할 수 있는 교육프로그램의 개발이 시급하다. 자신의 강점을 찾는 것은 자신을 이해하는 한 과정으로 볼 수 있으며, 이러한 과정에서 자신의 강점을 개발하여 자신의 미래를 설계하는 계기를 마련하도록 해야 한다.

넷째, 학생들의 고민을 들어주고 위로하는 멘토가 필요하다. 청소년기는 내적·외적 고민이 많고 불안한 시기이다. 자아 정체성을 확립하고 올바른 가치관을 형성하기 위해 긍정적인 영향을 주는 멘토가 있어야 한다. 일부 청소년들은 이 시기에 좋은 멘토를 만나 자신의 정체성을 잘 형성할 수 있지만, 다수의 청소년들은 그들을 이끌어줄 멘토를 만나지 못하고 있다. 그러면서 대학에 와서 급하게 자아 정체성에 대한 확립을 요구하는 시점에 이르자 당황하게 된다. 청소년기의 좋은 멘토는 학생들의 위기 극복과 가치관 형성에 큰 영향을 줄 것이다.

다섯째, 자아 성찰적 글쓰기 방법을 제안한다. 글쓰기 사례를 통해 살펴본 글에서 학생들은 말로 할 수 없는 많은 이야기를 글로서 표현하고 있다. 글을 쓰면서 자신에 대해 깊이 생각하고, 고민하며 자기이해의 과정을 거치게 된다. 인성교육의 시작은 자기이해에서 출발한다. 자기이해를 통해 글쓰기로 자기를 표현하고, 타인과 나눔으로 더불어 사는 공동체 사회에 기여하는 실천인으로 살아가는 계기가 될 수 있다.

다양한 인성교육 방안을 실천하여 학생들이 자기에 대한 올바른 가치관을 형성하고, 긍정적인 자세로 여러 활동에 적극적으로 참여하고, 자신이 하는 일에 도덕적 동기를 부여하고, 공동체 사회에서 나눔을 실천하는 교양인으로 성장하기를 기대한다.

　자아 성찰적 글쓰기와 인성교육에 대한 발전적 방안은 후속 연구 과제로 남기며, 인성교육에 대한 다양한 방법과 연구의 틀이 확대되기를 바란다.

6장

———

맺음말

2019년 말부터 시작된 'COVID-19' 상황은 어느 정도 안정화되어가고 있지만, 그에 대한 불안감은 여전히 지속되고 있다. 백신과 치료제가 상용화되고 있지만, 신종 바이러스의 출몰은 앞으로 계속될 것이다. 이러한 상황에서 사람들은 서로 간의 사회적 거리두기를 실천하면서 미래사회의 변화에 적절하게 대비해야 한다. 변화하는 미래사회에 대한 불안감은 현대인들에게 정신적인 위기 상황을 초래한다. 현재와 미래에 대한 불안감은 결국 사회 전반에서 예상하지 못한 돌발 행위로 나타날 수 있다. 이는 곧 사회적 위기감을 조성하고, 개인을 넘어 사회문제 현상으로 확대될 수 있다.

현대인들은 지속된 'COVID-19' 상황과 다양한 사회문제 현상으로 이미 정신적인 아노미 상황에 처해 있다. 이에 대한 방안으로 인문학을 통한 감정치유를 제안한다.

인문학을 통한 감정치유를 연구하여 얻을 수 있는 기대효과는 다음과 같다.

첫째, 사회가 초래하는 다양한 감정에 대한 치유가 가능하다. 인문학을 통한 감정테라피를 제시한다. 소위 보수와 진보의 대립, 적폐와 혁신의 대비, 생에 대한 가치관 불안정 현상 등에 의해 현재 한국

사회는 일정한 방향타를 설정하기가 난해하다. 정치학, 경제학, 사회학이 늘 했듯이 명료한 언어로 해법을 제시하고 있지만 우리 사회는 너무나 많은 두뇌 굴림에 지쳐있다. 가슴을 치유할 때이다. 모든 변화에 대해 감정이 수긍할 수 있어야 한국 사회의 지속성 보장이 확대된다. 논리, 명제를 표하는 각종 사회철학과는 별개로 인문학이 가지는 감정치유 기능이 강조된다. 인문학을 활용한 다양한 감정치유 프로그램을 연구 개발하여 인문학을 활성화할 수 있는 기회를 확산한다. 사회와 감정의 상호관련성에 근거한 인문학의 역할 확대 타당성을 입증할 수 있을 것이다.

둘째, 다양한 인문교육 콘텐츠 개발이 가능하다. 대중문화에 부합하는 다양한 인문학 소비활동을 촉진한다. 인문학을 통한 다양한 감정 공유의 기회를 제시하고, 그 감정에 대한 다양한 인문교육 콘텐츠를 개발한다. 도서, 영화, 역사문화 공간, 드라마, 광고, 기타 산업에 인문학 작품을 활용한 콘텐츠를 개발한다. 매체를 활용한 인문교육 콘텐츠 개발은 침체된 인문학 활동에 새로운 소비활동을 촉진하고, 대중 인문학 활동을 활성화할 수 있는 기회를 가져올 것이다.

셋째, 연대성 강화 수단으로 인문교육을 재정비한다. 인문학을 통한 함께 하는 사회를 구현한다. 가치체계를 모든 사회 구성원들이 공유하여 사회의 지속과 공존을 추구하듯이 우리 사회가 겪고 있는 다양한 감정구조를 분석 정립하여, 공유된 감정들이 밝은 색을 지닐 수 있도록 인문학의 순기능을 확대해야 한다. 다양한 문학 공동체 활동과 문학 프로그램을 기획 및 개발하여 인문학의 긍정적 기능을 확산한다. 그 결과 지역 인문학 공동체를 통한 사회연대를 강화하여 사회 속 인문학 활동의 지속성과 확장성이 담보 되어질 것이다.

넷째, 사회현상에 대한 인문학 연구를 확대하여 인문학 연구의 새로운 영역을 개척한다. 융복합적 인문교육 영역의 개척에 토대를 마련하는 것이다. 수많은 사회 쟁점들은 광범위한 영역에 걸쳐 발생되고 있으며, 이런 문제를 처리하는 과정에 사회, 경제, 정치적 관점을 반영시켜왔다. 그러나 문제해결의 흠결이 지속적으로 발생되고 있으며, 이성 외 감성적 요소를 활용해 그 문제를 해결하고자 한다. 인문학은 이러한 사회 쟁점에 대한 감정구조를 분석하고, 제(諸) 사회 문제를 연계하여 미래사회를 대비하는 역할을 할 것이다. 이것은 인문학이 다양한 분야와 융합하여 새로운 인문교육 영역을 개척하는 토대가 될 것이다.

다섯째, 스토리텔링을 활용한 인문교육 산업을 활성화한다. 현대는 디지털 기술의 발전으로 다양한 인문교육 산업이 가능한 스토리텔링의 시대이다. 인문학은 스토리텔링의 근본으로 인문학을 활용한 다양한 산업 매체 활용이 가능하다. 스토리텔링을 활용한 인문교육과 산업이 함께 발전할 수 있는 기회를 제공할 것이다.

인간의 정신적 질병에 대한 연구는 의학적, 심리적 부문에서 다양하게 연구되어왔지만, 이는 심각한 병적 증상을 가진 환자를 중심으로 이루어졌다. 일반 대중을 대상으로 한 다양한 감정치유에 대한 연구는 아직까지 미흡한 상태이다. 현대인들은 다양한 사회 변화 현상과 개인적 사회적 문제 상황으로 일정 부분에서 정신적, 감정적 상처를 받으며 살아가고 있다. 이에 인문학을 통한 감정의 치유는 매우 중요한 대안적 방법으로 제시할 수 있다. 인문학을 통한 다양한 방법들은 현대인의 정신적 상흔을 충분히 치유할 수 있을 것이다.

과학기술의 발전으로 의료체계가 혁신적인 발전을 이루어 대부분의 질병이 사라지고, 인류의 수명이 150세를 향하는 시대에서 예상치 못한 변이 바이러스의 출현은 인류의 삶을 위협하는 존재임에 틀림없다. 의료기술로 대부분의 육체적 질병이 안전하게 치료된다 하더라도 아직 우리 인류에게는 해결되지 않은 정신적 심리적 질병이 존재하고 있다. 정신적 심리적 문제에 대한 연구는 개인과 안정된 사회를 위하여 충분히 연구되어야 할 인류의 과제이다.

인문학은 현대 학문에서 심각한 위기 상황을 맞고 있지만, 의학적으로 치료되지 않은 정신적 심리적 부분에 대한 치유로서의 역할은 무한히 남아 있다. 그렇다면 현대 학문에서 인문학은 결코 위기가 아니라 기회임을 이해하고, 현대사회에서 더 중요한 학문으로 기여하고 발전할 수 있음을 기대할 수 있다. 특히 인문학을 통한 감정에 대한 치유 연구는 행복한 삶을 추구하는 현대인의 삶에서 다양한 융복합적 학문으로 현대인의 삶에 스며들게 될 것이다.

———

참고문헌

1. 감정치유에 활용된 작품

*도서

김원일(1999), 「미망(未忘)」, 『한국 현대문학 100년, 단편소설 베스트 20, 무진기행』, 가람기획.

이청준(1999), 「눈길」, 『한국 현대문학 100년, 단편소설 베스트 20, 무진기행』, 가람기획.

조세희(1976), 「뫼비우스의 띠」, 『한국 현대문학 100년, 단편소설 베스트 20, 무진기행』, 가람기획.

황석영(2007), 『바리데기』, 창비, 2007.

황순원(1956), 「소나기」, 『한국 현대문학 100년, 단편소설 베스트20, 무진기행』, 가람기획.

*영화

피터 위어 감독(1998), <트루먼 쇼>

닉 카사벳츠 감독(2004), <노트북>

데이빗 핀처 감독(2009), <벤자민 버튼의 시간은 거꾸로 간다>

이안 감독(2013), <라이프 오브 파이>

리처드 커티스 감독(2013), <어바웃 타임>

바이론 하워드·리치 무어 감독(2016), <주토피아>

2. 논문

김유동(2013), 「인문학, 치유, 그리고 우울 : 인문 기반 우울치유를 위한 기초연구」, 『인문과학연구』 제39호, 강원대학교인문과학연구소.

김은애(2015), 「아리스토텔레스의 '카타르시스'이론을 중심으로 한 고대 그리스의 음악교육론 연구」, 『음악교육공학』 제22호, 한국음악교육공학회.

김익진(2020), 「청년 감정노동자를 위한 인문예술치료프로그램 개발과정에서의 문제와 인문학적 과제」, 『감성연구』 제21호, 전남대학교 호남연구원.

김지희, 방재석(2019), 「영화 <리틀 포레스트> 속 공간적 특성과 의미에 대한 고찰」, 『열린정신인문학연구』 제20집, 원광대학교인문학연구소.

김진경, 왕수영(2019), 「환대산업 서비스 접정 종사원의 감정노동에 대한 비교 연구: 호텔과 항공사」, 『관광학연구』 제43권 4호, 한국관광학회.

박이슬(2020), 「상처받은 자아의 예술적 표현과 치유 가능성 연구 – 융합전시를 중심으로」, 『한국과학예술융합학회』 제38호, 한국전시산업융합연구원.

박주원 외(2018), 「감정 분석 기반의 음악추천 sns 서비스」, 『한국통신학회 학술 대회논문집』, 한국통신학회.

박해랑(2015), 「대학생을 통한 글쓰기의 치료효과에 대한 연구」, 『문화융합』 제37권, 문화와융합학회.

_____(2017), 「글쓰기 사례를 통해서 본 인성교육 방안」, 『교양교육연구』 제11권 1호, 한국교양교육학회.

_____(2017), 「성찰적 글쓰기를 통한 글쓰기 효과 연구」, 『문화와융합』 제39권 5호, 문화와융합학회.

_____(2019), 「김원일 <미망(未忘)>에 나타나는 노년기의 삶에 대한 심리 연구」, 『돈암어문학』 제35집, 돈암어문학회.

_____(2019), 「황석영 소설 『바리데기』에 나타나는 삶에 대한 감정」, 『리터러시연구』 제10권 3호, 한국리터러시학회.

박해랑(2019), 「황석영 소설 『바리데기』의 생사관(生死觀) 연구」, 『영주어문』 제40호, 영주어문학회.

_____(2021), 「감정치유 연구동향 분석 − 2005 − 2020년 학술문 중심으로」, 『JCCT』 제7권 3호, 문화기술의융합.

_____(2022), 「인문치유 연구 − 학생 사전 설문조사 분석」, 『JCCT』 제8권 5호, 문화기술의융합.

안동현(2019), 「치유와 성찰의 자연 공간 월든 : 소로우의 『월든』과 발달적 독서치료」, 『독서치료연구』 제11권 2호, 한국독서치료학회.

이모영(2016), 「디지털 이미지의 매체 특징과 그 치유적 함의에 대한 논의」, 『예술심리치료연구』 제12권 3호, 한국예술심리치료학회.

이유정(2017), 「연극제작 과정에서 나타나는 치료적 효과에 관한 연구」, 『연극예술치료연구』 제7호, 한국연극예술치료학회.

이은엽 외5인(2016), 「개인감성 및 날씨 정보를 이용한 감성 치유 조명 시스템」, 『한국정보과학회 학술발표논문집』, 한국정보과학회.

이종명(2020), 「산림치유 프로그램 공간유형에 따른 스트레스 유발감정의 치유 효과 분석」, 『관광경영연구』 제24권 3호, 관광경영학회.

임유정, 박영선(2020), 「치유환경으로서 회복환경지각이 치유효과에 미치는 영향 − 뮤지엄 산을 중심으로」, 『조형미디어학』, 한국일러스아트학회.

전영국(2019), 「숲속 호흡명상 기반의 힐링캠프 운영 및 명상 무시연에 관한 질적 연구」, 『질적탐구』 제5권 1호, 한국질적탐구학회.

전지윤(2020), 「사별을 경험한 청소년을 위한 문학적 애도 방안 연구 − 권여선, 「끝내 가보지 못한 비자나무 숲」을 중심으로」, 『문학교육학』 제66호, 한국문학교육학회.

조지혜(2019), 「기독인 여성들의 치유적 대화에 관한 현상학적 연구」, 『신앙과학문』 제24권, 기독교학문연구회.

주수리, 홍관선(2019), 「감정욕구에 기반한 치유(힐링)환경 요소 연구 − 여성병원의 치유환경을 중심으로−」, 『한국조형기초학회춘계학술대회 발표논문집』, 한국조형학회.

최성민(2021), 「영화를 통한 치유의 효과−<라라랜드> 등 데이미언 셔젤 감독 영화를 대상으로−」, 『문학치료연구』 제58집, 한국문학치료학회.

최윤경(2020), 「역병(疫病) '코로나19'−그 의미, 감성, 그리고 인문치유」, 『동서인문』 제14호, 경북대학교 인문학술원.

홍경자(2017), 「'치유의 행복학': 아픈 영혼을 철학으로 치유하기」, 『철학논집』 제48호, 서강대학교철학연구소.

홍인영(2020), 「문학소통으로서 메일링 방식에 나타난 치유적 성격: '문장 배달' 콘텐츠 중심으로」, 『인문사회』 제21호, (사)아시아문화학술원.

3. 도서

강신익(2007), 『몸의 역사, 몸의 문화』, 휴머니스트.

권영민 외(2004), 『한국현대문학대사전』, 서울대학교출판부.

김서영(2007), 『영화로 읽는 정신분석』, 은행나무.

김은하 외(2017), 『영화치료의 기초』, 박영스토리.

김준기(2009), 『영화로 만나는 치유의 심리학』, 시그마북스.

노안영(2018), 『상담심리학의 이론과 실제』, 학지사.

박해랑(2016), 『문학 속 삶과 죽음, 치유의 길』, 국학자료원.

백보남(2020), 『내면치유 그리고 다시 만나는 세상 : 상담심리사의 치유와 성장 이야기』, 이담books.

변학수(2005), 『문학치료』, 학지사.

서기자 · 한복희(2010), 『대학생을 위한 독서치료』, 충남대학교출판부.

선선미(2017), 『문학, 치유로 살아나다』, 푸른사상.

선원필 · 소희정(2019), 『예술치료』, 박영스토리.

심영섭(2011), 『영화치료의 이론과 실제』, 학지사.

원동연 · 유혜숙 · 유동준(2005), 『5차원 독서치료』, 김영사.

유철상(2016), 『나를 위한 사찰여행 55』, 상상출판.

유홍준(2018), 『나의 문화유산답사기』, 창비.

윤미영(2018), 『인문학으로 마음의 병 치료하기』, 이담.

이규미(2017), 『상담의 실제 ― 과정과 기법』, 학지사.

이성식 · 전신현 편역(1995), 『감정사회학』, 한울아카데미.

이우경(2020), 『심리평가의 최신 흐름』, 학지사.

임성관(2019), 『독서치료의 모든 것』, 시간의 물레.

조혜경(2012), 『도스또옙스끼 소설에 나타난 리터러시와 비블리오테라피: 주인공들의 독서, 글쓰기, 치유를 중심으로』, 씨네스트.

조희주(2020), 『문학치료를 통한 긍정의 시그니처』, 교육과학사.

채연숙(2015), 『형상화된 언어, 치유의 삶』, 교육과학사.

최소영(2016), 『문학 치료학 ― 이론과 실제』, 고요아침.

Berndt, Christina(2014), 유영미 역, 『번아웃 : 다 타버린 몸과 마음이 보내는 구조요청＝Burnout』, 시공사.

Riso, Don Richard · Hudson, Russ(2009), 주혜명 역, 『에니어그램의 지혜 : 나와 세상을 이해하는 아홉 가지 성격 유형』, 한문화멀티미디어.

Perfahl, Barbara(2017), 서유리 역, 『공간의 심리학』, 동양북스.

Schmidt, Walter(2020), 문항심 역, 『공간의 심리학 : 인간의 행동을 결정하는 공간의 비밀』, 반니.

Goldhagen, Sarah Williams(2019), 윤제원 역, 『공간혁명 : 행복한 삶을 위한 공간 심리학』, 다산북스.

Perrow, Susan(2014), 김지애 역, 『아이들 마음을 치유하는 101가지 이야기』, 고인돌.

Williams, Raymond(2015), 성은애 역, 『기나긴 혁명』, 문학동네.

R. S. Lazarus · B. N. Lazarus(2018), 정영목 역, 『감정과 이성』, 문예출판사.

Barrett, Lisa Feldman(2017), 최호영 역, 『감정은 어떻게 만들어지는가?』, 생각연구소.

Sternberg, Esther M.(2020), 서영조 역, 『힐링 스페이스 : 나를 치유하는 공

간의 심리학』, 더퀘스트.

Chopich, Erika J. · Paul, Margaret(2011), 이센진 역,『내 안의 어린아이』, 교양인.

Barbalet, J. M.(2009), 박형신 역,『감정과 사회학』, 이학사.

Barbalet, J. M.(2007), 박형신 · 정수남 역,『감정의 거시사회학－감정은 사회를 어떻게 움직이는가?』, 일신사.

C. A. 반 퍼스(1985), 손봉호 · 강영안 역,『몸, 영혼, 정신』, 서광사.

Corey, Gerald(2010), 조현춘 외 역,『심리상담과 치료의 이론과 실제』, 시그마프레스.

Lejeune, Chad(2008), 조영지 역,『마음의 병 불안 · 걱정 치유법』, 삼호미디어.

Deleuez, Gilles(2005), 감상환 역,『차이와 반복』, 민음사.

Freud, Sigmund(2008), 서석연 역,『정신분석학 입문』, 범우사.

Fromm, Erich(2009), 원창화 역,『자유로부터의 도피』, 홍신문화사.

Lacan, Jacques(2004), 곤택영 역,『욕망이론』, 문예출판사.

M. L. 폰 프란츠(2008), 권오석 역,『C. G. 융 심리학 해설』, 홍신문화사.

Mufson, Laura · Dorta, Kristen Pollack · Moreau, Donna · Weissman, Myrna M.(2020), 신수경 역,『우울한 청소년을 위한 대인관계치료』, 학지사.

O'Conor, Joseph(2012), 설기문 · 오규영 역,『두려움 극복을 위한 NLP전략 －불안과 두려움으로부터의 자유』, 학지사.

Ortman, Dennis(2018), 최희철 · 제오복 역,『친밀한 관계에서 일어난 외사의 치유』, 학지사.

Seamands, David A.(2004), 송헌복 역,『상한 감정의 치유』, 누란노.

Rogers, G. Annie(2001), 권혜경 역,『아름다운 상처 : 심리치료를 통해 내담자와 치료사가 겪을 수 있는 고통과 치유에 관한 이야기』, 권혜경음악치료센터.

<인터넷 홈페이지>

경주 불국사 홈페이지: http://www.bulguksa.or.kr/
경주 석굴암 홈페이지: http://seokguram.org/
국립현대미술관 : http://www.mmca.go.kr/main.do
네이버 영화 : https://movie.naver.com/

———

미주

| 1장 |

1) 이성식 · 전신현 편역, 『감정사회학』, 한울아카데미, 1995, 11－12쪽.

2) 레이먼드 윌리엄스, 성은애 엮, 『기나긴 혁명』, 문학동네, 2015, 93쪽.

3) R. 래저러스 · B. 래저러스, 정영목 역, 『감정과 이성』, 문예출판사, 2018, 19쪽.

4) R. 래저러스 · B. 래저러스, 앞의 책, 34－43쪽.

5) R. 래저러스 · B. 래저러스, 앞의 책, 71－77쪽.

6) R. 래저러스 · B. 래저러스, 앞의 책, 112－114쪽.

7) R. 래저러스 · B. 래저러스, 앞의 책, 21쪽.

8) '치료'는 병이나 상처 따위를 낫게 한다는 의미이고, '치유'는 심리적으로 안정감을 주어 병을 낫게 한다는 의미가 강하다. 이때 '치유'는 삶에 가깝고, 지속가능하고, 자연스러운 것이다. 이 책에서 '치유'라는 용어를 사용하여 인간 치유를 목표로 각계에서 행하고 있는 특성과 방식에 상충되는 것을 피하고, '인문학'을 통해 사람의 마음(감정)을 '치유'한다는 근본에 충실하고자 한다. 선선미, 『문학, 치유로 살아나다』, 푸른사상, 2017, 29－30쪽.

9) 박해랑, 「감정치유 연구동향 분석－2005－2020년 학술문 중심으로」, 『JCCT』 7권3호, 문화기술의융합, 2021, 225－228쪽.

10) 윤미영, 『인문학으로 마음의 병 치료하기』, 이담, 2018, 13－24쪽.

11) 강신익, 『몸의 역사, 몸의 문화』, 휴머니스트, 2007, 149-150쪽.

12) 박이문, 『통합의 인문학』, 知와사랑, 2009, 35쪽.

13) 윤미영, 앞의 책, 29-33쪽.

14) 윤미영, 앞의 책, 33-37쪽.

| 2장 |

1) 원동연 · 유혜숙 · 유동준, 『5차원 독서치료』, 김영사, 2005, 14쪽.

2) 원동연 · 유혜숙 · 유동준, 앞의 책, 15쪽.

3) 원동연 · 유혜숙 · 유동준, 앞의 책, 42-46쪽.

4) 원동연 · 유혜숙 · 유동준, 앞의 책, 56쪽.

5) 원동연 · 유혜숙 · 유동준, 앞의 책, 59쪽.

6) 원동연 · 유혜숙 · 유동준, 앞의 책, 76쪽.

| 3장 |

1) 선원필 · 소희정, 『예술치료』, 박영스토리, 2019, 120쪽.

2) 김은하 외, 『영화치료의 기초』, 박영스토리, 2017, 4-5쪽.

3) 심영섭, 『영화치료의 이론과 실제』, 학지사, 2011, 30-36쪽.

4) 선원필 · 소희정, 앞의 책, 125-127쪽.

5) 수용자가 텍스트를 그럴듯하고 있음직한 이야기로 받아들이는 정도

6) 김은하 외, 앞의 책, 12쪽.

7) 김은하 외, 앞의 책, 14쪽.

8) 김은하 외, 앞의 책, 18쪽.

| 4장 |

1) 발터 슈미트, 문항심 역, 『공간의 심리학』, 반니, 2020, 32−37쪽.

2) 발터 슈미트, 앞의 책, 12쪽.

3) 발터 슈미트, 앞의 책, 201−220쪽.

4) 세라 W. 골드헤이건, 윤제원 역, 『공간혁명』, 다산북스, 2019, 10쪽.

5) 세라 W. 골드헤이건, 앞의 책, 219−229쪽.

| 5장 |

1) 김교헌, 태관식(2001). "자기노출이 청소년의 컴퓨터 중독 개선에 미치는 효과", 한국심리학회지: 건강 6(1), 177−194.
노미경(2004). "외상적 경험에 대한 글쓰기가 정서와 자기지각에 미치는 효과", 부산대학교 석사학위논문 외 다수.

2) 일반적인 글쓰기치료사는 특정한 자격증과 치료의 시간을 실시해야 하지만 연구자는 글쓰기에 대해 연구하는 교수자로서 병을 가진 환자를 치료하고자 하는 목적이 아니라 일반인을 대상으로 글쓰기에 대한 불안감을 해소하고, 심리적인 안정을 추구하고자 하는 데 의미를 두는 것을 전제한다.

3) 다수의 논문이 글쓰기나 명상의 통계적 실험 연구에 중점을 두어 메타분석한 연구들이 있다. 이런 연구들은 통계적인 효과나 연구의 결과에만 초점을 맞추다보니 문제해결을 위한 콘텐츠와 프로그램을 개발하고 연구하는데 구체적인 논의가 부족한 편이다. 현재 글쓰기치료에 대한 자료는 독일 FPI와 미국 NAPI의 이론을 가져와 실시하고 있다. 이에 우리나

라 실정에 맞는 프로그램의 연구와 개발이 필요하다고 여겨진다.

이예슬(2014). "글쓰기 치료의 효과 연구에 대한 메타분석", 서울대학교 석사학위논문.

박현숙(2013). "MBSR을 접목한 글쓰기치료가 중학생의 우울, 충동성, 특성불안, 감각추구에 미치는 효과", 경북대학교 박사학위논문.

4) MBSR(Mhrindfulness Based Stress Redution) 프로그램을 처음 개발하여 의료에 활용할 수 있는 초석을 쌓은 사람은 미국 메사츠추세스 대학 의료원의 행동학자 존 카밧진(Jon Kagbat-Zinn) 교수이다. 그는 마음챙김을 "현재 이 순간 일어나고 있는 경험에 대해 어떤 판단도 하지 않은 채 의도적으로 주의를 집중하는 것"이라고 정의하고 있다.

마음챙김은 위빠사나 명상의 핵심요소 중 하나인 sati(念; 샤티)를 의미하는 mindfulness의 통용되는 한국번역어로, 현대에 와서는 위빠사나 명상과 동일한 개념으로 사용되고 있다. 현재 이 순간에 일어나고 있는 경험에 대해 어떤 판단도 하지 않고, 의도적인 방법으로 주의를 집중해가도록 하는 것으로 사념처(四念處) 수행법인 몸, 느낌, 마음, 법을 관찰대상으로 삼는다. 명상치료를 상담이나 심리치료에 활용하는 방식은 1990년 이후에 본격화되었다. 박현숙(2013: 5, 22)

5) 글쓰기치료의 단계는 이예슬(2014)의 논문 "글쓰기치료의 효과연구와 메타분석"에서 분석한 글쓰기치료의 평균 측정 회기 수, 회기 당 시간, 총 진행 기간을 고려하고, 채연숙(2010)의 『글쓰기치료－이론과 실제』와 Bolton 외(2012)의 『글쓰기치료』와 변학수(2005)의 『문학치료』 등을 참고하여 가장 평균적이고 효과적인 치료기간과 방법, 단계별 내용을 구성하여 실시하였다.

6) 실험의 참여자는 글쓰기 수업을 듣는 학생들 중 글쓰기치료에 참여하고자 하는 대학생 6명을 대상으로 하였다. 이들은 글쓰기 과목을 한 학기 듣고, 두 학기째 듣는 학생들이다. 인원수가 적은 편이지만 실험의 표본으로 하여 집단치료를 하는데 있어 많은 인원의 수용은 어렵다고 여겨진다. 많은 인원수는 장소와 시간의 제약이 따른다. 연구자는 집단치료를 하는데 통제 가능하고, 치료의 시간과 장소를 고려한 인원이다. 더 많은 실험 집단의 연구는 다음 과제로 남긴다.

7) 글쓰기치료 참여자의 이름은 실명을 제외하고, 같은 성이 여러 명인 관계로 가, 나, 다, 라, 마, 바 군으로 호칭을 정한다. 치료결과 내용을 수록하여 참여자의 현재 마음을 알 수 있다. 글쓰기 내용을 통해 치료의 실

제적인 효과와 변화 과정을 입증할 수 있다. 문장은 틀린 철자만 수정하고 내용을 중심으로 기재한다.

8) 나는 이 글쓰기치료에서 무엇을 원하는가?—표의 줄임글

9) 연구자는 참여자들의 자유로운 글쓰기를 원칙으로 하지만 매 회기마다 글쓰기 주제를 제시한다. 주어진 시간에서 글쓰기는 쓰기가 익숙하지 않은 참여자들에게 자칫 시간만 보내는 염려를 들 수 있다.

10) 참여자 6명 중 3명인 가군, 나군, 다군이 적극적인 자세로 참여하였다.

11) 나는 이 글쓰기치료에서 무엇을 원하는가?

12) 연구자는 일반적인 대학생의 글쓰기치료를 통해 1차적인 내면의 치료가 이루어지면, 2차적인 심층치료가 이루어져야 한다고 생각한다. 심층치료에서 내면의 상처가 충분히 치유될 수 있는 프로그램의 연구가 있어야 하며, 이것은 앞으로의 과제로 남긴다.

13) 연구자는 참여자의 변화정도를 개인의 평가에 두었다. 그 정도를 메타분석이나 다른 분석 기구를 통한 것이 아니라 자신이 스스로 자신의 감정을 측정하여, 그 변화정도를 파악하여, 그에 따른 이 글쓰기치료의 효과를 분석하고자 한다. 연구자는 수치의 중요성보다는 변화의 정도에 의미를 둔다. 시작 1회기와 마침 2회기로 구분하고, 불안감과 정서장애는 낮을수록 좋고, 나머지 내용은 높을수록 좋은 것이다. 1회와 2회의 변화량을 중심으로 분석한다. 변화량은 참여자들 스스로가 느끼는 글쓰기치료의 효과이고, 향상도이다.

14) 서원대학교 교양교과목 <사고와 표현>은 2017년 2학기부터 공통 표준강의계획서를 실시하고 있다.

15) 교수자가 강의를 담당한 82명의 학생을 대상으로 성찰적 글쓰기를 실시하였다. 수학교육과 28명, 음악교육과 24명, 뷰티학과 30명을 대상으로 한다. 성찰적 글쓰기에서 과별, 성별 특성은 두드러지지 않으므로 구분하지 않기로 한다.

16) 서원대학교는 2017−1학기에 글쓰기 온라인 시스템을 도입하여 실험하는 과정으로 교수자는 학생들이 수업시간에 쓴 글을 온라인으로 제출하도록 하여 온라인상으로 개별 피드백을 실시하였다. 교수자의 피드백은 온라인상 기본적인 오탈자 교정과 문단 구분과 학생 글에 대해 전체적인 조언을 하였다. 본 논문은 학생들이 글을 쓰면서 자신에 대해

성찰하는 시간을 가지고, 자기를 글로 표현하는 것에 목적을 두고 있으며, 그에 따른 사고와 쓰기의 역량강화를 목표로 하는 것임을 밝힌다. 전체 학생에게 발표한 글은 조별로 선정하도록 하였으며, 소개하는 글의 학생 신분은 밝히지 않음을 전제한다.

17) 교수자는 글쓰기 강의에서 기존의 글쓰기 분량에 대한 제한을 두지 않고, 시간만을 제한하였다. 글쓰기 역량 확대는 양과 질이 함께 향상하는 것임을 밝힌다.

18) 스티브 코비는 성공하는 사람들이 말하는 7가지 습관을 '첫째, 자신의 삶을 주도하라. 둘째, 끝을 생각하며 시작하라. 셋째, 소중한 것을 먼저 하라. 넷째, 승—승을 생각하라. 다섯째, 먼저 이해하고 다음에 이해시켜라. 여섯째, 시너지를 내라. 일곱째, 끊임없이 쇄신하라.'라고 말한다.

19) '하필이면'의 사전적 의미는 '달리거나 달리 되지 않고 어찌하여 꼭. 되어 가는 일이나 결정된 일이 못마땅하여 돌이켜 묻거나 꼭 그래야 하는 이유를 진지하게 캐물을 때 쓰인다.'라고 사전에 나온다. 고려대학교 민족문화연구원 국어사전편찬실(2009), 고려대한국어대사전, 6837.

20) 소개하는 학생 글은 다수의 공통되는 내용이나 특이한 내용을 중심으로 소개한다. 학생 글은 수정하지 않고 오탈자만 교정하여 소개한다.

21) 학생 사례 글의 전문을 다 싣기에 분량이 많아 일부 발췌함을 밝힌다.

22) 이 학생은 추후 글에서도 자신의 경험과 자신의 내적인 성장 과정을 글로 잘 표현하였다. 또한 자신의 미래 꿈에 대해서 상세히 서술하며 미래의 삶에 꼼꼼히 준비하고, 긍정하는 모습을 볼 수 있었다. 교수자는 이 학생의 경우 대면첨삭의 어려움을 고려하고, 온라인상 피드백의 한계가 있지만 글에 대해 조언하였다. 글에서 학생의 고민이 드러난 부분은 조심스러운 조언과 격려를 하였다.

23) 수학교육과, 음악교육과, 뷰티학과의 특성상 뷰티학과는 수능 준비에 크게 영향을 받지 않음을 고려하면 실제 학생들이 받는 입시에 대한 스트레스 지수는 더 높게 나타날 것이다.

24) 글의 주제와 대학의 인성교육 목표 간의 관련성은 해당 글쓰기 주제에 대한 것으로 한정한다. 대학에서 '성신인' 교과목의 실험적 단계로 인해 강사의 교과목에 대한 보안의 의무를 명시하고 있어 글쓰기 사례에 쓰이는 주제에 대한 관련성만 제시함을 밝힌다.

문학 용어 정리

문학 용어 정리

1. 감정

감정에 대한 사전적 정의를 살펴보면, '느낌'이란 "몸의 감각이나 마음으로 깨달아 아는 기운이나 감정"을 의미하고, '감정(感情)'은 "어떤 대상이나 상태에 따라 일어나는 마음의 현상"을 말한다. '정서(情緖)'는 "사람의 마음에 일어나는 여러 가지 감정, 또는 감정을 불러일으키는 기분이나 분위기"를 뜻하고, '정동(精動)'은 "희로애락과 같이 일시적으로 급격히 일어나는 감정, 진행 중인 사고 과정이 멎게 되거나 신체 변화가 뒤따르는 강렬한 감정 상태"를 의미한다. 본 책에서 이러한 감정 영역을 통합하여 감정(emotion)이라는 용어로 명명한다.(p.20)

2. 감정구조

윌리엄즈(Williams)는 "'구조'라는 말이 명시하는 대로 견고하고 분명하지만 우리 활동 가운데서 가장 섬세하고 파악하기 힘든 부분에서 작동하고 있다. 어떤 의미에서 감정구조는 한 시대의 문화이다. 그것이 전반적인 사회 조직 내의 모든 요소들이 특수하게 살아 있는 결과이다."라고 한다. 윌리엄즈는 사회적 체험으로서 공유되는 감정을 '감정구조'라고 말한다. 이는 감정이 지닌 능동적, 유동적인 성격과 더불어 다양하고 복합적인 사회적 관계에서 표출되는 현상으로 감정구조는 분석의 대상이 될 수 있음을 강조하는 것이다. 그는 감정구조를 공동체의 삶을 구성하는데 있어 중요한 위치를 차지하는 소통의 기반으로 심층적이고 폭넓은 범위에서 사용되고 있다고 본다. 한 시대의 문화는 감정의 구조가 작동하는 가운데 이루어지며, 감정의 구조는 사회적인 특성을 넘어, 공동체 구성원들에 의해 향유되는 것이다.(p.20)

3. 감정치유

감정치유(emotional healing)는 상처받은 감정을 치유하기 위한 방법으로 다양한 문학적 방법과 예술 행위, 의료적 행위를 아울러 포함하지만, 본 책에서 독서와 영화, 문화공간에 대한 치유의 방법을 연구하고자 한다.(p.26)

4. 감정플롯

인간 세계의 모든 것은 감정과 연관되어 있으며, 감정은 경험을 바탕으로 이루어진다. 감정은 자기와 세계와의 직접적인 접촉에 의해 이루어지는 것이다. 래저러스(Lazarus)는 분노, 불안, 죄책감, 수치심, 선망, 질투, 안도감, 희망, 슬픔, 행복감, 긍지, 사랑, 감사, 동정심, 미학적 경험에 의해 일어나는 열다섯 개의 감정에 대해 각각의 감정마다 뚜렷한 드라마나 독특한 줄거리가 있다고 한다. 그것은 개인의 경험에 부여하는 개인적인 의미를 전달하고, 각 감정마다 하나의 플롯이 전개된다고 한다.(p.21)

5. 개성화의 과정

융의 분석심리학이 글쓰기치료에 결정적인 영향을 미친 것은 "환자의 병을 대상으로 치료하기보다는 인간 전체를 살펴보아야 한다고 주장하고, 각자가 스스로의 문제를 통찰할 수 있도록 도와주어야 한다."는 관점이다. 융은 무의식의 분석에서 꿈은 무의식의 표현이고, 일정한 패턴을 따른다고 한다. 이러한 패턴을 따르는 것이 '개성화의 과정'이고, 마음의 성장 과정이라고 한다.(p.193)

6. 거리감(distance)

소설이 주는 거리감은 소설이 자신을 잘 이해할 수 있도록 도와주고, 자신이 당면한 상황과 문제를 다른 사람의 시각으로 바라보게 하여 문제해결의 방법을 간접적으로 제시해 준다. 이러한 원리와 상호반응들은 소설의 치료와 예방적인 면에서 그 효과를 증대시킬 수 있다.(p.40)

7. 거부적-자율적 태도(rejecting-autonomic attitude)

거부적-자율적 태도(rejecting-autonomic attitude)는 방임형의 양육 태도로서 자녀에게 무관심하며 자녀가 자신의 인생을 방해한다는 생각으로 자녀를 수용하고 받아들이지 못하는 동시에 자녀 마음대로 행동하도록 하는 태도를 말한다. 이러한 태도를 지닌 부모에게서 성장한 아동은 공격적이고 자신의 행동을 조절하지 못하게 된다.(p.276)

8. 거부적-통제적 태도(rejecting-controling attitude)

거부적-통제적 태도(rejecting-controling attitude)는 독재적인 양육 태도로서 자녀를 용납하지 않을 뿐 아니라 처벌 또는 심리적 통제로 자녀의 행동을 규제하는 태도를 말한다. 이러한 부모에게서 성장한 아동은 자아에 대한 분노가 발생하며 내면화된 갈등과 고통을 갖고 있다.(p.276)

9. 고착(固着)

과거 어느 시기의 어떤 충격적인 일이나 사건으로부터 자유롭지 못하고, 그 일 때문에 현재와 미래로부터 몸을 피하려는 현상을 '고착(固着)'이라고 말한다. 정신분석에서 노이로제의 모든 증상은 무의식적인 심적 과정에서 존재하며, 이러한 증상은 무의식의 과정이 의식되면 모두 소실된다. 즉 이러한 증상을 소실시키는 방법은 인식하는 것이라고 한다.(p.192)

10. 국가행복지수(National Index of Well-being)

인문치료의 진단 방법으로 마음의 상태를 특정할 수 있는 공신력 있는 지수를 개발할 필요가 있다. '국가행복지수(National Index of Well-being)'는 OECD에서 2006년 개발한 지표로 경제발전, 자립도, 형평성, 건강, 사회적 연대, 환경, 생활 만족도 등 총 7개 분야 26개 세부항목을 평가해 산출한다.(p.34)

11. 그림자의 자각

사람들이 응시하고 싶지 않는 자기 자신의 인격이라는 측면에 관해 꿈을 통해 알게 하고, 그것을 '그림자의 자각'이라고 한다. 그림자는 무의식적인 인격의 전부라고 할 수는 없지만, 그것은 자아의 전혀 알지 못하는 개인적인 영역에 속해 있다.(p.193)

12. 글쓰기치료(writing therapy)

글쓰기치료는 글을 쓰는 과정에서 일어나는 자의식을 강화하고, 마음을 다스리는 과정에서 병의 발생률을 감소시키는 예방 의학에서 시작되었다. 글을 쓴다는 것은 내면의 정서를 언어로 표현하는 과정이다. 글을 쓰는 과정에서 자신과의 대화가 이루어지고, 자신과 대화를 하는 데서 자기반성이 일어난다. 자기반성을 통해 글은 자신을 인식하고 성찰하게 된다. 글쓰기치료는 치료사 중심이 아니고 참여자 중심의 치료이고, 참여자가 자신이 쓴 글을 어떻게 바라보고, 느끼는지가 중요하다. 여기에 참여자 주체의 해석이 필요하다. 참여자가 글을 쓸 때 떠오르는 느낌과 이미지, 특정한 상황이 중요한 요인이 된다.(p.192)

13. 대상관계적 접근

영화치료 과정을 보면 대부분 내담자는 영화가 재미있어서 보며, 여기에는 영화가 본질적으로 갖고 있는 놀이적 속성이 있다. 이런 놀이는 어린 시절과 현실 자아 사이의 중간 영역이라는 것이다. 예술이나 종교, 창조성 모두 이런 중간 영역에 속하는 것으로 내담자는 즐거운 놀이로 받아들이고 현실을 뛰어넘는 판타지를 경험하면서 현실 속에 잠재된 자신의 문제를 탐색할 수 있게 된다.(p.88)

14. 덕(virtue)

서양 철학 및 윤리학적 관점에서 덕(virtue) 개념은 아리스토텔레스의 윤리설에 그 뿌리를 두고 있다. 아리스토텔레스의 윤리학에 기초한 덕 개념은 인간을 선하게 만드는 성품의 상태를 말하며, 용기, 절제, 온화와 같은 인성 특질(character traits)을 덕으로 본다.

동양에서 덕(德)은 ①인간의 행동을 통한 실천의 의미를 지니고 있다. 작은 걸음[彳]으로 하늘과 관련된 마음을 실천하도록 하는 것이 덕의 담겨진 의미이다. ②덕은 하늘[天]과 관련을 지니고 있으며 그 의미에 있어서 오름[升]과 함께 위로부터의 내려옴[丨]의 의미를 지닌다. 천(天)은 '초월적 존재, 일자(一者), 신(神)' 등으로 이해한다. ③하늘[天]이 보는 눈으로 만물의 본성을 보는 것이 덕에 담긴 의미이다. 이는 자연, 우주와의 관계와 그 본성을 이해하는 것을 통해 덕을 실현할 수 있다는 의미이다.(p.265)

15. 도덕적 인성(moral character)

블라지(Blasi, 2005)는 '도덕적 인성(moral character)'이란 개인이 지닌 덕과 악덕, 즉 어떤 감정을 경험하고 정도의 차이는 있지만 특정한 상황에 반응하여 윤리적으로 의미 있는 행동을 하는 경향성과 전형적으로 동일시된다고 주장한다. 그러면서 덕을 일반성(generality)의 정도에 따라 낮은 수준(lower-order)과 높은 수준(higher-order)으로 분류한다.(p.266)

16. 독서

독서는 정보를 제공하고, 의사소통 행위로서 간접 경험을 제공한다. 독서는 읽기, 쓰기, 말하기, 사고하기까지 인간 행위의 근간을 이룬다. 인간은 독서를 통해 성장하고, 변화하기도 한다.(p.37)

17. 독서치료(bibliotherapy)

독서치료란 문학작품을 치료의 목적으로 사용하여 사람의 정신적인 갈등이나 정서적 문제를 치유하는 것이다. 독서치료(bibliotherapy)란 용어는 책(biblion)과 치료(therapia)라는 그리스어에서 유래하였다. 치료(therapy)는 영어의 'cure'에 해당되는 말이지만 독서치료에서는 내용적으로 통찰력을 '계발하다(enlighten)' 혹은 '육성하다(promote)'라는 의미를 함축하고 있다. 즉 독서치료는 자기이해를 기반으로 하는 인식과 통합의 요소를 담고 있는 것이다.

독서치료는 '책 읽기를 통해 사람의 마음을 치유한다'라는 일반적인 정의로부터 정신의학, 교육학, 상담학 등의 전문적인 영역에서 특수한 대상과 상황에 적용되는 세분화된 의미까지 다양하게 정의되어 왔다.(p.37)

18. 동일화(Identification)

독서치료의 첫 단계 '동일화'는 책을 읽어가면서 책 속의 등장인물과 자신을 동일하게 느끼게 되는 과정이다. 책 속의 등장인물과 자신의 공통적인 성격, 환경, 사건, 느낌, 감정, 사고 등을 찾아내고, 이러한 상호과정을 통해 책을 읽으면서 등장인물에게 느끼는 감정의 전이를 이끌어내게 된다. 감정의 전이는 책의 내용이 전개되면서 더욱 깊어지고 독서자는 내면에서 등장인물과 같은 감정을 심화시키게 된다.(p.42)

19. 마음의 병

사람들이 겪는 질병을 크게 '신체의 병'과 '마음의 병'으로 구분하면, 신체의 병은 주로 신체적 증상이 나타나는 병이고, 마음의 병은 주로 심리적 증상이 나타나는 병이다. 마음의 병을 두 가지 유형으로 나누어 보면, 그 첫 번째 유형이 신체 중에서 특히 두뇌의 물리적 결함이나 기능적 장애로 발생하는 정신병(Mental Disease)이다. 마음의 병 중 두 번째 유형은 세계관·주체성이 상실되거나 혼란을 겪는 경우로, 개인이 속한 사회적 집단과 적절한 관계를 유지할 수 없는 경우에 발생한다. 우리는 이러한 원인을 존재론적 원인 또는 가치론적 원인이라 하고, 그로 인한 병을 철학적 병이라고 한다.(p.31)

20. 머피의 법칙

'머피의 법칙'에 의하면 '잘못될 가능성이 있는 것은 잘못 된다'고 한다. 이 말은 우리가 어떤 일을 하는 데 있어서 실패할 확률은 수학적으로 매우 높고, 성공할 확률은 낮다는 뜻이다. 우리가 성공할 확률보다 실패할 확률이 높으므로 우리는 어떤 일을 하는 데서 대부분 실패할 수밖에 없고, 실패하는 것은 당연한 결과이다. 그러므로 우리는 실패한 일에 대해 무리하게 부정하거나 자책할 필요가 없다는 것이다.(p.238)

21. 바이오필리아(biophilia)

스웨덴 웁살라 대학의 환경심리학 연구팀은 식물을 바라보는 행위가 긴장을 풀어주는 효과를 준다고 하였다. 녹색 식물을 풍부하게 접할 수 있는 환경에서 일하는 사람들은 아파서 결근하는 빈도도 낮다고 한다. 미국의 생물학자 에드워드 윌슨(Edward O. Wilson)에 따르면, 바이오필리아(biophilia) 즉 생명을 사랑하는 마음은 인간 본연의 성질로, 모든 인간은 생명이 살아 숨 쉬는 자연에 본능적으로 이끌리게 되어 있다고 한다. 몸과 마음을 최적의 상태로 유지하기 위해서, 잃어버린 건강을 되찾기 위해서는 자연과의

접촉이 필수적인 것이다.(p.134)

22. 분노

분노에서 가장 큰 문제는 분노와 분노를 자극한 상황을 어떻게 처리할
것인가이다. 분노를 느낄 때 보통 가지게 되는 충동은 보복하여 에고가 입
은 피해에 대처하는 것이다. 그러나 보복을 위한 공격은 다시 역습을 불러
올 수 있다. 이것은 보통 원한을 낳고, 문제해결과 협상에 좋지 않은 분위기
를 조성하기도 한다. 분노를 표현하는 것이 위험하며, 또 자신에게 힘이 없
음으로 인해 종종 그 표현을 위장하게 된다.(p.22)

23. 사바나 이론(Savana theory)

생물학자 고든 오리언스(Gordon Orians)의 '사바나 이론(Savana theory)'에 따
르면, 인간은 시야가 비교적 트인 한편 나무들이 적당히 드문드문 나 있는
풍경을 선호하는데, 이는 인류가 생겨나고 두 발로 걷기 시작했을 때의 환
경인 사바나의 풍경과 매우 유사하다고 한다. 지금까지도 우리 인간은 사바
나와 비슷한 느낌이 나도록 꾸며진 환경을 편안하다고 느낀다.(p.135)

24. 상호작용적 영화치료(Interactive Cinema Therapy)

상호작용적 영화치료(Interactive Cinema Therapy)는 영화와 상담자, 내
담자 간의 상호작용을 통해 내담자의 변화를 돕는 것이다. 상담자의 도움이
필요할 때, 영화를 보조적 도구로 삼아 상호작용적 영화치료를 실시할 수
있다. 상호작용적 영화치료에서 영화를 활용하는 방법은 지시적 접근, 연상
적 접근, 정화적 접근의 세 가지로 나눌 수 있다.(p.90)

25. 생물 친화적

인간은 유전적으로 자연과 가까운 환경을 갈망하고 그런 환경에서 위안을 받는다. 개인의 성격이나 성별, 나이, 자라온 문화에 따라 자연에 대한 개인적, 전체적 성향이 다를 수 있다. 하지만 인간이 '생물 친화적' 종으로 진화해왔다는 점은 분명하다. 그래서 자연에 마음이 끌리고 집과 사무실, 공동체가 자연과 연결된 느낌을 갖기 원하는 것이다. 인간의 유전자는 자연 세계와 밀접한 관계를 지속하는 것을 행복한 삶이라고 여기도록 설계되어 있다. 이는 도시 사람이든 시골 사람이든, 어떤 환경에 살든, 어떤 민족이든 간에 인간이라면 모두가 보이는 동일한 특성이다.(p.136)

26. 속죄양 만들기

분노를 표현하는 위험을 피하는 일반적인 방법은 분노의 전치(轉置)이다. 즉 우리가 두려워하는 힘이 센 사람들을 목표로 하지 않는 대신 위협적이지 않은 약한 사람 쪽으로 분노의 방향을 돌리는 것이다. 이런 식으로 우리는 사회에서 우리가 차지하고 있는 지위에 대한 좌절감을 표출하는 대상으로 자기보다 약한 대상을 선택할 수 있다. 이런 종류의 전치는 편견과 차별의 일반적인 기초를 이룬다. 이런 전치의 가장 슬픈 특징들 가운데 하나가 속죄양 만들기이다. 그런 경우에 하나의 약한 소수집단이 좌절감과 분노를 또 다른 약한 소수 집단에 퍼붓는 것을 보게 된다. 억압의 피해자가 다른 피해자들을 공격하는 것이다.(p.22)

27. 수행적 인성(performance character)

리코나와 데이비슨(Lickona & Davidson, 2005)은 '수행적 인성(performance character)'과 '도덕적 인성(moral character)'을 상호 구분하면서 인성 개념을 정교하게 기술한다. 인성을 구성하는 이 두 가지 개념은 근본적이면서 상호 연결된 특성을 지닌다.(p.267)

28. 신경건축학(Neuroarchitecture)

공간은 인간의 인지와 행동에 큰 영향을 미친다. 그에 대한 연구는 2004년 미국 캘리포니아 샌디에이고에서 건축을 탐색하는 신경건축학(Neuroarchitecture)이라는 학문을 탄생시켰다. 신경과학자들과 건축가들을 중심으로 이루어진 신경건축학회(Academy of Neuroscience for Architecture)는 신경건축학과 관련한 연구를 진행하였다. 오늘날 대부분의 사람들은 집에서 자고, 학교에서 공부하고, 직장에서 일하며, 식당에서 밥을 먹는, 공간에서의 생활이 일상을 이루고 있다. 이러한 가운데 인간과 공간에 대한 연구는 많은 기대를 요구하고 있다.(p.135)

29. 실존적 감정

불안-공포, 죄책감, 수치심은 실존적 감정들이다. 이 감정들은 우리의 존재, 세상에서의 위치, 삶과 죽음, 삶의 길에 대한 의미나 개념들과 관련이 있다. 각 감정들이 구체적으로 위협받고 있는 대상은 각각 다르다. 불안-공포에서는 그 의미가 개인적 안전과 정체성, 삶과 죽음의 문제에 초점을 맞추고 있다. 죄책감은 도덕적 잘못에 대해 의미를 두고 있으며, 수치심은 자신과 다른 사람들의 이상에 따라 행동하지 못한 것과 관련된다. 죄책감과 수치심은 개인적 실패에 대한 인식과 관련되기 때문에 비슷하다고 느낄 수 있다. 죄책감이나 수치심을 경험하려면 자신을 평가할 내적 기준이 있어야 한다. 죄책감에서는 그것을 양심이라고 부르고, 수치심에서는 그것을 자아이상(ego-ideal)이라고 한다. 정신분석자들은 이 두 가지 용어 대신 초자아(superego)라는 말을 사용한다.(p.23)

30. 실존주의적 접근

실존주의적 접근으로 영화는 다양한 감각 양식으로 작용하는 동시에 상징이나 은유를 전달해 새로운 생각이나 감정을 자극한다. 영화치료의 과정

중에 내담자는 영화가 가진 상징, 은유를 스스로 해석해 자신의 자아를 인식하고 삶의 의미를 회복하는 등 실존적 인식의 전환을 가능하게 한다.(p.89)

31. 아이코이아(ICOIA)

나의 인생 이야기와 유사한 이야기를 읽어가면서 그 이야기에 몰입하고, 책 속의 고민과 갈등에 힘들어하고, 책 속의 결말에 진한 감동을 느끼게 된다. 이것이 독서치료의 시작이다. 우리는 허구의 소설 속 등장 인물에게 나와 같은 모습을 대면하면서 자기인지의 충격을 받게 된다. 독서치료는 이 충격에서 시작되고, 이 충격은 '아이코이아(ICOIA)' 과정을 거친다. '아이코이아'란 다음과 같은 과정의 약칭이다.(p.41)

1단계－동일화(Identification), 2단계－카타르시스(Catharsis), 3단계－표출하기(Output), 4단계－통찰(Insight), 5단계－적용(Application)

32. 안도감

안도감은 늘 어떤 목표의 좌절에서 시작되어, 분노, 불안, 죄책감, 수치심, 선망, 질투 등의 괴로운 감정들을 발생시킨다. 좌절을 안겨다 준 조건이 좋은 쪽으로 변하거나 사라질 때, 우리는 안도감의 극적 플롯을 경험한다. 삶의 고통스러운 조건이 얼마간 혹은 오랫동안 지속될 수 있다. 그러나 상황이 변하여 갑자기 안도감을 가져다주면, 거의 짧은 시간에 이전의 괴로운 감정을 다 흩어버리기도 한다. 안도감은 하나의 감정으로 부정과 긍정이라는 두 단계의 감정을 만든다.(p.24)

33. 애정적-자율적 태도(affectional-autonomic attitude)

애정적-자율적 태도(affectional-autonomic attitude)는 가장 바람직한 민주형 양육 태도로서 이러한 영역에 속하는 부모가 가장 바람직하다. 이러한 부모에게 양육되는 아동은 능동적, 외향적, 독립적, 사교적, 창의적이고 자

신이나 타인에 대해 적대감이 없다.(p.276)

34. 애정적-통제적 태도(affectional-controling attitude)

애정적-통제적 태도(affectional-controling attitude)는 과보호형의 양육 태도로서 자녀에게 애정을 주면서도 자녀의 행동에 제약을 많이 하는 태도이다. 애정적이면서 자율성을 부여하는 가정에서 성장한 아동보다 애정적이면서 통제적인 가정에서 성장한 아동들은 더 의존적이고 사교성, 창의성이 적은 편이다.(p.276)

35. 에릭슨의 인간 발달과정

에릭슨은 인간 발달과정을 8단계로 나누었다. 1단계(0-1세)는 신뢰감 대 불신감의 시기이고, 2단계(1-3세)는 자율성 대 수치심의 시기이다. 3단계(3-6세)는 주도성 대 죄책감의 시기이고, 4단계(6-12세)는 근면성 대 열등감의 시기이고, 5단계(12-20세)는 자아정체성감 대 정체감 혼란의 시기이고, 6단계(20-40세)는 친밀감 대 고립감의 시기이다. 7단계(40-65세)는 생산성 대 침체의 시기이고, 8단계(65세 이상)는 통합감 대 절망감의 시기이다.(p.247)

36. 여섯 기둥 덕목(6 pillar virtues)

미국 인성교육의 이론적 토대를 구축하고 실천적 지침을 제공해 온 리코나는 지혜, 정의, 불굴성, 자기통제, 사랑, 긍정적 태도, 근면, 성실, 감사, 겸손이라는 10개의 덕목을 강조하고 있으며(Lickona, 2004), 인성교육 및 인성심리학 연구자인 버코위츠(M. Berkowitz)는 자기통제, 감정이입, 사회적 응, 자존감, 사회적 기술, 순종, 양심, 도덕추론, 정직, 이타심을 강조한 다(Berkowitz & Grych, 2005:55-72). 또한 미국의 대표적인 인성교육 기관인 조셉슨 연구소(Josephson Institute)에서는 '여섯 기둥 덕목(6 pillar virtues)'을 제시하고 있다.(p.267)

37. 역공포 스타일

불안을 통제하기 위한 다양한 대처 전략이 있다. 그중 '역공포 스타일'은 위협적인 상황과 부딪힐 때, 실제로 느끼는 불편함을 인정하고 받아들이기보다는 적어도 외면적으로 용기, 대담함, 능란한 솜씨를 가지고 맞서려하는 것이다. 어떤 사람들은 그런 대결을 피한다. 그러면 그들은 삶에서 얻을 수 있는 것도 심각하게 제한을 받게 된다.(p.23)

38. 영역 표시

자기만의 영역에 대한 인간의 욕구는 여러 가지 흥미로운 모습으로 발현된다. 심리학자이자 행동연구가인 그레이엄 브라운(Graham Brown)은 타인의 침범을 불허하는 공간으로서의 영역 표시를 세 가지로 분류한다. 첫째는 신원 표시(내가 여기 올 거야!), 둘째는 제어 표시(여기 빈자리 아님!), 셋째는 방어 표시(손대지 마, 내 거니까!)이다. 컴퓨터의 비밀번호, 지하실 문의 빗장, 사물함의 잠금장치 등이 방어 표시에 해당한다. 신원 표시는 낯선 장소에 가서 어떤 공간을 차지하고 개척해야 할 경우에 주로 사용한다. 제어 표시는 혹시 나타날지 모를 침입자에게 경고하거나 타인의 소유권 주장에 제동을 거는 장치로 활용된다.(p.132)

39. 영화치료(Cinema Therapy)

영화치료의 선구자인 비르키츠 볼츠(Birgit Wolz)는 영화치료(Cinema Therapy)란 개인의 치유와 변화를 위해 영화를 의식적으로 관람하고, 치료적이거나 의식을 높이는 연습을 병행하는 것이라고 하였다. 1895년 뤼미에르 형제가 영화를 발명한 이래 100여 년 동안 영화산업은 눈부신 발전을 이루었다. 영화치료(Cinema Therapy)는 상담과 심리치료에 영화 및 영상매체를 활용하는 모든 방법을 지칭하는 것이다. 상담자가 내담자에게 치료적인 효과를 촉진할 수 있는 매체로 영화를 선택하고 상담자−내담자−영화 간의 상호작용을 통해 자신의 문제를 깨닫고 대안적인 해결 방법을 습득하거나 자신과 타인에 대한 정서적 통찰을 깨우치도록 하는 과정이다. 영화치료라는 용어는 1990년에 버그-크로스(Berg-Cross) 등에 의해 처음 사용되었다.(p.87)

40. 오상(五常)

유교에서 덕목은 오상(五常)이 대표적이다. 오상은 인(仁)·의(義)·예(禮)·지(智)·신(信)의 다섯 덕목을 말한다. 공자는 그의 가르침에서 인간의 덕목으로서 인(仁)을 중시하여 지(知)·용(勇)과 아울러 그 소중함을 설명하였고, 맹자는 인에 의(義)를 더하고, 예(禮)·지(智)를 넣어 인·의·예·지를 인간의 4개 덕목이라 했다. 그리고 한(漢)의 동중서는 오행설(五行說)에 바탕을 두고 여기에 신(信)을 더해 오상설(五常設)을 확립했다.(p.266)

41. 외상적(外傷的) 체험

글쓰기치료는 문학치료 영역에서 정신분석학에 가장 많이 의지한다. 정신분석학과 문학치료의 교차점이 글쓰기치료인 것이다. 프로이트는 심적 생활 속의 자극이 고도로 증대하여 정상적인 방법으로 그것을 처리하거나 처리하지 못한 결과로서 에너지의 활동에 지속적인 장해를 주는 것을 '외상적(外傷的)' 체험이라고 말한다.(p.192)

42. 유대감(involvement)

유대감이다. 자신의 문제를 소설 속의 타인을 통해서 관찰함으로 독자로 하여금 책 속의 인물, 사건, 문제 속에 몰입하고, 그 인물, 사건, 문제에 대해 친밀감 또는 유대감을 갖게 한다. 즉 내가 당면하고 있는 문제가 나만의 문제가 아니라 다른 사람들도 함께 비슷한 문제에 당면할 수 있다는 사실을 발견하고, 독자로 하여금 책 속의 인물, 상황, 문제와 유대감을 갖게 한다. 이러한 유대감은 독자로 하여금 책의 내용에 깊이 몰입하게 하고, 책의 내용이 전개되어 갈수록 자신의 감정과 사고에 밀접한 유대감이 이루어진다. 이를 통해 독자의 스트레스와 상처 난 감정에 도움을 주면서 독서치료가 실행되는 것이다.(p.41)

43. 이야기(story)

작가의 상상력에 기반을 둔 문학적 구조를 가진 책을 '픽션(fiction)'이라 하고, '허구'라고도 부른다. 이 픽션의 장르는 소설이다. 소설에서 나오는 말은 상호관계를 맺으며 유기적으로 결합된 구조를 이루고 있다. 이런 말들을 '이야기(story)'라고 부른다. 작가의 상상력을 기반으로 창조된 이러한 이야기는 독자에게 일정한 영향력을 행사하고, 그 영향력은 독자와 이야기 사이에 일어나는 상호반응이다.(p.39)

44. 인문치료

인문치료는 인문학적 지식과 방법을 사용하는 치료적 활동을 통해 인간의 궁극적 목적인 행복에 도달하도록 돕는 것이다. 치료 목적의 특성상 행복의 필수조건은 건강이다. 결국 인문치료의 목적은 인문학적 앎의 실천을 통해 행복의 필수조건인 마음의 건강 또는 건강한 마음을 유지하는 데에 있는 것이다.

인문치료는 인문학의 자산과 그 치료적 효능을 활용한다. 즉 문학, 사학, 철학, 예술 등의 여러 분야에서 인간다움과 관련된 다양한 가치적 · 정신적 속성들에 관해 탐구하고 그 결과들을 활용하여 마음의 불편함과 고통을 치료하는 것이다.(p.31)

45. 인문학

인문학은 키케로(Marcus Tullius Cicero)가 사용한 라틴어 '후마니타스(humanitas)'에 기원한다. 오늘날의 인문학(humanitas)은 '인간 본성(human nature)' 또는 '인간(humanity)'을 의미한다. 인문학은 인간다움의 속성에 대한 탐구이다. 이러한 탐구는 인문학 안에 포함되는 문학, 사학, 철학, 예술 등의 학문을 통해 다양한 방식으로 이루어진다.(p.30)

46. 인성(Character)

인성은 어원적인 관점에서 볼 때, 영어는 'Personality' 또는 'Character'로 표현한다. 'Personality'는 고대 희랍의 무대 연극에서 배우가 쓰던 가면(persona)에서 유래된 것으로 사람이 갖고 태어나는 특성을 말한다. 이는 선천적으로 타고난 성격으로 후천적으로 바꿀 수 없는 고유의 성격임을 뜻한다. 반면에 'Character'는 희랍의 '조각된 표시, 인장'의 의미를 갖는 'character'에서 나왔다. 이는 사람이 공을 들여서 만들어내고 이루어 낸 것으로 후천적으로 획득할 수 있음을 말한다. 여기에서 인성교육은 후천적인 교육에 의해서 가능한 'Character'의 의미로 쓰인다고 할 수 있다.(p.264)

47. 인지학습적 접근

인지학습적 접근으로 영화 감상을 통해 내담자는 주인공 캐릭터의 행동과 자신의 행동을 비교하고, 결국 자신의 행동에 대해 인지하고 이를 반성할 수 있어서 스스로를 객관화하는 데 의미 있는 방법론이 될 수 있다. 영화는 캐릭터와의 동일시도 쉽게 되지만 탈동일시를 통한 심리적 거리의 확보도 가능한 매체라는 점을 지적한다.(p.89)

48. 자기 영역 지키기

영역을 표시한다는 것은 지극히 인간적인 행위이다. 여러 사람이 공유하는 넓은 책상에 앉았을 때 사람들은 자신이 자리한 책상 위에다 서류나 필기구를 벌여놓는다. 그러곤 옆 사람 물건이 자기 쪽으로 넘어오면 자기 영역이라고 여기는 선 밖으로 살짝 밀어낸다. 물건뿐만 아니라 사람도 너무 가까이 접근하면 안 된다. 1851년 철학자 쇼펜하우어는 서로 간의 거리를 유지하려는 인간의 욕구를 호저(털이 길고 뻣뻣한 설치류과 동물)의 모습에 빗대어 이야기한다.(p.131)

49. 자기 조력적 영화치료(Self-help Cinema Therapy)

자기 조력적 영화치료(Self-help Cinema Therapy)는 영화를 관람하는 사람의 자발적 작용을 통하여 일어난다. 영화를 보면서 감동을 받고, 감정적 정화(catharsis)를 느끼고, 인생의 중대한 결심을 할 수 있다. 이것은 영화를 통해 자신의 변화와 성장을 이루는 것이다.(p.90)

50. 적대감

적대감(hostility)은 감정(emation)이 아니라 감정적 태도(sentiment)를 가리킨다. 어떤 사람에게 적대적이라고 하는 것은 우리를 화나게 하는 행동에 자극을 받든 받지 않든 어떤 사람에게 화를 내는 성향을 나타낸다. 우리는 그 사람에게 늘 적대적이나(감정적 태도), 자극을 받을 때만 분노한다(감정).(p.22)

51. 적용(Application)

독서치료의 다섯 번째 단계는 '적용'이다. 통찰을 통해 체득하게 된 자기이해와 자기 고백의 행동 변화를 실제적으로 자기의 생활에 적용시키는 과정이다. 변화의 과정은 세 단계를 거치는데, 첫 번째 단계는 마음의 변화이다. 지금까지 가지고 있었던 아픔의 마음이 중성적 마음으로 변화하는 것이다. 이러한 마음의 변화는 태도의 변화로 이어진다. 현재 닥친 어려움을 도피하지 않고 문제해결을 위해 적극적이고, 긍정적인 자세로 변하는 과정이다. 그 다음은 행동의 변화이다. 문제해결에 대해 적극적이며 긍정적인 태도는 결국 행동으로 나타난다. 조금씩 변화되는 모습 속에서 자신감을 회복

하고, 건강한 삶을 찾아가는 과정이다.(p.43)

52. 정신분석적 접근

정신분석적 접근으로 영화에는 내담자가 자신을 주인공과 동일시하고, 자신의 금지된 욕망과 정서를 투사하고, 주인공 캐릭터의 행동을 모방하고 이상화하는 심리적 기제가 있다는 것이다.(p.88)

53. 조망과 피신(prospect and refuge)

영국의 지리학자 제이 애플턴(Jay Appleton)은 '조망과 피신(prospect and refuge)'이라는 이론에서 특정 풍경의 장소에서 사람들이 만족감을 얻는 세 가지 조건을 말했다. 그 조건은 첫째, 서 있는 곳의 전망이 막힘없이 좋아야 한다. 둘째, 불리하면 즉시 후퇴해 숨을 수 있는 공간이 확보되어야 한다. 셋째, 먹을 것과 마실 것이 가까이 있어야 한다. 즉 언덕이나 적당한 높이의 산 위에서 눈앞의 풍경이 명확히 보이고 시야가 트인 곳으로 작은 숲이나 폭포, 호수 등이 있는 좋은 곳으로 '명당'이라 불리는 곳이다. 그러한 곳이 사람들이 만족감을 느끼는 최적의 장소이다.(p.134)

54. 주의 자원(attention resource)

환경심리학자 레이첼 캐플런(Rachel Kaplan)과 스티븐 캐플런(Stephen Kaplan)에 따르면, 자연경관을 즐길 때 그들이 노력 없이 집중이라고 부르는 기능이 활성화되어 주의 자원(attention resource)이 효과적으로 보충된다고 한다. 자연환경은 자연스럽게 우리의 호기심과 관심을 이끌어낸다.(p.137)

55. 치유

치유의 의미에 대해 살펴보면, 치유(healing, therapy)란 내재하고 있는 육체적, 생물학적, 정신적, 감정적, 사회적 요소 등 전체적 측면들에 아픔 (illness)이 생긴 것이 온전해진 결과이다. 일반적으로 사람들이 느끼는 신체나 마음의 이상 증상으로 각 개인의 성향과 사회적 조건, 문화적 배경에 따라 다르게 체험하는 것이다.(p.25)

56. 카타르시스(Catharsis)

독서치료의 두 번째 단계 '카타르시스'는 감정정화이며, 독서자의 내면에 쌓여 있는 욕구불만이나 심리적 갈등을 언어나 행동으로 표출시켜 감정을 발산시키는 과정이다. 카타르시스는 자신의 어려움과 고통을 책 속의 등장인물이 겪는 아픔을 통해 감정적으로 발산시키며 치유시키는 과정이다. 카타르시스의 과정을 겪고 나면 그 경험을 객관적인 시각으로 바라볼 수 있게 된다. 이것이 카타르시스의 원리이며 독서치료의 핵심 과정이다.(p.42)

57. 통찰(Insight)

독서치료의 네 번째 단계 '통찰'은 책을 읽고, 자기 자신이나 자기 문제에 대하여 올바르고 객관적인 인식을 체득하는 것으로 카타르시스와 표출 과정을 지나면서 도달하게 되는 과정이다. 책 속의 인물이 지나온 상황과 문제들을 자신의 것과 동일하게 느끼는 과정에서 통찰이 오기도 한다. 책을 읽으면서 아픈 감정을 발산하고 책의 내용에서 문제해결을 위한 긍정적인 접근방법을 발견하면 자기 문제에 대해 긍정적이며 건설적인 해결 방법을 모색할 수 있다. 즉, 통찰은 자기 자신과 자기 문제에 대해 객관적인 시각으로 재인식하며 건설적인 문제해결의 방법을 찾아내는 독서치료의 결실이다.(p.43)

58. 통합 문학치료

통합 문학치료 이론은 독일의 FPI에서 주로 상용되는 표현예술치료의 한 갈래로 주로 문학의 매체를 활용한 치료과정이다. 이 치료는 도입단계(Initialphase), 행동단계(Aktionphase), 통합단계(Integrationphase), 그리고 새 방향 설정단계(Reorientierungsphase) 등 4단계로 진행된다.(변학수 2006: 64) 참여자가 자신의 상처나 문제를 인지하고 통찰하는 과정이다. 자신의 감각들을 지각하면서 치유가 되는 것이다.(p.194)

59. 표출하기(Output)

독서치료의 세 번째 단계 '표출'은 카타르시스 과정에서 발산된 감정을 글쓰기를 통해 내면에 재구조화하는 과정이다. 독서치료에서 글쓰기 과정은 읽은 내용을 정리하는 단계, 읽은 내용을 질문하는 단계, 읽은 내용을 독서자 자신의 말로 재구성하는 단계로 나누어 정리한다. 책을 읽고 느낀 점을 객관적인 관점으로 적어보고, 심층적인 접근을 위해 구체적인 질문에 답변하고, 자신의 감정과 느낌에 의한 말로 자신의 스토리를 만들어 보는 것이다. 그렇게 함으로써 책을 읽고 난 후의 정서적 감흥을 고취시키고, 내용에 대한 이해를 깊이 할 수 있다.(p.42)

60. 표현영화치료

표현영화치료는 영화를 감상하고 이야기하는 수동적 감상과 달리 내담자가 주체적으로 영상이라는 매체를 통해 자신을 표현하는 적극적인 방식이다. 표현영화치료는 크게 비디오 테라피(Video Therapy)와 영화 만들기 치료(Cinema Work)로 나눌 수 있다. 비디오 테라피는 영상편지, 비디오 다이어리, 자전적 다큐멘터리, 디지털 스토리텔링 등을 포함하며, 영화 만들기 치료는 애니메이션 제작, 셀프 CF, 극영화 만들기 등을 포함한다.(p.90)

61. 현재의식(顯在意識)과 잠재의식(潛在意識)

조셉 머피 박사는 '사람의 의식 속에는 현재의식(顯在意識)과 잠재의식

(潛在意識)이 있으며, 현재의식은 의식하는 마음이고, 잠재의식은 사람의 본성 속에 내재하여 겉으로 드러나지 않는 의식'이라고 한다.(조셉 머피 1983: 11) 이러한 잠재의식은 모든 사람이 가지고 있으며, 사람은 자기 안에 내재하는 잠재의식의 무한한 힘을 이용하여 자기 변화와 자기 향상을 달성할 수 있다. 학생은 어떤 좋은 강의를 계기로 부정적인 사고에서 긍정적인 사고로 전환하는 기회를 가지고, 자신의 삶을 더욱 발전하는 계기가 된 것이다.(p.239)

62. 호메오스타시스(homeostasis, 항상성)

글쓰기치료의 이론은 정신분석학이나 분석심리학 등의 영향을 받았지만 실제 글쓰기치료에서 가장 큰 영향을 받은 이론은 게슈탈트 이론이다. 글쓰기치료에서 게슈탈트 심리치료는 인간의 모든 행위를 다양한 환경에도 불구하고 하나의 유기체로서 몸과 마음의 평형 상태를 유지하려 한다는 호메오스타시스(homeostasis, 항상성)에 영향을 받고 있다. 글을 쓰는 행위가 정적 평형 상태이고, 심리적 균형을 이루려는 행위라고 할 수 있다.(p.193)

63. 환경심리학

1970년대 주목받았던 환경심리학은 환경이 인간의 마음에 미치는 영향을 행동으로 관찰하는 방식으로 발전해왔다. 환경 심리학자들은 뇌 활동을 측정하지는 않았지만, 건축가들에게 공간을 사용하는 인간 심리를 이해하는데 유익한 통찰을 제공하였다.(p.136)

64. 환경의 제어

슈투트가르트의 프라운호퍼 연구소(Fraunhofer-Institut)에서는 '환경의 제어'가 사무실에서 얼마나 중요한 역할을 하며 근무만족도에 얼마나 기여하는지 알아보기 위해 1996년 이래 '오피스21(Office21)'이라는 장기연구

프로젝트를 진행하였다. 지금까지 도출된 주요 결과 중 하나는 직원이 작업 환경을 본인 입맛에 맞게 꾸밀 수 있는 허용치가 높을수록 근무지 만족도가 높아진다는 것이다. 일터에서의 영역 주권은 사전에 충분히 계획이 가능하고 또 가능해야만 한다는 연구 결론을 내린다.(p.132)

65. 힐링 가든

수술 후 녹지가 보이는 병실에 머문 환자가 벽돌이 보이는 병실에 머문 환자보다 고통을 덜 느끼고 더 빠르게 회복한다는 사실은 여러 사례를 통해 증명되고 있다. 병원 관리자들이 '힐링 가든'이라고 부르는 장소에서 시간을 보낼 때 환자들의 심장 박동은 느려지고 스트레스 호르몬인 코르티솔 분비와 스트레스 수치가 줄어든다는 사실도 밝혀졌다. 자연이 미치는 영향력의 속도는 놀라울 정도로 빨라서 3분에서 5분만 지나도 환자들이 그 효과를 체감한다.(p.138)

66. 힐링 시네마(Healing Cinema)

영화 평론가 심영섭은 영화치료를 '힐링 시네마(Healing Cinema)'라는 용어로 설명한다. 힐링 시네마란 관객에게 고차원적인 자아와 접속해 삶의 의미를 생각하게 만들며 관객에게 인지적 틀을 볼 수 있게 하고, 그 과정에서 위로와 심리적 위안을 주며 문제 해결력을 깨닫게 한다고 정의한다. 그녀는 네 가지 관점으로 영화치료의 심리적 기제를 제시한다.(p.88)

박해랑 朴海浪

대구 출생
동국대학교 대학원 국어국문학과 박사 졸업(현대문학 전공)
現 서원대학교 휴머니티교양대학 교수

최인훈 소설『廣場』,『灰色人』,『西遊記』,『小說家 丘甫氏의 一日』,『颱風』의
인물 심리 연구로 석·박사학위 취득
김성한, 김승옥, 김원일, 이청준, 황석영 등 소설 연구
현대문학을 통한 치유 방법 연구
2016년『비극적 세계 극복과 부활의 힘』(국학자료원)
2017년 KBS부산방송총국 '고전 아카데미 시민 강좌' 특강
2019년『문학 속 삶과 죽음, 치유의 길』(국학자료원)
2023년『인문학 동행 걱정 말아요, 우리 함께 해요』(국학자료원)

개정증보판

인문학 동행

걱정 말아요, 우리 함께 해요

초판 1쇄 인쇄일	2023년 10월 22일
2쇄 인쇄일	2025년 7월 10일
초판 1쇄 발행일	2023년 10월 31일
2쇄 발행일	2025년 7월 15일

지은이	박해랑
펴낸이	한선희
편집/디자인	정구형 이보은 박재원 안솔비
영업관리	정찬용 근지은
인쇄처	으뜸사
펴낸곳	국학자료원 새미(주)
	등록일 2005 03 15 제25100-2005-000008호
	경기도 고양시 덕양구 권율대로 656 클래시아더퍼스트 1519호
	Tel 442-4623 Fax 6499-3082
	www.kookhak.co.kr
	kookhak2010@hanmail.net

| ISBN | 979-11-6797-239-2 *93800 |
| 가격 | 28,000원 |

인문학 동행
걱정 말아요, 우리 함께 해요

이 저작물은 〈2021년 인문교육콘텐츠 개발지원 1단계〉 사업을 통해 국고
보조금을 지원받아 연구·제작되었습니다.